배틀 아일랜드

"무인도에 딱 세 가지만 가져갈 수 있다면?"

배틀 아일랜드

아키요시 리카코 장편소설

임희선 옮김

하빌리스

오무라 슈이치

30대 샐러리맨, 리리코의 약혼자

아이템: 리리코, 에어 매트리스, 고기(차슈)

이시하라 리리코

부잣집 딸(백수), 슈이치의 약혼녀

아이템: 슈이치, 선크림, 메이크업 박스

유우 고이치

30대 유튜버. 빨강, 파랑, 보라로 염색한 유니콘 색의 머리카락이 트레이드
마크다.

아이템: 스태빌라이저가 내장된 비디오카메라, 태양열 충전기가 달린 배낭, 서바이벌
나이프

가와카미 고로

39세 영업직 직장인. 오사카 출신으로, 럭비 선수로 활동한 적이 있다.

아이템: 낚싯대, 만능 나이프, 술(오니고로시 청주)

이츠키 다이스케

공무원, 서바이벌 게임 마니아. 통통한 체형으로 붙임성이 좋다.

아이템: 공기총, 모조 장검, 술(이이치코 보리소주)

요시다 노보루

35세 과학 학원 강사. 버섯 머리에 뿔테안경을 쓴다.

아이템: 스노클링 마스크, 오리발, 고기(로스트비프 덩어리)

스에히로 게이고

대학생. 갈색 머리에 피어싱을 했다. 캠프, 야외활동을 좋아한다.

아이템: 서바이벌 나이프, 미니 오토바이, 술(블랙닛카 위스키)

아마노 마모루

40대 의사. 하얗게 센 머리를 뒤로 넘긴 헤어스타일에 은테 안경을 썼다.

아이템: 쌍안경, 고기(로스트한 양고기), 술(야마자키 위스키)

마스터

술집 아일랜드의 주인. 상속받은 무인도를 소유하고 있다.

아이템: 술(보모어 위스키), 육포, 마른안주

1

슈이치

"무인도에 딱 세 가지만 가져갈 수 있다면?"

누구나 한 번쯤 재미로 물어본 적이 있거나 대답한 적이 있을 법한 가벼운 질문이다. 누군가는 "레이 브래드버리(Ray Bradbury, 미국 과학소설 작가–옮긴이)의 소설책과 재즈 레코드판 그리고 흔들의자"라는 대답으로 교양 있는 어른의 여유와 품격을 자랑하고, 누군가는 "식량, 물, 약품"이라는 현실적인 대답을 하기도 한다. 고급 위스키가 나올 때도 있고, 반려견 혹은 값비싼 시가 담배 등 대답하는 사람의 개성이 드러나는 경우도 있다. 왜 그런 선택을 했는지 이유를 들어보는 것 또한 흥미로운 일이다. 이 질문에 대한 대답에 그 사람의 품성이나 성격, 성향, 기호 등이 뚜렷이 나타나는 셈이다.

하지만 고심 끝에 자기 나름의 세 가지를 꼽았다고 해도 별다른 일이 일어나지는 않는다. 그 세 가지를 가지고 무인도에 가는 일이 현실에서 일어날 가능성은 없기 때문이다. 그런데도 어째서 이 질문만 던지면 신이 나서 너나 할 것 없이 한마디씩 끼어들려고 할까? 실제로 단체 소개팅 자리가 엉 어색하고 썰렁했는데 내가 던진 이 질문 덕분에 분위기가 되살아났다고 고맙다는 인사를 받은 일이 꽤 많다.

이 질문은 입사 면접 때도 종종 나온다고 한다. 그 사람이 얼마나 깊이 생각하고 사리 판단력이 있는지를 알아볼 수 있는 리트머스 용지 같은 역할을 하기 때문이다. 그러니까 이 질문은 가벼운 마음으로 수다를 떠는 주제가 될 수도 있고, 타인의 깊은 속내를 가늠할 수도 있는 매우 뛰어난 질문이다.

그래서 우리도 그 초여름 밤에 아주 가벼운 마음으로 이 흔해 빠진 질문을 가지고 이런저런 이야기를 하며 떠들어댔다. 도심에서 벗어난 동네에 있는 작고 어두컴컴하지만 아늑하니 편안한 분위기를 가진 '아일랜드'라는 지하 술집에서 말이다.

"글쎄요, 음, 저는 천체 망원경과 위스키, 그리고 클래식 음악이 좋겠네요."

카운터바 맨 끝자리에서 물 탄 위스키를 마시던 의사 아마노 마모루 씨가 점잖게 말했다. 이제 갓 마흔을 넘긴 나이에 완전히 은발이 되어 버린 머리를 올백으로 넘기고 은테 안경을 껴서 어디로 보나 의사답게 생긴 사람이다.

"아, 천체 망원경이라면 흔치 않은 선택이네. 하지만 위스키랑 음악은 너무 뻔한데? 의사 선생님이라면 좀 더 독창적인 생각을 해야 하는 거 아닌가?"

옆에 앉은 이츠키 다이스케라는 이름의 공무원이 놀렸다. 통통한 체격에 언제나 싱글싱글 웃는 상이어서 사람 좋게 생겼다. 아마노 선생과 동년배라고 하는데 훨씬 어려 보인다.

"그래도 클래식 음악을 큰 소리로 틀어놓고 별을 올려다보면서 좋은 위스키를 조금씩 맛본다는 상황은 생각만 해도 멋지지 않아요?"

"하긴 정말 끝내주겠네요. 얼마나 좋을까?"

대학생인 스에히로 게이고가 고개를 끄덕이면서 맞장구를 쳤다. 외모만 보면 탈색한 머리에 피어싱을 한 전형적인 MZ세대의 노는 젊은이인데, 손꼽히는 명문대 경제학과 학생이라고 하니 세상 알다가도 모를 일이다.

"그런데 세 가지만 가져갈 수 있다고 했으니까 막연히 '위스키'라고만 하면 안 되지 않을까요? 브랜드가 뭐고, 용량이 어느 정도인지도 지정을 해 줘야죠. 아, 그리고 클래식 음악이라는 것도 너무 범위가 넓은 것 같은데요."

"음악은 플레이리스트에 잔뜩 넣어두면 되지. 요즘 같으면 음악을 가져간다고 하기보다 그냥 핸드폰이라고 하면 되지 않나? 그럼 영화도 볼 수 있고."

자칭 유튜버인 유우 고이치가 말했다. 유튜버인데 성이 '유우'라니, 아주 복을 타고난 사람이다. 〈유우튜브〉라는 유튜브 채널을 운영하는데 구독자 수는 얼마 안 되지만 본인 피셜로는 '이제부터가 진짜'라고 한다. 빨강, 파랑, 보라로 염색한 유니콘 컬러의 머리카락이 돋보이는 30대 남자로, 나랑 비슷한 나이다.

　"맞네, 핸드폰이 최고네! 아무리 좋다 해도 레코드판 한 장으로는 금방 질려버리지."

　회사원인 가와카미 고로가 맥주를 시원하게 들이켜며 동의했다. 오사카 출신으로 반년 전에 이 근처 회사로 파견 나왔다고 한다. 이쪽에 지인이 없어서 혼자 편하게 한잔할 수 있는 술집을 찾다가 우연히 아일랜드를 알게 된 후로 단골이 되었다. 예전에 럭비 선수를 한 적이 있어서 그런지 탄탄한 체격에 목소리가 크고 성격이 쾌활하다. 같이 마시면 재미도 있고 기분이 좋아진다. 불혹이 코앞이라는데, 그보다 나이가 어리지만 허여멀건 하니 비리비리한 나보다 훨씬 힘도 좋고 젊은 느낌이다.

　"그래도 무인도에서 딱 한 장의 레코드만 줄기차게 파고들어서 듣는다는 것도 어딘가 멋지지 않아요? 레코드에 바늘을 올릴 때의 그 긴장감도 각별하고 말이죠. 주위가 쩌렁쩌렁 울릴 만큼 큰 소리로 틀어놓고 아날로그 음악을 마음껏 즐길 수 있으면 얼마나 좋겠어요?"

　내가 그렇게 말하자 "그러네!", "최고의 사치지!" 하며 모두가 고개를 끄덕였다. 그렇게 신이 나서 떠들어대는데 벨이 딸랑딸랑 울리더니 술집 문이 열렸다.

"아우, 더워. 아직 6월밖에 안 됐는데."

구시렁거리면서 들어온 사람은 학원 강사인 요시다 노보루다. 버섯 머리에 검은 뿔테안경이라는 눈에 띄는 차림새 때문에 초등학생인 학원생들이 '버섯맨'이라고 부르면서 따른다고 한다. 나이도 아직 서른다섯밖에 안 되었는데 벌써 학원장 자리 오퍼가 들어올 정도로 유능하다. 본인 말로는 '학원계의 젊은 리더'라고 한다.

"어서 와요."

마스터가 인사를 하더니 곧바로 마른안주를 작은 접시에 담아 빈자리에 놓았다.

"뭐 재미있는 이야기 중인 모양이네. 무슨 얘기예요?"

한 손으로 넥타이를 느슨하게 풀면서 요시다가 바 의자에 앉았다. 이제 ㄴ자 모양 카운터에 있는 8석의 자리가 단골들로 다 찼다.

"무인도에 세 가지만 가져간다면 뭐가 좋겠냐는 이야기를 하던 중이었어요."

스에히로가 대답했다.

"오, 나도 나도! 너무 재미있겠다! 마스터, 하이볼 하나요. 그래서, 어쩌다가 그런 이야기가 나왔는데?"

"아니, 슈이치 씨가~"

이츠키가 이 자리의 유일한 여성인 이시하라 리리코와 나를 가리켰다.

"신혼여행을 어디로 갈까 하는 이야기를 하기에 핸드폰으로 찾아봤더니 타히티의 보라보라섬이 인기가 있다고 나와서. 그래 섬 좋지, 무인도면 더 낭만적이겠다, 뭐 그런 식으로 이야기가 흘러가다 보니……."

"엇, 슈이치 씨랑 리리코짱 드디어 결혼하나 보네?"

요시다가 휘파람을 불었다.

"축하해요!"

"에헷, 고맙습니다."

리리코가 귀여운 동작으로 고개를 까딱 숙였다. 부드럽게 물결치는 곱슬머리에 꽃무늬 원피스 차림인 리리코는 이 중에서 유일한 백수지만 아마 제일 부자일 것이다.

2년쯤 전에 근무환경이 열악한 회사에서 일하던 나는 이직을 하려고 이리저리 알아보고 있었는데 도무지 일이 풀리지 않아 나락을 헤매는 중이었다. 그날도 면접을 망치고 홧김에 술을 마시다가 우연히 대학 때 같은 수업을 들었던 지인을 만났다. 그 지인의 친구가 리리코였다.

무슨 영문에서인지 리리코는 나를 좋아하게 되었고, 자기 아버지 회사에 나를 추천해서 경력직으로 시험을 봤더니 곧바로 채용되었다. 그 회사는 누구나 다 아는 대기업으로, 내가 이전에 대졸 신입으로 지원했다가 2차 시험에서 떨어진 곳이었다. 게다가 리리코의 아버지, 그러니까 우리 회사 사장님이 별말 없이 나를 자기 딸의 남자친구로 인정해 주어서 처음에는 많이 놀랐다. 나처럼 별 볼 일 없는 집안의 가난한 남자를 말이다.

그런데 리리코와 사귀다 보니 점차 그쪽 사정을 짐작할 수 있게 되었다. 리리코는 오냐오냐 자란 탓에 상당히 자기중심적이고 변덕스럽다. 맞선도 여러 번 봤지만, 번번이 상대 쪽한테 거절당했고, 그러는 사이에 어영부영 나이 서른을 넘기고 만 모양이다. 일하지 않는 것까지야 충분히 이해할 수 있는데, 달리 이렇다 할 취미도 없고, 뭔가를 배우는 등의 건설적인 행동을 하려고 하지도 않는다. 그저 부모한테 얹혀살면서 빈둥빈둥 세월만 보내며 지낸다. 그런 딸 때문에 골머리를 썩이다가 부모를 대신해 골칫덩이를 맡아줄 사람이 나타나자 얼씨구나 하고 반긴 것이다.

그런 사정이 있기에 지난주에 정식으로 결혼하겠다는 인사를 드리러 갔을 때도 리리코네 부모님은 이제야 딸을 내보낼 수 있게 되었다면서 정말 기뻐했다. 집도 지어주고 차도 사준다고 한다. 나야 물론 감사할 따름이다. 모두가 부러워하는 안정적인 대기업에 다니면서 남자 신데렐라가 되는 것이다.

하지만……. 슬쩍 리리코의 옆얼굴을 훔쳐보았다. 사실 진심으로 사랑하지는 않는다. 같이 있으면 피곤하다. 그래도 리리코라는 이름을 가진 회사에 취직했다고 생각하면서 이겨낼 작정이다.

"음, 무인도에 가져갈 세 가지라. 뭐가 좋을까?"

요시다가 하이볼을 홀짝이면서 말했다.

"그러고 보니까 사립중학교 입시에서 이런 과학 문제가 나왔다던데. 우주에서 살아남기 위해 필요한 세 가지를 답하라."

"으음, 우주……. 뭐가 필요하지?"

"그런데 우리 학원 학생 중 하나가 답안지에 '사랑, 용기, 희망'이라고 썼다더라고."

"하이고, 귀여워라! 그렇지, 그게 다 중요한 거지."

"진지하게 대답하자면 우선은 물이겠네요. 거기에 산소, 그리고 식량 아닌가요?"

아마노 선생이 자신 있다는 듯이 말했다.

"아쉽지만 땡!"

"엇, 틀렸어요?"

"정답은 '식량, 산소, 적정온도'라고 하네."

"아, 온도구나! 그건 미처 생각을 못 했네" 하며 다들 수긍했다.

"그럼 물은? 물도 꼭 필요하잖아?"

유우가 물었다.

"음식에서도 수분 섭취가 된다더라고."

"그렇구나. 생각보다 어렵네. 이걸 맞춘 애들이 있나?"

"그게, 생각보다 많다던데. 우리 학원 애들은 워낙에 다들 똑똑해서."

"그런 지식을 가지고 있으면 살아가는 데 도움이 되겠네요."

이츠키가 마른안주를 씹으면서 말했다.

"그렇지. 사실 공부는 생존능력과 직결되어 있거든. 천체의 움직임에 대한 지식부터 벌레나 식물이 어떻게 발생하고 어떤 계절에 어떻게 활동하는지까지, 하나같이 서바이벌을 위해 필요한 지식이니까."

요시다가 열변을 토했다.

"수학도 그래. 아무짝에도 쓸모없다는 말을 많이 하는데 그야말로 무인도에 작은 오두막이라도 세우려면 면적부터 무게, 밀도까지 다 알아야 하잖아. 물론 돈 계산 할 때도 그렇고. 그러니까 공부를 잘하면 생존능력까지 향상되는 게 원래 맞는 거지."

"와우, 역시 일타 강사는 뭐가 달라!"

이츠키가 놀렸다.

"하지만 실제로는 공부하지 않아도 살아가는 데 별문제가 없잖아."

유우가 말하자 아마노 선생이 끄덕였다.

"그건 요즘 세상이 너무 편리하게 되어 있어서겠지요. 핸드폰으로 찾아보면 뭐든 알 수 있잖아요. 그런데 그런 문명의 기기가 없으면 지식이 도움이 되는 거지요."

"그렇죠. 그러니까 무인도 같은 데에 가면 지식이 있어야 살아남는 거죠."

스에히로가 뒤통수에 손깍지를 끼고 의자에 등을 기대면서 끼어들었다.

"아아, 무인도, 너무 좋겠다."

"그러게. 요즘 들어 회사에 허구한 날 속 뒤집히는 일만 있어서 어디로 도망이나 쳤으면 딱 좋겠는데."

"나도. 오늘 치맛바람 날리는 진상한테 잡혔는데, 우리 애 성적이 안 오르는 건 다 이 학원 때문이라고 생트집을 잡으면서 얼마나 난리를 치던지."

"진상 학부모도 힘들겠지만, 병원에 출몰하는 괴물 같은 진상환자도 장난 아닙니다. 클레임 폭탄을 날린다니까요."

아마노 선생이 진이 빠진 얼굴로 말하자 이츠키도 한숨을 쉬었다.

"나도 제발 어디론가 도망쳐 버렸으면 좋겠어. 사람들은 자기가 낸 세금으로 공무원들이 먹고산다고 생각해서 그러는지 무슨일이건 시비조로 나오고 사사건건 따지고 든다니까. 아주 욕받이, 감정 쓰레기통이 따로 없어요. 공무원은 인간도 아닌가 봐."

"진짜로 어디 무인도가 있으면 도망쳐 버리고 싶네요."

스에히로가 말했다.

"그러게."

내가 맞장구를 쳤다. 할 수만 있다면 리리코한테서 도망치고 싶다는 게 내 솔직한 심정이다.

그렇게 우리가 술을 찔끔거리면서 저마다 생각에 잠겨 있는데 마스터가 불쑥 한마디 했다.

"무인도라면 나도 하나 있기는 한데……."

모두의 시선이 일제히 집중되었다.

"아니, 뭐, 대단한 건 아니고. 엄청나게 먼데다가 두 시간이면 한 바퀴 다 돌아볼 수 있을 정도로 코딱지만 한 섬이에요."

"그래도 대단하네요! 마스터가 산 거예요?"

"에이, 설마! 아무짝에도 쓸모없는 그런 걸 왜 사나?"

"그럼 어떻게?"

"물려받았지. 증조할아버지가 가지고 계셨던 게 우리 아버지한테 상속되었다가 그게 이제 내 차지가 된 셈이죠."

"아, 그렇구나. 그러고 보니 마스터네 부친께서……."

"맞아. 3년 전에 돌아가셨으니까."

"그 섬에 가 본 적은 있어요?"

"아버지가 돌아가시면서 거기다 유골을 뿌려달라고 유언을 남기시는 바람에. 그때 처음 가 봤죠."

"어떤 데예요?"

리리코도 궁금한지 몸을 내밀면서 물었다. 무인도의 주인이라는 비현실적이면서도 낭만적인 설정에 다들 흥미진진해졌다.

"그야 풍경으로만 보자면 말도 안 되게 아름다운 곳이기는 해요. 깨끗하고 투명한 바닷물에 기후도 온화하고. 하지만 사람 손이 하나도 안 간 땅이라 해안가가 아니면 돌아다닐 수도 없어요. 그런데 모래사장은 조금밖에 없고, 나머지는 숲이라서 그 속이 어떤지까지는 알 수가 없죠. 게다가 섬 가장자리조차 다 돌아볼 수가 없어요. 아주 일부만 바다로 나갈 수 있게 되어 있고 나머지는 절벽이니까."

"우와~ 엄청난 사치네. 완전한 프라이빗 비치인데."

"그야 그렇지만."

"바닷물에 들어가 봤어요?"

스에히로의 속없는 질문에 "거기서 어떻게 수영을 합니까? 아버님 유골을 뿌리러 갔는데" 하며 아마노 선생이 어이없다는 표정으로 나무랐다.

그런데 "아니, 사실 그게…… 물에 들어가기는 했지." 하고 마스터가 대답해서 모두가 "오오!" 하고 동요했다.

"원래는 그럴 생각이 없었어요. 유골을 모시고 갔으니까 나름 검은 정장을 갖춰 입기도 했고. 그런데 막상 유골을 뿌리려고 했더니 날씨가 너무 더운 거야. 윗도리를 벗어도 땀이 줄줄 흘러서 넥타이도 풀고 셔츠도 벗었는데 그래도 땀이랑 모래 때문에 온몸이 끈적끈적하니 도저히 못 참을 지경이어서 바지까지 벗어버렸지. 그런 상태에서 눈앞에 맑고 시원한 바닷물이 있는데 어떻게 참나? 그냥 풍덩! 해 버렸지."

"팬티 바람으로 입수했다는 얘기네요?"

"아니, 트렁크 팬티를 입고 물에 들어가려다가 갑자기 생각이
나더라고. 갈아입을 옷이고 뭐고 아무것도 없잖아요. 그러니까
팬티를 입고 물에 들어갔다가는 젖은 속옷을 입은 채로 돌아와
야 한다는 건데, 그럼 이 귀한 속옷을 젖게 하면 안 되잖아. 그래
서……."

"에에, 그럼 완전 홀딱이잖아요?"

"그렇지, 홀딱 발가벗은 상태! 하지만 어차피 아무도 안 보는
데니까."

"으아, 끝내주네! 이런 호사가 어디 있어?"

"최고였죠. 여간해서 해볼 수 없는 경험이니까. 물론 누드 비
치니 그런 곳도 있기는 하겠지만 어디든 남의 눈이라는 게 있잖
아요. 아무래도 창피하고 어색하고 그럴 텐데, 여기는 완전히 나
말고는 아무도 없는 데니까. 더구나 이게 내 땅이구나 하고 생각
하니까 또 기분이 남다르더라고."

"좋았겠다."

"아니, 그래도, 딱 거기까지만 좋았어요. 그것 말고는 좋을 것
도 없고, 너무 불편한 곳이고."

"그럼 물에 들어갔다가 유골을 뿌리고 돌아온 거예요?"

"물에 들어갔다가 유골을 뿌리고, 몸을 말릴 겸해서 좀 돌아봤

어요. 증조부도 그렇고 아버지도 그렇고 한 번도 가 본 적이 없는 섬이거든. 그런 곳에 교통비랑 시간을 들여가며 일부러 찾아간 거니까 조금이라도 본전을 뽑아야겠다는 생각이 들어서……. 그래서 숲속이 어떤지 들여다보기도 하고, 나무에 오렌지가 달렸기에 따 먹기도 했죠."

"우와! 너~무 부럽다!"

"그런가? 그런 말을 들으니 기분이 좋네. 앞으로 언제 또 가겠나 싶지만."

"가면 되잖아요?"

내가 몸을 앞으로 내밀면서 말했다.

"응?"

"거꾸로 묻고 싶은데요. 그렇게 좋은 곳인데 갈 생각을 왜 안 하냐고?"

"그야 가는 데에만 8시간이나 걸리고 또, 교통비만 해도 편도에 10만 엔이 드는 데에 있으니까. 왕복 14시간 이상에, 교통비가 20만 엔이면 차라리 그 돈과 시간으로 해외여행을 하는 편이 낫잖아."

"아니아니, 마스터, 그건 아니죠."

"응?"

"마스터는 남자의 꿈과 낭만을 진짜로 실현할 수 있는 섬을 가지고 있는 거잖아요? 그런 귀한 걸 활용하지 않으면 어떡하냐고요?"

"그런가? 하지만 원체 멀기도 하고, 혼자서 가 봐야 재미도 없고. 앗, 그렇지!"

마스터가 손뼉을 딱 쳤다.

"그럼 가 볼까? 여기 있는 사람들 다 같이?"

다들 한순간 어리둥절한 표정이 되었다가 일제히 "와아!" 하고 환호성을 질렀다.

"가요, 가요!"

"나도 나도!"

"저도 데려가 주세요!"

흥분에 찬 목소리가 카운터바 자리 여기저기서 튀어나왔다.

"그럼 모처럼 무인도에 가는 거니까 아까 나왔던 그 얘기처럼 각자 세 가지씩 가져가는 게 어때요?"

마스터가 한 가지 제안을 덧붙이자 또다시 "우와~!" 하고 환호성이 터졌다.

"그럼 훨씬 더 진지하게 검토해야겠네요. 천체 망원경이 정말 필요하려나?"

아마노 선생이 턱을 만지작거리면서 말하더니 덧붙였다.

"마스터, 우리 며칠 정도 거기 있는 건가요?"

"아, 그러고 보니 기간에 따라 가져갈 아이템이 달라지겠네요."

스에히로가 눈을 반짝거리면서 공감했다.

"몇 시간 정도만 있을 거면 음식을 가져갈 필요는 없을 테니까. 나야 어느 쪽이건 낚시로 조달할 거니까 상관없지만."

낚시광인 가와카미는 여유만만인 모양이었다.

"음, 기간이라……."

마스터가 팔짱을 끼고서 고민하다가 말했다.

"그런데 원래 이 질문은 그런 것까지 세밀하게 정하고 하는 게 아니잖아요? 그런 전제조건 없이 다들 음악이니 소설이니 술이니 선택하는 것 아닌가? 그러니까 각자 머리에 떠오르는 직감으로 정하면 될 것 같은데. 기간을 정해버리면 재미가 뚝 떨어지지 않을까?"

"마스터 의견에 찬성!"

유우가 손을 들며 말했다.

"일주일이든 일 년이든 자기가 알아서 정하면 되잖아."

"맞아, 그럼 되지. 하지만 여기 있는 사람들 다 학교든 직장이든 있는 사람들이잖아요. 마스터도 가게가 있고. 그럼 아무래도 1년씩 간다는 건 말이 안 되고, 일주일도 좀 힘들지 않을까요? 이렇게 말하면 흥이 깨지겠지만 현실적으로 본다면 아무리 길어도 기껏해야 2~3일 정도겠네."

이츠키가 공무원답게 그럴싸한 의견을 꺼냈다.

"뭐, 그러니까 그 점은 각자 알아서 판단하는 걸로."

마스터가 알아서 생각하라는 식으로 싱글싱글 웃으며 말했다.

"으음, 저는 아무래도 별자리를 꼭 보고 싶네요. 이맘때라면 마침 여름의 대삼각형이 보이기 시작할 때이니까요. 이상적으로 말하자면 천체 망원경을 가지고 가고 싶은데 운반을 생각하면 쌍안경 정도가 현실적이겠네요. 그리고 음식하고 술. 어떤 술로 할지는 찬찬히 생각해 보도록 하겠습니다. 기왕이면 술잔도 들고 가고 싶지만, 이 경우에는 어쩔 수 없이 병째로 마셔야겠네요."

"난 유튜브 영상을 올려야 하니까 핸드폰이랑 스태빌라이저를 가져가야지."

유우가 말하자 옆에 있던 스에히로가 물었다.

"스태빌라이저가 뭐예요?"

"흔들림을 방지하는 장치지. 아, 마스터, 거기 혹시 전파가 없거나 하지는 않겠지?"

"당연히 없죠. 거기선 핸드폰이고 뭐고 전혀 못 해요."

"그럼 핸드폰을 가져가도 소용없겠네. 그냥 스태빌라이저가 내장된 비디오카메라를 가져가야겠다. 그렇게 하면 아이템을 하나로 줄일 수도 있고. 충전도 해야 하니까 솔라배터리가 달린 배낭도 필수겠네. 이렇게 하면 두 개니까 나머지는 먹을 거? 아무래도 식량이 없으면 좀 그렇겠지?"

아마노 선생과 유우가 떠드는 모습을 지켜보면서 나도 이런저런 상상을 해보았다. 가지고 갈 만한 물건들은 많겠지만 무인도를 최대한으로 즐길 수 있는 세 가지를 엄선해야지. 술은 빼놓을 수 없다. 어떤 술이 좋을지는 나중에 정하더라도 술병 사이즈는 최대한 큰 걸로 해야지. 나머지 두 가지는……. 아아, 뭐가 좋을까? 음악도 당기기는 하는데 파도 소리나 숲에서 나는 소리를 한껏 즐기고 싶은 생각도 있다. 그렇다면……. 아, 그렇지! 해먹! 미국 드라마에서 넓은 정원에 해먹을 걸어놓은 모습을 본 뒤로 항상 동경했는데. 일본에서는 그런 게 있는 집이 거의 없고, 그래서 경험하기도 힘들다. 이참에 오랫동안 꿈꾸던 걸 해 봐야지. 죽을 때까지 이런 기회가 다시는 없을 테니까. 해먹에 누워 흔들흔들하면서 하늘을 바라보고, 그러다 보면 잠이 솔솔 올 테니까 낮잠을 실컷 자고. 아아, 너무 좋겠다. 좋아, 해먹은 꼭 넣는다. 세 번째는……. 음, 뭐로 하지? 책은 어떨까? 해먹에 누워 술을 찔끔찔끔 마시면서 책을 읽는다. 책도 여러 가지를 읽고 싶으니까 전자서적용 태블릿이 좋겠네. 백라이트가 있으니까 어두운 밤에도 읽을 수 있고. 하지만 그럼 먹을 건 어떡하지? 오렌지 나무가 있다고 했는데 다른 과일도 있으려나? 바나나라든지 파인애플 같은 게 있으면 하루 정도는 견딜 수 있을까? 책으로 할까, 먹을 것으로 할까? 아아, 이렇게 고민할 수 있다는 것 자체가 너무 행복하다.

한참 즐겁게 상상의 날개를 펼치고 있는데, 옆에 있던 리리코가 말했다.

"나는~" 리리코가 카운터바 위에 올리고 있던 내 손을 꽉 잡고서 말했다. "제일 먼저 우리 슈짱!"

한순간 모두가 어리벙벙한 얼굴이 되었다. 나도 고개를 갸웃거렸다.

"아니, 슈이치 씨는 어차피 같이 가는 멤버잖아요? 그럼 세 가지 중에 안 넣어도 되지 않나요?"

스에히로가 물었다. 그래그래, 그 말이 맞지.

"그래도 제일 소중한 세 가지를 가지고 가는 거잖아? 난 제일 먼저 슈짱이 떠올랐단 말이야."

그러면서 꽉 잡은 내 손을 자기 볼에 대고 비벼댔다. 다 큰 어른이, 아무리 커플이라도, 남들 앞에서 이러고 싶을까? 아우, 쪽 팔려! 심지어 손등에 쪽하고 뽀뽀까지 했다. 다들 황당한 표정으로 보고 있었다. 어디 구멍이라도 있으면 숨고 싶다. 현실 도피를 하고 싶은 원인인 리리코도 함께 간다는 사실이 괴로운 점이다.

"슈짱도 그렇지?"

"…… 응?"

"세 가지 중에 제일 첫 번째는 나지?"

턱 하고 말문이 막혔다.

'아니, 같이 가는 거니까 굳이 넣을 필요는 없잖아?' 이렇게 말하면 된다. 자, 슈이치, 말해. 빨리 소리 내서 말하라고.

"우리 둘이 같이 가는 거니까 굳이 서로를 넣을 필요는 없지 않겠어?"

말했다. 그래, 잘했어!

"우리가 서로를 그렇게 넣으면 세 가지 중의 하나를……. 아니, 우린 둘이니까 합하면 두 가지를 빼야 하잖아?"

그러나 내 말이 채 끝나기도 전에 리리코의 커다란 두 눈에 눈물이 그렁그렁 맺히더니 주르륵 흘러내렸다.

"왜? 왜 그렇게 되는 거야?"

아니, 그건 내가 지금 물어보고 싶은 말이거든?

"생각해 봐. 이번에는 우연히 같이 갈 수 있게 되었지만, 원래는 그렇지 않은 거잖아? 이 질문은 원래 무인도에 '혼자' 간다는 전제가 있는 거 아냐? 그런 거면 당연히 첫 번째로 사랑하는 사람부터 넣어야지."

"그야 그럴 수도 있지만, 그래도 이번에는……."

"난 슈짱 없이는 못 산단 말이야."

"그야 나도 그렇지."

"그치?" 리리코가 눈물에 젖은 얼굴을 바짝 들이댔다. "슈짱도 나 없으면 못 살지?"

"응……. 그야 그렇지만, 그래도 이번에는 마스터가 다 같이 가자고 했으니까……."

"상관없잖아? 이런 질문을 받았을 때 제일 먼저 머리에 떠오르는 건 나한테 가장 소중한 존재잖아. 그럼 서로의 이름이 먼저 나오는 게 당연한 거고."

"뭐, 그렇긴 하지."

"그리고 아무리 다 같이 갈 수 있게 되었다고 해도 이 질문이 가진 본래의 취지를 바꾸면 재미없잖아. 그런 식으로 하면 서로가 하나씩 맡아서 가지고 가면 되는 거니까. 누구는 음악을 담당하고, 누구는 술, 아니면 음식을 담당하는 식으로 말이야. 그렇게 하면 재미가 하나도 없잖아. 그러니까 혼자 간다는 전제를 가지고 세 가지를 골라야 맞는 거지."

뭐라고 반박할 말이 없어서 입을 다물었다. 무인도에 혼자 간다는 전제를 가지고 나한테 가장 필요한 세 가지를 고른다고 해도……. 리리코는 그중에 없을 것이다. 물론 솔직하게 말할 수는 없다.

"그래. 잘 생각해 보니까 리리코 말이 맞네. 그러니까 나도 제일 먼저 리리코를 고를 거야."

"맞지?"

리리코의 표정이 순식간에 확 밝아졌다.

"그런데 말이야……." 마지막까지 어떻게든 발버둥을 쳐 보려고 했다. "리리코가 나를 선택해 주는 거면 굳이 나까지 리리코를 선택할 필요는 없지 않나?"

"아이~ 참! 슈짱은 아직도 모르겠어?"

리리코가 불만스러운 표정으로 볼을 볼록하게 부풀리고 입술을 삐죽 내밀었다.

"리리코만 슈짱을 선택하고 슈짱이 리리코를 선택 안 하면 슈짱 혼자서 갈 때 나는 같이 못 가는 거잖아."

"아아, 정말 그렇네. 미안미안, 내가 거기까지 생각을 못 했어."

"아하하" 하고 웃으면서 머리를 긁적였다. 다른 사람들의 김 빠진 표정이 눈에 들어왔다. 아무리 공인 커플이라도 이렇게 덜 떨어진 대화를 주고받는 걸 보면 나라도 한심해할 것이다. 그래도 어쩔 수 없다. 일단 술을 포기하는 수밖에.

"그럼 나는 첫 번째로 리리코, 그런 다음에 해먹, 그리고 식량으로 해야겠다."

책도 안 된다. 화가 나지만 하는 수 없다. 나름대로 많이 양보한 셈인데도 리리코가 "에~?" 하며 불만스러운 표정으로 입술을 뾰족 내밀었다.

"해먹은 안 되지."

"왜?"

"그건 일인용이잖아. 둘이서 같이 쓸 수 있는 걸로 해야지."

픽, 하고 요시다가 실소하는 게 내 눈에 보였다. 내가 이 대화를 옆에서 바라보는 사람이었더라도 마찬가지로 비웃었을 것이다.

"그럼 2인용 해먹을 찾으면 되지."

"그래도 해먹은 너무 흔들거려서 힘들 거야. 누워 있기만 해도 지치잖아."

"그 흔들흔들이 즐거운 것 아닌가?"

내 모습이 안쓰러워 보였는지 가와카미가 옆에서 한마디 거들었다.

"에에, 그게 뭐가 즐거워? 리리코는 어지러울 것 같은데. 자세도 안 좋아질 것 같고. 2인용이라고 해도 너무 좁을 것 같아. 해먹은 하지 말자~."

"하지만 그건 슈이치 씨 아이템 아닌가? 그럼 슈이치 씨가 고르는 게 맞을 것 같은데. 해먹이 싫으면 리리코짱은 안 쓰면 되잖아."

"가와카미 씨, 그게 무슨 소리예요?"

리리코가 다시 볼을 볼록하게 부풀렸다.

"슈짱은 리리코랑 뭐든 전부 다 같이하고 싶을 거란 말이에요. 그치?"

'가와카미 씨, 고마워요. 그런데 미안해요' 하고 마음속으로 중얼거리면서 "으응, 그렇지. 해먹은 안 해야겠다." 하고 대답했다.

가와카미가 고개를 휙 돌리면서 잔에 남아 있던 위스키를 단숨에 들이켰다. 하긴 한심하다 못해 짜증이 나겠지. 나도 못 해먹을 짓이다, 정말.

"그러니까 해먹이 아니라, 더블 침대지!"

가와카미가 입에 머금었던 술을 내뿜는 게 보였다. 다른 사람들도 '이게 뭔 소리야?' 하는 눈으로 우리를 쳐다봤다. 하지만 내가 무슨 말을 할 수 있으랴?

"그게 좋겠다. 마스터, 더블 침대 가져가도 되죠?"

리리코가 혼자 신이 나서 마스터에게 물었다.

"운반할 수만 있으면 뭐든 괜찮지요. 현실적으로 본다면 에어 매트리스겠네요."

어이없어하는 남자들 속에서 마스터 혼자서만 싱글싱글 웃으며 고개를 끄덕여주었다. 손님을 상대하는 장사를 해서 그런 부분도 있겠지만 여기 마스터는 원래부터가 배려심도 많고 속이 깊은 사람이다. 그래서 나에게 "뭐 어때요. 다른 사람들한테 피해를 주는 것도 아닌데."라고 귓속말로 다독여 주었다.

"그럼 슈짱은 나랑 술이랑 더블사이즈 에어 매트리스로 딱 정해졌네. 나는 그럼 우선 슈짱! 그런 다음에 음, 선크림으로 해야지."

"…… 선크림?"

이츠키 씨가 깜짝 놀라면서 반문하자, 리리코는 지극히 진지한 표정으로 답했다.

"네. 웨딩드레스를 입어야 하는데 기미나 주근깨 같은 게 생기면 안 되잖아요. 그리고 회사에서도 타지 않게 조심하라고 그러고."

리리코가 말하는 회사란 모델 에이전시를 뜻한다. 리리코는 귀여운 편이기는 하지만 그래봤자 일반인 수준에서 괜찮다는 정도다. 키가 160센티미터라 모델을 하기에는 너무 작은 편인데다가 몸매 또한 마르지도 뚱뚱하지도 않은 평범한 체형이고, 가슴도 지극히 평범한 크기다. 이제껏 딱 한 번, 어느 잡지의 '거리에서 찾은 예쁜 코디 특집'에 실린 적이 있는데, 그 이후로 완전히 착각에 빠져서 모델 스쿨에 다니기 시작했고, 비싼 등록비에 레슨비에 개인 프로필 제작비 등을 내면서 모델 에이전시에 등록했다. 물론 그 에이전시를 통해 일이 들어온 적은 한 번도 없고, 오디션에 나오라는 오퍼를 받은 적도 없다. 그런데도 무슨 프로 모델이라도 되는 양 행동하는 걸 보면 그저 웃음밖에 안 나온다.

"선크림이라⋯⋯." 유우가 고개를 갸웃거리며 제안했다. "슈이치 씨도 해먹을 포기했으니까 좀 더 쓸모가 있을 만한⋯⋯."

"슈짱은 포기한 거 없는데. 더블 매트리스가 훨씬 더 좋은 거 잖아요! 그치?"

"으응."

"아무리 그래도 선크림이 그렇게 중요한가?"

"사람마다 다른 거니까." 마스터가 부드러운 말투로 끼어들었다. "그래서 더 재미있는 거 아닌가? 뭐 어때요? 각자 개성이 드러나서 좋잖아."

"하긴 그렇겠네. 미안해요, 리리코 씨. 내가 공연한 참견을 한 것 같네. 보통 사람은 이렇게 무인도에 갈 기회가 평생에 한 번도 없잖아. 게다가 세 가지 아이템을 골라서 간다니까 어릴 때부터 가졌던 꿈을 실현하는 느낌이라서. 그래서 나도 모르게 너무 진지해진 것 같네. 리리코 씨랑 슈이치 씨도 두 사람 나름대로 즐기는 방법이 있을 테니 옆에서 감 놔라 배 놔라 할 일이 아닌데."

유우는 그렇게 사과하더니 안주를 집어 먹었다.

"음~ 그러니까 선크림하고……." 다시 마음을 집중시키려는 듯이 리리코가 말을 이어갔다. "으음, 세 번째를 뭐로 할지 고민이네. 아, 입거나 장식하는 건 어디까지 오케이가 되는 거죠?"

"아아, 그것도 정해야 되네. 안경도 아이템이라고 하면 곤란한데."

요시다가 두꺼운 안경을 치켜올리면서 말했다.

"거기까지는 생각해 보지 않았네."

마스터가 고민스럽다는 듯이 팔짱을 끼면서 말을 이었다.

"일단 입고 가는 옷은 물론 오케이라고 봐야지. 속옷도 그렇고. 그런데 예를 들어 지금 초여름인데 한겨울에 입는 코트를 입고 가겠다고 한다면? 이불처럼 쓰려고 말이지. 과연 그것도 아이템이라고 봐야 할까?"

"그것도 그렇지만 예를 들어 여성들은 액세서리 같은 게 많잖아요. 귀걸이에 목걸이, 팔찌, 발찌까지. 아 참, 헤어 액세서리도 있네. 머리핀에 머리띠 그리고 고무줄 등등. 물론 남자도 사람에 따라서는 귀걸이나 목걸이를 하기도 하고. 경우에 따라서는 넥

타이, 넥타이핀, 커프스버튼, 벨트 같은 것도 있죠. 아, 결혼반지나 약혼반지도. 그런 건 어디까지 허용될까요?"

가와카미 씨가 각종 액세서리 이름을 줄줄이 나열했다.

"아이고, 머리 아파라."

마스터가 머리를 두 손으로 감싸면서 투덜거렸다. 하지만 이런 것들을 의논하면서 하나하나 결정해 나가는 것 또한 즐거운 과정 중의 하나다. 소풍 가기 전날 학급 회의 시간 같다. '선생님, 바나나도 간식에 들어가요?' 하고 묻는 식이다. 그러고 보니까 나는 그 물음에 대한 올바른 대답을 모른다. 간식에 들어가나? 안 들어가나? 어느 쪽이든 정답 같기도 하고 틀린 답 같기도 하다.

"시계는 아이템에 넣어야 하지 않나? 스마트 워치도 있으니까."

"아아, 그러네. 그럼 기능이나 쓸모가 있으면 아이템이라고 해야겠네."

"아, 그걸 기준으로 하면 되겠네요. 그럼 한겨울의 코트도 포함되나?"

"그건 좀 애매하네. 원래 바닷가는 좀 쌀쌀하니까. 그럼 옷차림의 하나라고 봐야 할 수도 있겠지."

다 큰 어른들이 고민에 빠졌다.

"기본적으로 자기 몸에 입거나 달 수 있는 건 코트건 모자건 다 허용하는 것으로 할까요? 안경이든 선글라스든 액세서리든."

"아니, 그럼 라이터를 귀걸이로 만들어버리면 가져갈 수 있는 게 되잖아. 억지가 좀 있지만 태블릿 목걸이나 핸드폰 벨트, 뭐 그런 것도."

"헐! 그런 치사한 생각을 한 거예요?"

"아니, 내가 그러겠다는 게 아니라."

이츠키와 스에히로가 주고받는 말에 주위 사람들이 웃음을 터 뜨렸다.

"그럼 일단 기능을 가진 물건은 무조건 아이템으로 합시다. 귀 걸이라도 불을 붙일 수 있으면 아이템으로 해석하는 거죠."

"좋습니다."

"다만 부자연스러울 정도로 두껍게 껴입거나 주렁주렁 치장 하는 건 아닌 걸로. 겉옷을 다섯 개씩 겹쳐 입는다든지 목걸이를 스무 개씩 걸고 나온다든지. 머리띠랑 핀이랑 머리끈을 동시에 하지 않는다는 식으로 상식적인 범위에서 입거나 걸치는 것만 인정하도록 하죠."

"머리띠랑 핀이랑 머리끈은 보통 한꺼번에 다 하는 건데요?"

리리코가 팔찌를 주렁주렁 걸친 손을 들어 올리며 항의했다.

"어, 그래요?"

"네. 거기다가 실핀까지 다 해도 전혀 이상한 게 아니거든요. 여자는 이것저것 많~이 하는 걸 진~짜 좋아하니까!"

"그렇구나……."

"그건 괜찮지 않을까요? 머리에 이것저것 잔뜩 하고 온다 해도 어차피 아이템이 될 만한 것들은 아니니까."

"아~ 다행이다. 예쁘게 하는 건 정말 중요하니까. 아직은 어떤 머리 모양을 할지 안 정했지만, 어쩌면 티아라 같은 걸 할 수도 있거든. 무인도라고 해서 대충 입고 다닐 생각은 절~대로 없어요!"

중대한 발표라도 하는 사람처럼 리리코가 진지한 얼굴로 선언했다.

'티아라가 뭐지? 남자라서 그런지 거의 들어본 적이 없는 단어인데……' 하고 생각하다가 머릿속에 퍼뜩 떠오르는 게 있었다. 결혼식 장소를 알아보려고 여기저기 호텔을 돌아다닐 때 리리코는 웨딩드레스도 입어보곤 했다. 그렇게 웨딩드레스를 시착할 때 만화에서 나오는 공주님이 쓸 법한 왕관 같은 걸 머리에 올려보던 게 기억났다. 그걸 티아라라고 불렀었다. 아니, 잠깐. 무인도에 그런 걸 쓰고 간다고? 미치겠다, 살려주라! 울고 싶은 심정이었다. 그러나 다른 남자들은 티아라가 뭔지 모르는지 별다른 반응을 보이지 않았다.

"음, 그럼 세 번째를 뭐로 할지 진짜로 고민이 되네. 아! 웨딩드레스로 할까? 무인도에서 하는 결혼식! 어때?"

나도 모르게 눈을 부릅뜨고 리리코를 노려보았다. 리리코가 순간 흠칫하고 겁먹은 표정이 되는 걸 보고 아차, 싶었다.

"슈짱~ 너무 화내지 마! 나도 다 알아. 결혼식 당일까지 내가 웨딩드레스 입은 걸 다른 사람한테 보여주고 싶지 않은 거지? 알았어. 방금 그 말은 그냥 농담한 거야."

하지만 리리코가 응석을 부리듯이 말하는 걸 보고 힘이 빠졌다. 도대체 머릿속이 얼마나 꽃밭이면 이 모양일까? 그 머릿속은 어디를 둘러봐도 꽃밭만 가득하고 잡초 한 뿌리, 벌레 한 마리도 없는 세상이겠지.

"어~ 그러니까~ 세 번째는⋯⋯."

열심히 고민하는데 이미 다른 사람들은 리리코가 뭘 고르든 알 바 아니라는 분위기였다. 마스터 혼자서만 열심히 "응응, 세 번째가 뭔데?" 하며 맞장구를 쳐 주었다.

"너~무 어려워요! 어떡하지? 아, 메이크업 도구는 하나로 쳐 주는 거 아니죠?"

"그건 좀 힘들겠네요. 립스틱이면 립스틱, 아이섀도면 아이섀도, 각각 하나로 생각해야죠."

"아, 메이크업 박스를 가져가면 되겠구나! 그러면 거기에 립스틱이랑 아이섀도랑 파운데이션까지 다 있으니까. 그건 괜찮죠?"

"그거면 하나로 볼 수 있겠네. 그럼 세 번째는 그걸로?"

"네, 그걸로요!"

"리리코, 차라리 먹을 걸 가져가는 게 낫지 않을까?"

"안 돼! 먹을 것보다 내가 예쁘게 있는 게 더 좋잖아?"

"그야 그렇지만, 잠깐 동안만 있는 건데."

"그래도 화장은 고쳐야지."

"그러다 배가 고프면 어떡해?"

"마스터가 거기에 오렌지도 있다고 했잖아. 그리고 모델은 잠깐씩 단식하는 경우도 많고."

더 이상 뭐라고 말할 기운도 나지 않는다.

"그러고 보니까" 하면서 스에히로가 끼어들었다. "먹을거리에 대해서는 어떤 식으로 생각해야 하나요? 예를 들어서 고깃덩어리 같으면 몇 킬로그램이건 한 아이템이 되겠지만, 같은 무게라도 스무 조각으로 잘랐으면 아이템 스무 개가 되는 것 아닌가요?"

"으음~" 하며 마스터가 팔짱을 꼈다.

"아무래도 자른 고기는 개당 하나의 아이템이 되겠네. 그렇다고 큰 덩어리를 가져가면 칼이 필수적이니까 그것만 해도 아이템 2개를 쓰게 된다는 말인데……."

"아주아주 부드럽게 삶아서 손으로 찢을 수 있게 만든 커다란 고깃덩이로 하면 되잖아요."

스에히로가 아이디어를 냈다.

"이야, 천재 아냐? 나도 그렇게 가져가야겠다."

요시다가 스에히로의 어깨를 툭툭 치면서 칭찬했다.

"그럼 좋은 아이디어를 제공한 대신에 저도 좀 나눠주세요."

"아, 그건 안 되지."

마스터가 허둥지둥 두 손으로 엑스 표시를 했다.

"맞아, 반칙이야 반칙."

이츠키도 딩달아 말했다.

"그래도 어차피 가져가는 건데……."

스에히로가 미련이 남는 말투로 항의했다.

"아니, 이건 처음부터 자기가 고른 세 가지 아이템으로 지낸다는 콘셉트니까."

"그렇지. 물론 지금처럼 9명이 함께 간다는 것 자체가 이미 전제조건에서 어긋나는 거지만 말이야. 원래는 무인도에 혼자 있다는 설정이니까. 그래서 많은 사람이 같이 가도 서로 나눠 쓰기는 없는 걸로."

"그런 거면 더블 매트리스를 같이 쓰는 것도 반칙이잖아요."

"그렇기는 하지. 하지만 예를 들어서 누군가가 음악을 가져가면 거기 있는 사람들한테는 다 들리잖아요? 들리기는 해도 그게 소비가 되는 건 아니지. 혹은 커다란 파라솔을 누군가 가져갔는데 옆에 있던 사람도 어쩌다가 그 그늘에 들어가는 수도 있고. 엄밀하게 선을 긋기는 힘들지만 자기가 아이템을 사용할 때 우연히 다른 사람도 사용할 수 있는데, 그렇게 사용해도 줄어들거나 소비가 되지 않는 거면 괜찮지 않을까?"

"오오, 마스터~, 대단하네요. 납득이 갑니다."

아마노 선생이 감탄하면서 손뼉을 쳤다.

"지금까지 무인도에 들고 갈 아이템에 대해 이 정도로 깐깐하게 규칙을 따지고 들었던 사람은 아무도 없지 않을까요? 틀림없이 우리가 처음일 겁니다. 획기적이네요."

이츠키가 뿌듯한 표정으로 자랑스럽게 말했다.

이런 식으로 해서 각자가 들고 갈 아이템들이 정해졌다.

다이빙이 취미인 요시다는 스노클링 마스크와 오리발, 그리고 로스트비프 덩어리. 산소통을 써서 본격적인 다이빙을 하고 싶었던 모양인데 그렇게 하려면 가지고 갈 아이템이 너무 많아져서 포기하고 간이 스노클링만 할 모양이다. 다이빙 슈트는 입고 간다고 했다.

대학에서 캠핑 동아리 소속이라는 스에히로는 서바이벌 나이프와 모래사장에서도 달릴 수 있는 미니 오토바이, 그리고 블랙닛카 위스키를 꼽았다.

무기 마니아인 이츠키는 공기총, 모조 장검, 그리고 이이치코 보리소주.

가와카미는 낚싯대와 만능 나이프, 오니고로시 청주.

유우는 스태빌라이저가 내장된 비디오카메라와 태양열 충전기가 달린 배낭 그리고 서바이벌 나이프.

마지막으로 마스터는 보모어 위스키와 육포, 마른안주.

이렇게 우리 아홉 명 모두의 세 가지 아이템들이 정해졌다.

각자 아이템을 준비할 시간, 그리고 직장이나 아르바이트하는 곳에 휴가 신청할 기간 등을 고려해서 출발은 일주일 후에 하기로 했다. 모두가 만장일치로 무인도에 간다는 사실을 비밀로 하기로 했다. 공연히 알려지면 다른 사람들도 귀가 솔깃해져서 따라가고 싶다고 나설 게 뻔하기 때문이다. 이렇게 기가 막힌 기회가 있었다는 이야기는 다녀오고 나서 경험담으로 알려주는 게 상책이다.

그 일주일 동안 리리코도 준비하느라 정신없었는지 웬일로 데이트하자는 말도 없었다. 나도 들뜬 마음으로 아이템들을 준비했다. 섬에 머무는 기간은 1박 2일, 아니면 길어도 2박 3일 정도로 예상했다.

우선은 삼겹살을 덩어리로 사서 양념에 재웠다가 진공 팩에 넣은 다음 시간을 들여 천천히 저온으로 조리했다. 손으로 찢기 쉽게 표면에 칼집까지 냈으니까 언제든 먹을 수 있는 완벽한 상태다.

그리고 침낭과 일체형으로 된 편리한 에어 매트리스도 발견했다. 펼치면 자동으로 부풀어 오르고, 더구나 베개도 붙어 있어서 매트리스, 이불, 베개까지 모든 기능을 한꺼번에 해결할 수 있게 되었다. 이것 하나만 있으면 매트리스로 깔고 자는 것은 물론이고 햇빛을 차단하거나 추위를 막을 수도 있다.

가기 전날은 소풍을 앞둔 어린아이처럼 흥분 때문에 좀처럼 잠이 오지 않았다. 그러나 잠이 모자라면 배에서 멀미한다는 소리를 들었기 때문에 술기운을 빌려서 간신히 잠을 잤다.

드디어 맞이한 당일 새벽, 집합 장소인 술집에 나타난 이들은 밤에만 보던 취객들의 얼굴이 아니었다. 마치 전혀 다른 사람들처럼 들뜨고 신이 난 모습의 건전한 어른들이었다. 평소 넥타이에 양복 차림이던 요시다는 다이빙 슈트를 입고 있었고, 가와카미는 낚시 조끼를 입은 모습이었고, 밀리터리 덕후에 무기 마니아인 이츠키는 위장복을 입고 나왔다. 아마노 선생 같은 경우는 옷차림만 보면 일반적인 폴로셔츠인데 목에는 쌍안경을 걸고, 오른손에는 25년산 야마자키 위스키병을 들고, 왼손에는 양 반 마리를 통째로 로스트했다는 커다란 고깃덩이를 든 모습이 독보적이었다. 술집 단골들의 본모습이 드러난 느낌이었다.

"이제 리리코짱만 오면 되네요."

마스터가 느긋하게 말하는 순간 벨이 딸랑딸랑 울리면서 문이 열렸다. 모두 그쪽을 쳐다보았고, 단번에 얼음처럼 굳어버렸다.

리리코의 패션은 평소와 다름이 없었다. 아니, 흥분해서 더욱 힘을 준만큼 평소보다 더 심했다. 머리는 얼마나 정성 들여서 꼬불꼬불 말았는지 서양화에 그려진 귀족 여인 같았고, 속눈썹도 그새 숍에 가서 연장하고 왔는지 눈을 깜박일 때마다 새가 날갯짓하는 것처럼 파닥거리는 소리가 들릴 듯했다. 손톱에 네일도 길게 붙였고 반짝이는 보석까지 여러 개 박아서 아웃도어에서 손을 쓰는 일이라고는 하나도 못 하게 생겼다. 팔랑팔랑한 주름이 달린 핑크색 파카에 반짝이가 달린 티셔츠, 그리고 주름 레이스가 달린 데님 쇼트 팬츠 차림이었다. 그래도 여기까지는 봐줄 만했다. 무인도를 무슨 리조트 같은 곳으로 착각해서 그런 옷차림을 골랐으려니 하고 억지로라도 납득할 수 있으니까. 그런데 하이힐로 된 슬리퍼인 뮬을 신고 오면 어쩌자는 건가? 더구나 맨발이다.

"왜 그래?"

리리코가 애교를 부리듯이 고개를 갸우뚱했다. 입술이 반짝거린다. 양쪽 귀에 열 개나 있는 구멍마다 귀걸이가 주렁주렁 달려 있다. 목걸이, 팔찌, 체인벨트……. 아아, 그냥 쳐다보지 말자.

"샌들이면 괜찮지만, 그렇게 5센티미터나 되어 보이는 힐은 좀 그렇지 않나 해서……."

"5센티미터라니. 이거 9.5센티미터야. 청키 힐이어서 더 예쁘지 않아?"

리리코가 자랑하듯이 대답했다.

"그래? 그렇구나. 아주 예쁘고 잘 어울리네."

"그치?"

"그런데 걸어 다니기는 힘들겠다. 모래사장에서도 그렇고, 바위가 있는 곳도 많을 텐데. 여기 다른 분들한테는 좀 미안하지만

잠시만 기다려달라고 하고 신발이라도 다른 걸 사러 갔다 오는
게⋯⋯.”

“왜 그래, 슈짱? 내 신발이 뭐 어때서?”

리리코 역시 마음이 들떠 있는지 평소보다도 훨씬 높은 목소
리였다.

“나 어차피 안 걸을 건데? 위험한 데가 있으면 슈짱이 나를 공
주님처럼 번쩍 안아서 데리고 갈 거잖아. 그리고 이 뮬은 절대로
생채기 나면 안 돼. 루이비통 최신상이란 말이야~.”

머릿속이 하얘졌다. 어이없어하면서 불쌍하게 나를 쳐다보는
다른 사람들의 시선이 또다시 느껴졌다. 어쩔 수 없지. 며칠만 참
으면 된다.

“그렇지. 리리코는 당연히 걸어 다닐 일이 없으니까.”

비웃을 테면 비웃으라지. 이렇게 기분만 맞춰주면 연봉 2천만
엔이 들어온단 말이다. 호화주택과 멋진 차도 나온다. 평생 안락
하게 살 수 있다. 당신들도 상사 앞에서는 알랑거리잖아. 고객들
한테 굽신거리면서 마음에도 없는 아부를 떨잖아. 나는 그 상대
가 리리코일 뿐이다.

“자, 다 모였으면 이제 출발합시다.”

마스터가 손뼉을 딱 쳤다. 모두 함께 술집에서 나와 뒤편에 있
는 주차장 쪽으로 갔다. 그곳에는 큼직한 회색 승합차가 주차되
어 있었다.

"어, 이건 14인승이네. 우리 학원에서도 원생들 태우고 다니는 데 쓰는 차예요. 그런데 이 차 몰려면 1종 면허가 필요할 텐데. 마스터, 면허 있어요?"

"재작년 즈음에 따 놨지요. 술집을 하다 보면 밤에만 움직이게 되잖아요? 낮에도 뭔가 건설적인 활동을 하고 싶어서 운전 학원 에 다녔거든요."

"이야, 장난 아니네. 허름한 술집 주인이라고만 생각했는데, 알고 보니 대단한 분이시네."

"칭찬을 하든지, 까든지, 한 가지만 합시다."

마스터의 핀잔에 모두 함께 웃으면서 짐을 실었다. 아홉 명이나 되는데도 각자 짐을 세 가지로 제한해서 그런지 차 안은 공간이 넉넉했다. 스에히로의 미니 오토바이도 충분히 실을 수 있었다.

"자, 그럼 출바알!"

마스터의 경쾌한 목소리가 차 안에 울렸다. 흥분이 최고조에 달한 어른들도 다 같이 "출발!" 하고 합창했다. 달리는 차 안에서 는 수다를 떠는 사람, 차량용 TV를 보는 사람, 자는 사람 등 제각 기 알아서 시간을 보냈다.

유우는 "여러분~ 유우튜브 채널입니다! 자, 여러분, 오늘 우리 가 어디로 가는가 하면, 바로바로 무인도에 갑니다! 멤버는 이렇 게 아홉 명이고요~!" 하면서 카메라를 빙 돌려서 차 내부를 찍 었다. 그러더니 "아, 물론 돌아올 때까지 이 영상은 안 올려요. 여러분들 얼굴도 모자이크 처리를 할 거니까 걱정하지 마시고!" 하면서 모두를 안심시켰다.

유우가 녹화를 계속하는 동안에도 내 옆자리에 앉은 리리코는 선크림을 발라대느라 여념이 없었다. 일단은 이 자리를 즐기자는 생각에 나는 창밖을 바라보았다.

그로부터 두 시간 남짓 달려서 도착한 항구에는 파란 하늘 아래 새하얀 요트와 크루저 등이 즐비하게 정박되어 있었다. 장관이었다. 렌탈용도 있지만 개인 소유도 많은 모양이었다. 모두가 불경기라고 떠들어대는 요즘 같은 시대에도 부자들은 이렇듯 엄연히 존재하는 것이다.

"리리코네 아버님도 크루저 한두 대는 가지고 계실 것 같은데?"

문득 궁금해져서 물었더니 리리코가 웃으며 고개를 저었다.

"아니, 우리 집엔 그런 거 없어."

"아무래도 크루저는 너무 비싸서 그런가?"

"그게 아니라 우리 가족은 바다에 별 흥미가 없거든. 하지만 비행기는 있어. 네 명만 탈 수 있는 작은 거지만."

아, 네. 그러시군요. 역시 딴 세상에 사는 사람이 맞다. 하지만 조금 있으면 나도 그 세상에 살 수 있게 된다.

"자, 다들 빨리 올라와요."

눈부시게 하얀 크루저에 먼저 올라탄 마스터가 손짓을 하며 불렀다.

"옛썰, 캡틴!"

장난기가 많은 유우가 경례를 붙이더니 자기 모습을 동영상으로 찍으면서 올라탔다. 우리도 그 뒤를 따랐다.

"아니 잠깐. 이 크루저도 마스터가 몰아요?"

이츠키가 황당하다는 표정을 지으며 큰소리로 물었다.

"그래야지."

"이게 무슨 일이야? 1종 면허까지는 그럴 수도 있겠다 싶었는데 선박 면허까지 가지고 있다니, 믿을 수가 없는데요."

"상속을 받고 보니 직접 몰아보고 싶더라고요."

마스터가 웃었다. 우연히 집 근처에 있는 술집인 아일랜드에 드나든 지 벌써 1년 정도 되었지만, 그러고 보니 마스터에 대해서 아는 게 거의 없다.

"이것도 상속을 받았다고? 마스터, 완전 금수저네."

"금수저는 무슨! 그 정도는 아니고. 아니, 진짜로. 사실 선박 면허라고 해 봐야 크게 어려운 것도 아니고, 비용도 생각보다는 많이 드는 게 아니니까. 처음에 섬에 갔을 때 크루저를 빌리고 조종사까지 포함했더니 비용이 어마어마해지더라고. 그럴 바에야 차라리 내 손으로 몰아야겠다는 생각이 들 정도였으니까."

"그렇지만 크루저의 정박 요금도 상당히 나오지 않나요?"

"그렇기는 하지. 하지만 그 돈도 유산에서 알아서 빠져나가니까."

"그래요? 그럼 정말 금수저가 맞네. 망해가는 술집 주인인 줄만 알았는데."

"아니, 왜 우리 술집을 까는 게 점점 더 심해지는 것 같지?"

또다시 모두가 박장대소를 했다. 문득 돌아보니 리리코는 재미없는 표정으로 바다를 쳐다보고 있었다. 마스터가 아무리 유산을 많이 받았다고 해도 리리코가 태어나서 자란 환경에 비할 수는 없을 것이다. 리리코야말로 진짜 금수저다.

크루저는 2층으로 되어 있고, 위층에 조타실이 있었다. 조타석을 ㄷ자 모양으로 둘러싼 소파가 있어서 모두 그곳에 앉았다. 청량한 아침햇살을 받으며 키를 조종하는 마스터의 모습이 멋있었다.

엔진 소리가 들리더니 배가 바다 위로 미끄러져 나갔다. 항구를 벗어나자 순식간에 넓은 바다가 눈앞에 펼쳐졌다. 바닷바람이 시원하다. 선글라스를 끼고 있어도 눈부신 바다와 투명하리만치 맑은 하늘은 감동적으로 아름다웠다.

그러나 거기까지였다. 넘실거리는 파도의 흔들림이 선체로 전해지면서 점점 속이 울렁거리더니 구역질이 나기 시작했다. 가와카미와 요시다는 그런 흔들림에 익숙한지 아무렇지도 않은 얼굴로 먼바다를 바라보고 있었다.

"저기 계단을 내려가면 선실이 있으니까 거기서 좀 누워 있어요. 커다란 소파도 있고, 침대도 5개 정도 있으니까."

마스터의 말을 듣고 가와카미와 요시다를 뺀 6명이 계단을 따라 내려갔다. 럭셔리한 거실에 냉장고와 부엌도 있었다. 그 안쪽으로 침실이 3개 있고, 화장실에 샤워실까지 있었다. 멋진 바도 있어서 평소의 우리 같으면 거기 있는 술들에 눈독을 들였겠지만, 뱃멀미가 심한 상태여서 아무 생각도 들지 않았다. 여섯 명 모두 제각기 소파와 침대에 쓰러졌다. 리리코와 나는 더블 침대에 함께 누웠다.

속이 너무 안 좋아 꼼짝도 하지 못하는 사이에 잠이 들어버린 모양이었다. "여러분, 도착했어요!" 하고 누군가 흔들어 깨워서 일어나며 선실 안에 있는 시계를 보니 오후 3시였다. 6시간이나 타고 온 모양이었다. 엔진 소리는 꺼져 있었고, 잔잔하게 넘실거리는 파도를 따라 배가 흔들리고 있을 뿐이었다.

자고 있던 사람들은 느릿느릿 일어나서 비몽사몽간에 선실에서 나왔다. 그러나 밖으로 나오자마자 눈에 들어온 경치에 단숨에 정신이 번쩍 들었다.

끝없이 펼쳐진 투명한 에메랄드그린의 바다. 물밑에서 하얗게 빛나는 모래는 섬에 다가갈수록 점점 가까워지다가 푹신푹신한 모래사장으로 이어졌다. 그리고 모래사장 너머에는 푸르른 나무들이 바람에 흔들리고 있었다.

"이게 뭐야~!"

이츠키가 감격에 겨워 울먹이는 목소리로 외쳤다. 그래, 그 심정, 나도 충분히 이해한다. 이건 우리가, 아니 모든 인류가 꿈에 그리는 이상적인 무인도 그 자체다. 우리 아홉은 지금 꿈을 마주하고 있는 셈이다.

"이러고 있을 때가 아니지! 유후~!"

다이빙 슈트를 입은 요시다가 스노클링 마스크와 오리발을 장착하더니 로스트비프를 든 한쪽 팔만 위로 쳐들고서 풍덩 하고 바다로 뛰어들었다. 그렇게 제일 먼저 모래사장으로 올라간 그는 마른 나무와 가지가 쌓인 곳에 고깃덩이를 올려놓고는 도로 달려와서 바다에 뛰어들었다.

"너무 좋아!"

물속을 들여다보던 요시다가 이따금 고개를 쳐들고서 소리를 질렀다.

"얕은 곳인데 물도 너무 맑고 진짜 끝내주네! 다음에는 꼭 산소통까지 다 가져와야지!"

"그럼 나도!" 하며 가와카미가 뛰어들자 유우와 스에히로, 그리고 아마노 선생까지 차례차례 바다로 뛰어들었다. 선착장이 따로 있는 게 아니기 때문에 배를 세운 곳에서 바다로 들어가 뭍으로 갈 수밖에 없다. 사람들의 모습을 보니 바닷물의 깊이는 남자들 중에 제일 키가 작은 가와카미도 어깨가 드러나는 정도인 모양이다. 나라면 가슴까지밖에 안 올 것 같았다. 그런데 키가

160센티미터인 리리코에게는 아슬아슬할지도 모른다.

"슈이치 씨랑 리리코짱도 내리지 그래? 모두들 흥분해서 뛰어 들었지만, 배에 사다리도 있으니까 그걸 써도 되고."

마스터가 말했다.

"가자, 리리코. 내가 먼저 내려가서 잡아줄게."

한 손에는 짐을 들고 배에 설치된 사다리를 내려가 조심스럽게 발을 바닷물 속으로 내디뎠다. 시원하다! 사다리를 잡았던 손을 놓자 몸이 붕 뜨는 느낌이 들면서 물 밑바닥에 착지했다. 아쿠아슈즈를 신었는데도 모래가 얼마나 부드러운지 느낄 수 있었다. 나도 모르게 한 팔로 헤엄을 쳐서 모래사장으로 나갔다. 매트리스를 포함한 우리 짐을 모래 위에 내려놓았다.

"리리코, 어서 와 봐! 여기 너무 좋아!"

손짓하며 불렀다. 그러나 리리코는 팔짱을 낀 채 골이 잔뜩 난 표정으로 서 있을 뿐이었다.

"아, 뭐야~. 바로 밑에서 기다리고 있어야지!"

깜박했다. 난 그녀를 안아서 옮겨줘야 한다.

"물이 별로 안 깊으니까 두 손으로 뮬을 높이 들고 걸어오면 괜찮아. 옷은 금방 마를 거야."

"그렇게 촌스러운 짓을 슈짱 앞에서 하라고? 됐으니까 빨리 와."

내가 좋아해 주기를 바라는 거라면 자기 발로 모래사장까지 걸어와 주는 편이 훨씬 나을 텐데. 그러나 그렇게 말할 수 있을리가 만무한 나는 사다리 아래로 돌아갔다. 리리코의 하얗고 가느다란 다리가 눈앞으로 내려왔다. 힐을 신고 있어서 위태위태해 보였다. 제일 아랫단에 발을 올린 채 쭈그리게 해서 한쪽 겨드랑이에 내 왼팔을 끼웠다. 그런 다음 구부린 양쪽 다리를 오른팔로 들어 올리자 공주님처럼 안는 자세가 되었다.

"내 몸이나 이 루이비통 퓰이나 절대 물 한 방울도 안 묻게 해야 돼. 안 그러면 나 울어버릴 거야."

남자 품에 안겨서 바다를 건너는 게 신이 났는지 다리를 마구 버둥댔다. 그러는 바람에 균형을 잃고 휘청거릴 뻔했는데 신발에 물이 묻었다가는 또 귀찮은 일이 벌어질 것 같아 간신히 버텼다.

모래사장에 도착하자 "그대로 쭈그리고 앉아야 돼."라고 리리코가 말했다. 내가 모래에 무릎을 대자 안긴 상태 그대로 자기 손으로 신발을 벗더니 말끔하게 페디큐어가 칠해진 맨발로 모래사장에 섰다.

"와, 모래가 너무 부드러워. 진짜 좋다~!"

한쪽 손에 퓰을 들고서 제자리에서 빙글빙글 돌았다. 보나 마나 리리코의 머릿속에서는 잡지 화보 촬영이 진행되고 있을 것이다.

일단 여기까지 무사히 올 수 있었으니 이젠 됐다. 나는 나무 그늘에 에어 매트리스를 펼쳤다. 신발을 획획 벗어 던진 내가 저

절로 펼쳐지며 공기가 빵빵하게 찬 매트리스 위로 큰 대 자를 그리며 몸을 날렸다. 그리고 들고 온 고깃덩이를 한입 가득 물어뜯었다.

그래, 바로 이거야. 이러려고 여기 온 거지.

유우의 핸드폰으로 추정되는 곳에서 음악이 들려왔다. 가와카미는 낚시를 하고 아마노 선생은 대낮에 별을 관찰하고, 이츠키는 모조 장검을 허공에 대고 휘둘렀다.

"아아, 정말 낙원에 온 것 같아, 그치?"

머릿속 화보 촬영을 마친 리리코가 내 옆에 누우며 말했다.

한가로이 시간을 보낸 다음 모래사장을 산책하다가, 가와카미가 낚은 물고기들을 보고 감탄하기도 하고, 유우가 동영상을 촬영하는데 V 사인을 하는 모습으로 배경에 찍히는 등을 하다 보니 어느덧 어둠이 내려앉은 시간이 되었다.

"마스터, 이렇게 좋은 곳에 데려와 줘서 정말 고마워요."

모래사장에 양반다리를 하고 앉아 보모어 위스키병을 한 손에 들고서 육포를 질겅거리는 마스터에게 다시 한번 고맙다고 인사했다.

"정말 최곱니다. 어른이 되고 나서 이렇게 즐거운 일이 생길 줄은 꿈에도 생각지 못했네요."

아마노 선생도 마스터 옆에 자리를 잡고 앉아 잘게 찢은 양고기를 안주 삼아 25년산 야마자키 위스키를 찔끔거리면서 감회에 젖은 목소리로 말했다.

"나도 그래요."

"저도요. 드림 컴 트루네요."

"최고의 추억이 생겼습니다."

모두 앞다퉈 인사했다.

"이렇게 좋아해 주니 정말 뿌듯하네. 다들 이렇게 와 주셔서 감사합니다. 아, 참!"

마스터가 옆에 있던 봉지를 부스럭거리며 뭔가를 찾았다.

"이건 좀 반칙이기는 하지만 그래도 건배를 하려고 크루저의 바에서 술을 좀 가져왔거든. 내가 만든 규칙을 내가 어기는 꼴이 되는데 괜찮을지 모르겠네."

"뭐 어때, 건배하자는 건데. 그렇죠?"

"물론이죠! 원래 건배는 별개니까."

"그건 후식이 별개라는 말 아니었어?"

"마스터는 규칙에서 열외를 해도 괜찮아요. 호스트잖아요."

"맞아, 맞아."

다들 큰소리로 웃었다. 마스터가 진심으로 기쁜 표정을 지으며 한 사람 한 사람에게 컵에 든 술을 건넸다.

"좋네~. 무인도에서 마시는 술맛이 끝내주겠네."

이츠키가 신이 나서 뚜껑을 따며 말했다.

"자, 그럼 인생 최고의 밤을 위하여, 건배!"

별이 한가득 반짝이는 밤하늘 아래 유리잔 부딪치는 소리가 여기저기에서 울렸다.

그 뒤로 시간이 얼마나 흘렀을까? 갑자기 귀를 찢는 듯한 비명이 들렸다. 반사적으로 벌떡 일어나보니 수평선 위로 태양이 막 떠오르는 참이었다. 빛이 방사선 모양으로 하늘을 비추는 모습이 숨 막힐 정도로 신비롭고 장엄했다.

어느새 정신없이 곯아떨어졌던 모양이다. 옆에서는 리리코가 여전히 깊이 잠들어 있었다. 방금 그건 누구 비명이었을까? 어디서 들린 거지? 매트리스가 흔들리지 않게 살금살금 내려와 잠이 덜 깬 눈으로 걷기 시작했다. 문득 저 멀리서 몇 명이 한데 모여 바다 쪽을 바라보는 모습이 보였다.

"안녕히 주무셨어요!"

있는 힘껏 소리를 지르며 여기를 보라고 두 팔을 크게 휘저었다. 그러나 아무도 내 쪽을 돌아보지 않았다. 그저 가만히 바다만 바라볼 뿐이었다. 이 장엄한 해돋이 풍경에 넋이 나가서 그런가?

"안녕하세요. 왜 그래요?"

헝클어진 머리를 한 스에히로가 나무 그늘에서 불쑥 모습을 드러내며 인사했다.

"나도 모르겠네."

"그런데 어디서 비명 소리가 나지 않았어요?"

"맞지? 내가 착각한 게 아니었구나."

"아아, 배고프네요."

"그러게. 먹을 걸 별로 가져오지 않아서……."

스에히로의 외마디 비명이 내 말을 잘라버렸다.

"왜 그래?"

"저, 저기……."

떨리는 손가락으로 바다 쪽을 가리켰다. 그곳에는 장엄한 아침해 말고는 아무것도 없었다.

"왜 그래? 아무것도 없잖아."

"맞아요. 아무것도 없어요."

"그럼 도대체 뭐가 문제……."

그 순간 번뜩 깨달았다. 아무것도 없다. 그게 바로 제일 큰 문제가 아닌가. 스에히로와 나는 허둥지둥 다른 사람들이 멍하니 서 있는 곳으로 달려갔다.

"크, 크루저는요?"

내 물음에 요시다가 그제야 천천히 고개를 돌리며 나를 바라보았다. 그의 두 눈은 마치 속이 텅 빈 것 같았다.

"…… 없어."

갈라진 목소리로 대답했다.

"없다니, 그게, 무슨……."

돌아가지 못한다. 오한이 등줄기를 타고 올라왔다. 온몸에 소름이 돋았다. 나는 그 자리에 털썩 주저앉고 말았다.

아침햇살을 반사한 수면이 다이아몬드를 뿌려놓은 듯 눈부시게 반짝였다. 그러나 무인도에 남겨진 지금은 그토록 아름다운 반짝임조차 우리를 집어삼키려고 달려드는 낯선 괴물의 날카로운 이빨처럼 보일 뿐이었다.

2

유우

"…… 그러고 보니까, 마스터는?"

오무라 슈이치가 하는 말을 들은 나는 정신이 번쩍 들어 주변을 둘러보았다. 지금 이곳에는 마스터를 뺀 남자 일곱이 있었다. 리리코는 아직도 에어 매트리스에서 잠들어 있는 게 멀리서도 보였다.

"설마 바다로 떠내려가거나 하지는 않았겠죠?"

언제나 느긋해 보이던 아마노 선생도 지금은 바짝 긴장한 것 같았다. 자기 멋대로 움직이기 시작한 크루저를 허겁지겁 쫓아가다가 파도에 휩쓸려가는 마스터의 모습이 머릿속에 떠올랐다. 항상 유튜브용으로 이런저런 동영상을 찍어서 그런지 너무도 리얼하게 상상이 되면서 온몸에 소름이 돋았다.

"에이, 설마 그럴 리가. 어딘가에서 아직 자고 있겠지."

머릿속에 떠오른 상상을 떨쳐내려고 일부러 단호하게 말했다.

"같이 찾아봅시다."

"그렇지", "그럽시다" 하며 모두 고개를 끄덕이고는 제각기 흩어져서 마스터를 찾기 시작했다. 술기운이 여전히 가시지 않은 무거운 머리로 어젯밤에 있었던 일을 열심히 떠올려 보았다. 그래, 우리가 컵에 든 술로 건배할 때 나는 유튜브에 쓰려고 카메라로 찍고 있었어. 마스터는 장난스럽게 스텝을 밟으며 춤을 춘 다음 마른 나무 기둥에 앉아 즐겁게 마시고 있었던 것 같은데. 그러다 그대로 드러누워서 코를 골기 시작해서 카메라를 껐던 게 기억난다. 어, 그러고 보니 카메라가 어디 갔지? 흔들림 방지 기능이 있고, 삼각대도 될 수 있는 스태빌라이저가 달린 카메라. 손바닥만 한 크기의 그 카메라는 필요할 때 바로 꺼내서 찍을 수 있게 내 래시가드 가슴 주머니에 넣어놨는데.

아니, 지금은 그것보다 마스터를 찾아야지. 그렇게 생각하면서 어젯밤에 마스터가 앉아 있던 나무 기둥 근처로 다가가자 그 위에 내 카메라가 얹어져 있는 게 보였다.

이게 왜 여기 있지? 내가 이런 데에 올려놨던가? 어디 고장 나지 않았나 싶어 확인하기 위해 전원을 켜 보니 마스터가 찍힌 동영상 파일이 있었다. 어젯밤에 내가 찍은 동영상은 마스터가 술을 마시고 춤을 추다가 잠이 든 모습이었다. 그런데 이 동영상 파일의 섬네일은 마스터가 카메라를 똑바로 쳐다보는 모습이었다.

이런 동영상을 찍은 적이 있었나? 이상하다고 생각하면서 재생 버튼을 눌렀다.

[엇, 찍히는 것 같네. 셀프 모드 성공이군.]

작은 화면에서 마스터가 말하기 시작했다.

[이야~ 신기하다. 이거 되게 편하게 되어 있네. 미니 삼각대 같은 거랑 카메라가 같이 붙어 있는데다가 주머니에 쏙 들어갈 정도로 작고 가볍잖아. 그런데도 해상도가 이 정도라니. 나이 먹으니까 시대에 못 따라가겠어, 정말. 아니, 지금은 그게 중요한 게 아니지. 음~ 어디서부터 이야기해야 하나? 아, 일단 유우 씨, 내 마음대로 카메라를 써서 미안해요. 그리고 다른 사람들도, 본의 아니게 다들 잠들게 만들어서 미안하네. 술에 수면제를 좀 탔거든.]

화면 속의 마스터가 미안한 표정으로 두 손을 모았다.
뭐? 자, 잠깐만. 수면제라고?
"다들 여기 좀 모여봐요! 빨리빨리!"
여기저기 흩어져 있던 사람들이 나의 절박한 목소리를 듣고 모여들었다. 얼굴을 서로 붙이다시피 해서 작은 화면을 들여다보았다.

[알코올과 수면제를 같이 쓰면 안 되지만 얼마 안 되는 양이니까 양해해 줘요. 이걸 찍는 사이에 누군가 잠에서 깨면 곤란하고, 크루저 엔진 소리도 워낙 크니까 깊이 잠들게 해야 해서. 자, 그럼 이제 본론으로 들어갑시다. 여러분, 다시 한번 고맙다는 말을 하고 싶네요. 이런 무인도까지 와 줘서. 하지만 미안한데 난 먼저 가야겠어요. 여러분은 뭐랄까, 게임이라고 해야 하나, 실험이라고 해야 하나, 검증이라고 해야 하나……. 으음, 그래도 게임이라고 하는 게 제일 적당하겠네. 아무튼 그걸 좀 해 줘야겠어요.]

"엉? 이게 도대체 뭐예요? 유우 씨가 쓴 대본을 읽는 거예요?"
스에히로가 나에게 물었다.
"쉿! 아니야. 어느새 이런 게 찍혀 있더라고."

[난 정말로 기뻤어요. 여러분과 함께 우리 할아버지와 아버지한테서 물려받은 무인도에 올 수가 있어서. 세 가지 아이템을 고르는 과정도 정말 재미있었죠? 다들 정말 개성이 드러나는 선택을 했잖아요.
지금까지 나에 대해 여러분한테 이야기한 적이 없죠? 사실 우리 집안은 대대로 빌딩 임대도 하고 주차장도 운영하면서 그 임대료로 생활해 왔어요. 나도 할 일이 없고 심심해서 술집을 경영하고 있죠. 아, 참고로 말하자면 우리 술집이 있는 그 빌딩도 내가 오너

예요. 뭐, 금수저라면 금수저 축에 낄 수도 있겠지. 하지만 솔직히 말하자면 단조롭고 자극도 없어서 사는 게 너무 심심해요. 특히 나 같은 경우는 결혼도 안 했고, 자식도 없으니까.

이번에 무인도에 다 같이 올 수 있게 되면서 정말 오랜만에 흥분했어요. 기대를 잔뜩 하면서 신이 나서 준비했거든. 하루 이틀만 지내다가 돌아오기에는 너무 아깝다고 생각하면서 말이지.

그러다 문득 너무 허무해져 버리더라고. 갔다가 며칠 만에 돌아오면 다시 똑같은 일상이 시작될 텐데. 돌아오기 싫다는 생각이 들었지. 내 인생에 이렇게 신나고 재미있는 일이 다시는 일어나지 않을 것 같더라고. 어쨌든 준비를 마치고 심심해서 온라인 게임을 하며 시간을 보냈는데 그 게임이 마침 무인도에서 아이템을 사용해서 마지막 한 사람만 남을 때까지 싸운다는 내용이었지 뭐예요.

그래서 문득 흥미가 생겼어요. 이번에 가는 우리 멤버들이 각자의 아이템을 사용해서 서바이벌 게임을 하면 누가 마지막까지 버틸 수 있을까? 그런 궁금증을 갖다 보니 점점 더 이런저런 상상을 하게 되었고 막판에는 잠도 자지 못할 정도가 되더군요. 그래서 결심했죠. 진짜로 배틀 로얄을 시켜봐야겠다고.

아니, 그렇다고 서로 죽이라는 뜻은 아니고 그냥 마지막 한 사람이 될 때까지 살아남으라는 거지. 라스트 맨 스탠딩. 물론 생존자에게는 보상이 있어야겠죠. 얼마 정도면 해볼 마음이 생길까 생각해 봤어요. 1억 엔? 으음, 요즘 같은 때에 그 정도 가지고는 도심에 아파트 한 채 사면 끝이잖아? 2억 엔? 3억 엔? 그런 정도로는 다들 의욕을 불태우지 못할 것 같은데. 그렇지만, 10억 엔(약 100억 원- 옮긴이)이라면? 경쟁심에 불이 붙지 않나?

물론 다 같이 살아남는 길을 선택한다 해도, 그건 그것대로 상관없지. 상금도 없고, 평생 아무도 그 섬에서 나오지 못하겠지만. 하지만 아마 그런 환경에서라면 어차피 죽는 건 시간 문제 아닐까? 뭔가에 물려서 감염될 수도 있고, 뜨거운 햇볕 때문에 열사병에 걸릴 수도 있고…… 여러 가지 경우가 있겠네. 그럴 바에야. 상금 10억 엔을 쟁취하기 위해 서바이벌 게임에 도전해 봐요. 라스트 맨 스탠딩을 해보자고.

10억 엔 정도면 평생 놀고먹을 수 있잖아? 부동산 몇 개를 사서 임대 수입으로 먹고살 수도 있고, 회사를 차릴 수도 있고, 어쨌든 인생을 완전히 바꿀 수 있을 만한 금액 아닌가?

게다가 단순히 어느 아이템이 최종적으로 가장 도움이 될지도 궁금하잖아. 물론 그 아이템을 고를 당시에는 배틀 로얄을 상정하지 않았으니까 그 점에서는 검증 결과가 달라지겠네. 아하하하.]

마스터는 너무 재미있다는 듯이 손뼉을 치면서 웃었다. 이게 뭐야? 뭐가 재미있다는 거야? 언제나 싱글싱글 웃는 낯으로 남의 이야기를 잘 들어주던 친절한 술집 사장. 그러나 지금 활짝 웃는 그 얼굴에서 광기가 느껴져 소름이 돋을 정도로 무시무시해 보였다.

[아, 방금 이 이야기를 듣고 다들 이렇게 생각했겠네? 살아남았다
치고, 그다음에 어떻게 나한테 연락할 수 있냐고. 전화도 없는데.
나도 어떻게 해야 하나 고민했는데 좋은 방법이 있더라고요.

거의 시차 없이 위성으로 찍은 영상을 볼 수 있는 유료 서비스가
있는 모양이에요. 그래서 나는 매일 아침 9시 무렵에 섬을 내려다
보는 영상을 확인하기로 했어요. 그러니까 승부가 결정되면 내가
알아볼 수 있게 나무나 뭔가를 모래사장에 늘어놓아서 표시해 주
세요. 마지막 한 사람이 되었다는 걸 알 수 있게……. 아, 그렇지!
나무가 아니라 시체를 늘어놓으면 되겠네!

여러분은 현재 여덟 명이잖아. 그러니까 모래사장에 시체 일곱 구
를 눕혀놓으면 게임 완료가 된 걸로 합시다. 아아, 물론 살아 있는
데 죽은 척하고 누워서 속이려고 할 수도 있으니까 일곱 구의 시체
가 보인 다음에도 최소한 사흘 동안은 영상으로 관찰할 거예요. 시
체가 움직이지 않았는지, 그리고 사후 변화가 있는지까지 다 확인
한 다음에 데리러 갈게요. 리모트 컨트롤로 움직이는 미니 보트로.
아 참. 그 미니 보트에 대해서 말하자면 사실은 2인승이거든요. 그
러니까 두 사람까지는 살아남아도 괜찮다는 뜻이기는 하지. 재미
는 좀 덜하겠지만.

두 사람이 살아남았을 경우 상금은 당연히 반반을 해야겠죠. 라스

트 맨 스탠딩이거나 라스트 투 맨 스탠딩이겠네. 마지막에 살아남는 게 한 사람이건 두 사람이건 나로서는 상관없어요.

이 말을 듣고 마음이 살짝 놓였으려나? 하지만 생각해 보면 그것도 만만한 게 아니에요. 여섯 명이나 해치워야 한다는 사실은 변함이 없으니까. 일곱에서 한 사람 줄었다는 것뿐이잖아요. 그래도 슈이치 씨랑 리리코짱 커플한테는 다행일지도 모르겠네. 서로를 죽이지 않아도 되는 거니까. 열심히 노력해서 둘이 살아남도록 해봐요.

덕분에 앞으로 한동안 매일매일 재미있게 살 수 있는 자극이 생겼네요. 오랜만에 흥분되는 것 같아. 정말 고마워요. 자, 그럼, 여러분, 건투를 빕니다! 필승!]

마지막으로 연극이라도 하듯이 경례하는 모습으로 영상이 끝났다.

모두가 혼란에 빠져 아무도 말을 하지 못했다.

"…… 농담한 거겠지?"

일부러 밝은 목소리를 내며 가와카미가 침묵을 깨뜨렸다. 그러나 그렇게 말하는 그의 목소리는 떨리고 있었다.

"틀림없이 몰래카메라 같은 걸 거야. 크루저를 어딘가에 숨겨놓고 마스터는 웃음을 참아가면서 우리가 어쩔 줄 몰라서 이리 뛰고 저리 뛰는 모습을 지켜보고 있을 게 뻔해. 틀림없이 그런 걸 거예요. 어~이, 마스터! 어디 있어요? 이제 그만 나오시죠!"

가와카미가 두 손을 동그랗게 말아 확성기처럼 입가에 갖다 대고는 큰 소리로 불렀다. 그러나 파도 소리와 바람에 흔들리는 나뭇잎 소리만 들릴 뿐이었다.

"아니, 진짜로 섬 반대편에 크루저를 두고 숨어 있을 수도 있습니다."

아마노 선생도 간절한 희망이 담긴 목소리로 말했다.

"마스터가 전에 이 섬이 두 시간이면 한 바퀴 돌 수 있을 정도의 크기라고 하지 않았습니까. 그렇다면 이 해변에서 직선으로 가로지르면 반대편까지 한 시간도 안 걸린다는 뜻이지요."

"좋아요. 한 번 가 봅시다."

아직 자고 있는 리리코를 남겨 두고 남자들끼리 숲속으로 들어갔다. 그러나 몇 발짝 채 가기도 전에 사람 손이 닿지 않은 땅이 얼마나 험한지 뼈저리게 느낄 수밖에 없었다. 불쑥불쑥 튀어나온 나무뿌리나 덩굴에 걸려 넘어질 뻔하다가 허겁지겁 잡으려던 나뭇가지는 엄지손가락만 한 굵기의 가시로 뒤덮여 있었다. 걸음을 옮길 때마다 가지나 덩굴에 팔이 걸려서 금방 온통 생채기투성이가 되었다. 서바이벌 게임용 위장복에 군화 차림인 이츠키가 자진해서 앞장서지 않았으면 도저히 헤쳐나가지 못했을 것이다. 점점 경사가 가팔라지면서 앞선 사람들을 따라가기 힘들어졌다. 이제 겨우 숲에 들어선 지 기껏해야 15분 남짓이었다. 한 시간이 걸린다고 하면 앞으로 45분이나 이렇게 걸어가야 한다.

도저히 못 하겠다. 배도 고프고 목말라 죽겠다. 더 이상은 한 발짝도 못 가겠다. 그렇게 생각했을 때였다. 제일 앞에서 나아가던 이츠키, 그리고 바로 뒤따르던 가와카미가 제자리에 우뚝 멈춰 섰다. 뭐지? 힘이 다 빠져서 쓰러질 지경이었지만 그래도 남은 힘을 쥐어짜서 간신히 두 사람이 선 곳까지 올라갔다.

그곳은 산꼭대기여서 나무들 틈새로 섬 주변을 둘러볼 수가 있었다. 그러나 크루저의 모습은 그 어디에도 보이지 않았다.

너무도 허망하여 누구 하나 입을 열지 않고 묵묵히 온 길을 따라 돌아왔다. 숲을 빠져나와 해변으로 돌아오자 잠시 마음이 놓였다. 그러나 아무것도 없는 바다가 눈에 들어온 순간 엄청난 공포감이 새삼스레 엄습해 왔다.

틀림없는 현실이라는 점은 이제 의심할 여지가 없었다. 문득 생각이 나서 둘러보니 마스터가 들고 온 술병과 육포, 마른안주가 보이지 않았다. 다른 사람들의 아이템이 되지 않도록 철저하게 챙겨서 들고 간 것이다.

"어떻게 탈출할 방법이 없을까?"

내가 사람들을 보며 말했다.

"그래, 나무로 뗏목을 만들면 되잖아!"

가와카미가 희망에 찬 표정을 지으며 말했다.

"그건 아마 힘들 거예요. 어느 방향으로 가야 하는지 모르면 우주 공간에 내팽개쳐진 거나 마찬가지니까."

안타까운 얼굴로 요시다가 고개를 저었다.

"그래도 가다 보면 지나가던 배가 우리를 발견할지도 모르잖아요."

"그러기 전에 뗏목 같은 건 순식간에 산산조각이 날걸. 바다로 나가면 그냥 백 퍼센트 죽는 거야. 그나마 섬에 남아 있는 편이 살아남을 가능성이 조금이라도 있지."

요시다가 다시 한번 실낱같은 희망을 짓밟아버렸다.

가와카미와 더불어 나까지 어깨가 축 늘어졌다. 이제 어쩌지? 앞으로 어떻게 되는 거지? 긴박한 분위기가 흘렀다.

"여러분~ 좋은 아침!"

콧소리가 잔뜩 섞인 리리코의 목소리가 들려왔다. 매트리스와 일체형으로 만들어진 이불에서 다리를 모아 스르륵 빠져나와서 맨발로 모델 워킹을 하며 이쪽으로 다가왔다. 중간에 양팔을 하늘 높이 쳐들고는 "음~!" 하며 가슴을 젖혀서 보란 듯이 기지개를 켰다.

"다들 심각한 얼굴로 왜 그래~?"

설명해 주고 싶은 마음이 생기지 않아 나는 말없이 카메라를 내밀었다. 리리코는 어리둥절한 표정으로 마스터의 동영상을 들여다보기 시작했다. 그러다가 얼굴에서 점점 핏기가 사라졌다.

"이게 뭐야……. 그럼 집에 못 간다는 거야?"

동영상이 끝나자 리리코가 훌쩍훌쩍 울기 시작했다. 그래, 우리도 다 너처럼 울고 싶은 심정이다.

"너무 걱정하지 마. 돌아갈 수 있을 거야. 응?"

슈이치가 열심히 다독였다. 그런 그도 불안한 심정은 마찬가지일 거다. 슈이치는 외모도 괜찮고 대학도 손꼽히는 데를 나왔는데 이런 여자와 약혼했다니 너무 안 됐다. 대기업 사장의 딸인 모양인데 폭탄도 이런 폭탄이 없다. 진상 학부모나 진상 환자가 아니라 진상 약혼녀. 지금 있는 여덟 명 중에서 제일 먼저 퇴출당하는 건 이 두 사람일 거다.

리리코를 진정시키던 슈이치가 진지한 표정으로 우리를 바라보며 입을 열었다.

"배틀 로얄이라니 그건 말도 안 되지 않나요? 어떻게든 모두 함께 살아남아서 여기를 탈출합시다. 우리가 힘을 모으면 어떻게든 될 거예요. 아니, 어떻게든 해야겠지요. 우리가 가진 아이템을 함께 모아서 활용하면 한동안은 살아남을 수 있을 거예요. 각자의 아이템은 자기만 쓸 수 있다는 규칙 같은 건 이런 상황이 되었으니 당연히 무시하고 서로 협력해서……."

"자, 잠깐만요, 슈이치 씨."

대학생인 스에히로가 말을 가로막았다.

"모두의 아이템이니, 서로 힘을 모아야 한다느니, 협력하자느니, 쉽게 말하는 것 같은데……. 사실, 그건 어디까지나 공평하게 주고받는 걸 기본으로 깔아야 하지 않나요?"

슈이치가 어리둥절한 표정을 지었다. 스에히로가 무슨 뜻으로 그런 말을 하는지 나는 눈치를 챘다. 그런데 슈이치는 전혀 감이 잡히지 않는 모양이었다.

"그러니까 서로 돕는 것도 서로에게 그만한 이득이 없으면 불가능하다는 뜻이에요."

스에히로가 약간은 눈치를 보면서, 그러나 분명하게 말로 표현했는데도 슈이치는 여전히 멍청한 표정이었다. 그냥 적나라하게 말해주는 수밖에 없을 것 같았다.

"슈이치 씨가 가진 아이템들은 아마 아무한테도 필요하지 않을 거예요. 그러니까 '서로 돕는다'는 그룹 속에 낄 수 없을 거란 말이에요."

슈이치는 진심으로 경악했는지 눈이 휘둥그레졌다. 뭐지? 도대체 얼마나 머릿속이 꽃밭이면 자기들도 도움을 받을 수 있으리라고 믿었던 거야? 이제 보니 슈이치도 리리코하고 별로 다르지 않은 모양이다. 항상 누군가 손을 내밀어 도와주는 걸 당연시하는 인간들이다. 슈이치가 리리코를 좀 귀찮게 여긴다는 점, 그래도 돈 때문에 결혼한다는 사실은 그의 말이나 행동을 보다 보면 충분히 알 수 있다. 자기가 리리코보다는 그나마 더 괜찮은 사람이라고 생각하는 모양인데 남들 눈으로 보면 도긴개긴, 거기서 거기다.

"어, 아, 아니. 하지만……."

슈이치는 눈을 크게 뜬 채 제대로 반박도 못 하고 입만 벙긋벙긋했다. 그 뒤에서 리리코가 딱하다는 표정으로 슈이치를 쳐다보고 있었다. 마치 남의 일처럼 여기는 표정이었다.

"슈짱, 괜찮아. 내꺼 나눠줄게."

가만, 이 여자가 들고 온 게 뭐였더라? 애인인 슈이치, 선크림, 그리고 메이크업 박스다. 그따위 아무짝에도 쓸모없는 아이템을 나눠준다고 뭐가 해결된다는 건지? 이상하다고 생각했는데 그렇게 말한 이유가 바로 밝혀졌다.

"내가 다른 사람들한테 받은 걸 슈짱이랑 반씩 쓰면 되잖아? 그건 괜찮지?"

리리코가 스에히로를 똑바로 쳐다보면서 그렇게 '말씀하시는' 게 아닌가.

슈이치에게 냉혹한 말을 던지는 스에히로를 위태위태하게 바라보던 다른 사람들도 이 말을 듣고는 헉하며 벌린 입을 다물지 못했다. 도대체 어디서 이런 어이없는 발상이 나올 수 있지?

"아니, 그러니까……. 우리는 리리코 씨하고도 나눌 생각이 없다는 거예요."

리리코가 "에에~?" 하고 큰 소리를 냈다.

"왜? 어째서?"

"리리코 씨가 가진 아이템도 우리한테는 필요가 없으니까요."

"아이템이 필요 없어서? 그게 무슨 소리야? 내가 이렇게 부탁하는데도?"

리리코가 눈물을 줄줄 흘리면서 따졌다. 그러니까 그런 너 자체가 아무짝에도 쓸모없다는 말이라고. 보나 마나 지금껏 살아오면서 주변에 있는 모든 사람이 자기한테 굽실거리기만 했겠지.

"아무튼 필요 없습니다."

스에히로가 단호하게 말했다.

"한 팀이 되어서 아이템을 공유한다고 했을 때 솔직히 우리 쪽에는 아무런 이득이 없거든요. 오히려 우리가 가진 식량을 나눠줘야 할 뿐이지요. 사실 슈이치 씨는 물고기를 잡거나 짐승을 사냥하는 일 같은 것도 못 하지 않나요? 살아남기 위해서는 아이템뿐만 아니라 생존 스킬도 필요하단 말이에요. 거기다 리리코 씨 같은 경우는 정말이지 아무것도 기대할 수 없고요."

"그건……."

슈이치가 귀까지 새빨개져서 고개를 푹 숙였다. 한편 리리코는 어린아이처럼 징징거리며 울다가 갑자기 무슨 생각이 들었는지 눈물에 젖은 얼굴을 번쩍 들었다.

"10억 엔 줄게."

"엥?"

"우리를 살려주면 10억, 아니 11억 엔 줄게."

리리코가 가슴을 펴고 자랑스럽게 말했다.

"아니, 그러니까……. 받을 수 있을지 없을지도 모르는 돈보다 지금은 목숨을 지키는 게 우선이라고요."

"그럼 20억 엔!"

이 여자는 귓구멍이 막혔나?

"리리코짱, 지금 우리한테 필요한 건 돈보다 식량이라든지 음료라든지, 그런 물건들이란 뜻이라고."

보다 못한 내가 스에히로에게 힘을 보태려고 나섰다.

"슈짱이 고기 들고 왔잖아."

"그렇기는 해도 서로 돕기에는 모자라고, 그래서 공평하지 못하다는 말이지."

내 말에 리리코는 입을 헤벌린 채 멍한 표정을 지었다.

"됐어요. 그냥 가죠."

스에히로가 말했다.

"해가 지기 전까지 해야 할 일이 정말 많아요. 여기서 시간 낭비할 새가 없어요. 미안하지만 이 두 사람을 상대하고 있을 때가 아니라고요."

스에히로가 내 어깨를 툭 치며 말함과 동시에 슈이치와 리리코를 제외한 모두가 고개를 끄덕였다. 망연자실한 표정의 슈이치와 또다시 훌쩍훌쩍 울기 시작한 리리코에게 등을 돌린 채 우리는 각자의 아이템을 손에 들고서 그 자리를 떠났다.

좀 너무했나, 싶은 마음도 약간은 있었지만 아무리 생각해도 이게 맞는 방향이라고 자신을 타이르면서 일단은 될 수 있는 대로 두 사람에게서 멀어지기 위해 걸었다. 겨우 세 가지밖에 고르지 못하는 상황에서 그중의 한 가지를 애인으로 선택한 것은 정말 어이가 없는 결정이었다. 어리석기 짝이 없었고 그 점에 대해서는 동정할 여지가 없다. 아니, 최대한 이해하는 차원에서 애인까지는 그렇다고 치자. 그런데 나머지가 선크림과 화장도구라니, 제정신이 아니다.

아니지. 남들 눈에서 보자면 내가 선택한 카메라도 그럴 수 있다. 서바이벌의 관점으로 보자면 아무짝에도 쓸모없기는 마찬가지일지도 모른다. 아니, 강렬한 햇볕에 노출되는 섬에 있어야 한다는 점을 고려하면 선크림이 오히려 더 도움이 될 수도 있다. 아니다, 그래도 나한테는 나이프가 있잖아, 하고 생각을 다잡았다. 다기능의 서바이벌용이라 불을 피울 수 있는 파이어 스타터까지 있는 나이프니까 다른 사람들도 유용하다고 여길 것이다.

그러나저러나 스에히로의 즉각적인 판단력에 정말 놀랐다. 아마도 모두가 제일 먼저 슈이치와 리리코를 머릿속에서 제외했을 것이다. 그러나 아무리 그래도 면전에 대고 손절하기는 힘들다. 그런 악역을 자청해 준 스에히로에게 감사할 따름이다. 일찌감치 두 사람을 확실하게 잘라내 주어서 정말 다행이다.

이제 여덟 명에서 여섯 명이 된 셈인데 이제부터 어떻게 해야 하나? 불안하지만 일단 지금은 이 멤버들이 다 함께 움직이는 수밖에 없다.

슈이치와 리리코가 있던 곳에서 300미터 정도 떨어진 나무 그늘에서 스에히로가 걸음을 멈췄다.

"일단 여기 앉읍시다."

마른 나무 기둥 위, 혹은 모래사장 위에 제각기 자리를 잡고 둘러앉았다.

다시 한번 멤버들의 얼굴을 죽 둘러보았다. 이 중에서 가장 중시될 인물은 낚시가 가능한 가와카미일 것이다. 그다음은 자연과학에 대한 지식이 있는 학원 강사 요시다. 의학지식이 있는 아마노 선생의 존재도 든든하다. 캠핑이나 아웃도어에 대해 잘 아는 스에히로도 빼놓을 수 없는 사람이다. 이츠키는 야산에서 하는 서바이벌 게임 경험이 풍부하고 험한 숲속에서도 과감하게 앞장서 나갈 수 있다. 그렇다면, 나약한 유튜버인 내가 이 중에서는 최하위인 셈이다. 식은땀이 났다.

"스에히로 군은 용기가 정말 대단하네. 아까는 깜짝 놀랐어."

가와카미가 마음을 진정시키려고 그러는지 손에 들고 있던 청주를 한 모금 마시더니 말을 꺼냈다.

"그러게 말입니다. 저도 놀랐습니다."

아마노 선생도 덩달아 끄덕였다.

"아아, 그게, 용기는 아닌 것 같고요. 그냥 겁이 나서 그랬어요."

스에히로가 대답했다.

"겁이 났다고?"

"네. 사실 대학 동아리에서 하는 거라지만 나름 꽤 본격적인 아웃도어 활동을 하고 있거든요. 안전한 캠핑장에 갈 때도 있지만 길도 없는 산으로 올라가서 텐트를 치는 경우도 있고요. 곰을 만난 적도 있고, 독사한테 물려서 죽을 뻔한 적도 있어요. 생각보다 목숨을 걸고 돌아다닌 거죠.

그런데 그렇게 아웃도어 활동을 할 때 제일 무서운 게 뭔 줄 아세요? 곰도 아니고 독사도 아니에요. 멍청한 동료죠. 다른 사람들 발목을 잡거든요. 곰이 나타났는데 큰소리로 난리 난리를 치면서 먹을 걸 주면 가겠지 하고 샌드위치를 내민다든지 그러거든요. 그런 짓을 하면 우리 쪽으로 더 가까이 다가오잖아요. 아아, 그러고 보니 말 그대로 벌집을 쑤셔놓은 놈도 있었어요. 그것 때문에 온몸을 수도 없이 물리고 퉁퉁 부어올라서 그때는 진짜 죽을 뻔했어요. 멍청한 동료는 위급한 상황에서 다른 사람의 목숨을 위험하게 만드는 최악의 요소예요. 그러니까 한시라도 빨리 제거해 놓지 않으면 이쪽이 오히려 죽게 될 수도 있어요."

스에히로가 진지한 표정으로 말했다. 나도 자칫 잘못하다가는 손절 당하겠구나. 식은땀이 등줄기를 타고 흘렀다.

"해가 지기 전에 태울 수 있는 나뭇가지나 풀을 되도록 많이 모아 두어야 해요. 그리고 잠자리도 만들어야 하고요. 오늘은 날

씨가 좋지만 섬이라서 수시로 기상이 바뀔 거예요. 비바람을 피할 수 있는 장소를 찾아야지요."

"날씨도 생각해야 하네. 지금은 괜찮다 해도 가을 겨울이 되면 얼마나 추워지려나?"

이츠키가 불안스러운 표정으로 말했다.

"음~."

요시다가 주변을 빙 둘러보았다.

"물론 어느 정도는 추워지겠지만 아무리 기온이 떨어져도 12도 이하로 내려가지는 않겠네."

"어떻게 그런 걸 알 수가 있습니까?"

아마노 선생이 놀라며 물었다.

"야자수가 상당히 높이 자라 있고, 열매도 열려 있잖아요."

요시다가 섬 여기저기에 자생하는 높은 나무들을 가리키며 말했다.

"야자수가 저 정도로 자라려면 겨울에도 영상 12도 이상은 되어야 하거든. 일반적으로 사람이 얼어 죽을 수 있는 바깥 기온은 영상 11도 이하라고 하니까 아마 여기서는 그럴 걱정이 없겠네."

"역시 선생님은 달라. 아는 게 많네~."

마음이 좀 놓였는지 이츠키가 웃는 얼굴로 칭찬했다.

"다만 술을 마시고 그대로 잠이 들면 영상 15도에서도 얼어 죽는 경우가 있습니다. 그러니까 그 점은 염두에 두어야 합니다."

아마노 선생이 의사로서 덧붙였다.

"그래도 지금은 아직 6월이니까 한동안 추위 걱정은 하지 않아도 될 듯합니다. 오히려 햇볕이 더 위험할 수도 있지요. 일단 낮에는 되도록 그늘에서 지내는 편이 좋을 겁니다. 모두 선글라스를 들고 와서 아주 다행이네요."

"기온은 괜찮다 치고 수분은 어떡하지? 예전에 TV에서 나뭇잎에 맺힌 이슬을 마시는 걸 본 적이 있는데 그렇게 하다가는 말라 죽는 것 아닌가? 당장 지금만 해도 목이 말라 죽을 지경인데."

이츠키가 손으로 목을 잡으며 말했다.

"여차하면 저는 제 소변이라도 마실 각오를 하고 있어요."

스에히로의 말에 가와카미가 눈을 크게 떴다.

"설마! 진심이야?"

"죽는 것보다야 그게 낫잖아요."

"아니요, 그거야말로 야자열매가 있으니까 해결할 수 있어요."

요시다가 허겁지겁 끼어들었다.

"야자열매 속에는 물이 들어 있으니까. 코코넛 워터라고, 고급 식료품점 같은 데에서 파는 것도 있잖아."

"아아, 그러고 보니 그러네. 그렇지만……."

가와카미가 불안한 표정으로 하늘 높이 치솟은 야자수 나무를 올려다보았다.

"하나같이 다 퍼렇게 보이는데. 아직 안 익은 것 아닌가?"

"오히려 그게 나아요. 익을수록 안에 있는 물이 단단한 열매, 그러니까 하얀 과육으로 바뀌거든. 그 하얀 과육도 너무 익으면 딱딱해지니까 어린 열매 쪽이 먹기 좋아요. 그러니까 지금 계절이어서 오히려 다행이라고 봐야지."

"우리가 코코넛이라고 생각하는 하얀 그게 과육이었구만. 그럼 안에 있는 물은 뭐지?"

"그것도 과육이에요. 액체로 된 과육."

"아아~ 액체 과육도 있구나."

이런 비상시인데도 다들 감탄하고 있었다. 아직 현실감이 안 들어서 그런지도 모른다. 하지만 일단 마실 음료 문제가 해결이 된 것 같아 마음이 놓였다.

"그러고 보니까 오렌지 나무도 있었다고 마스터가 그랬잖아. 나중에 오렌지도 찾아봐야겠네."

나도 한 마디 끼어서 존재감을 어필했다.

"기온과 물이 해결되었으니 이제 식량 문제를 살펴봐야겠네요. 고기를 들고 온 사람은 저랑 요시다 씨군요. 저는 양고기를 10킬로그램 들고 왔고, 어제 1킬로그램 정도 먹은 것 같으니까 9킬로그램가량 남아 있을 겁니다. 물론 여러분과 협력하고 싶으니까 공평하게 나눌 생각이고요."

아마노 선생이 말하자 요시다도 끄덕였다.

"물론 나도 나눌 생각이지. 아마 나도 그 정도 남아 있을 것 같은데. 18킬로그램을 여섯이서 나누면 사흘 정도는 버틸 수 있겠다. 그런데 그 뒤가 문제네."

"아니아니, 그때부터는 내가 충분히 협력할 수 있어요. 다들 여기 좀 와 봐요."

가와카미가 자랑스러운 표정을 지으며 우리를 물가로 데리고 갔다. 얕은 물가 한쪽 귀퉁이에 돌을 쌓아서 둥그렇게 막아놓은 곳이 있었다. 안쪽을 들여다보니 물고기 몇 마리가 헤엄치고 있었다.

"우와~.", "대단하네!", "제대로 만들었네요."

모두가 저마다 감탄의 말을 내뱉자 가와카미가 쑥스러운 표정으로 머리를 긁적였다.

"말하자면 천연의 가두리 양식장 같은 거지. 이 근방은 물고기가 많이 낚이는 곳은 아니지만, 그래도 조금씩 먹으면 모두가 먹을 만큼은 될 것 같네."

"정말 든든합니다."

진심으로 마음이 놓였는지 아마노 선생이 환하게 웃는 얼굴로 말했다.

"그래서 말인데, 이런 생각이 들었는데……."

머뭇거리면서 가와카미가 말을 이었다.

"물도 있고, 물고기도 잡을 수 있는 거면, 슈이치 씨랑 리리코 짱한테 좀 나눠줘도 되지 않을까 싶은데……."

"나는 괜찮을 것 같은데. 좀 나눠 주지?"

이 멤버 안에서는 최하위인 내 입장으로 보자면 내일 당장 내가 그렇게 될 수도 있는 일이다. 그래서 제일 먼저 찬성했다.

"괜찮지 않을까요?"

"응응. 좀 주지?"

아마노 선생과 이츠키도 끄덕였다.

"나도 찬성……."

요시다가 그렇게 말하려는데 스에히로가 가로막았다.

"잠깐만요. 그건 반대로 생각해야죠. 먹을 것, 마실 것이 이 섬에 있는 거면 그 두 사람도 자기들 힘으로 조달하면 되잖아요."

"그야 그렇기는 하지만……."

"야자열매가 많이 달리기는 했어도 아까 숲속을 지날 때 보니 땅바닥에 떨어져 있는 건 갈색으로 변한 열매들뿐이었어요. 물이 들어 있는 파란 열매는 손이 닿지 않는 높은 곳에 있는 거죠. 그러니까 실제로 우리가 따먹을 수 있는 수량은 한정되어 있다는 뜻이에요."

모두 입을 다물었다.

"게다가 저런 사람들은 뭔가 나눠주기 시작하면 아예 모든 걸 다 우리한테 기대고 의지하려 할걸요. 특히 리리코 씨 같은 사람은 남이 해 주는 게 당연한 사람이니까, 물고기를 주면 왜 손질해서 구워주지 않느냐고 뭐라고 할 게 뻔해요. 아까 그 황당할 정도로 뻔뻔한 발언만 봐도 충분히 알 수 있잖아요."

하긴 그렇다. 어떻게 나올지 충분히 상상이 되었다.

"그야 그렇기는 하지만 멀쩡히 산 사람들을 죽게 내버려 두는 것 같아서 뭔가 찝찝해서 그러지. 물고기를 잡는 건 나고, 굳이 뭐라고 한다면 손질 정도는 해 줄 수도 있고……."

"가와카미 씨가 정 그러고 싶으면 나는 상관없어요. 그 대신에 나는 이 멤버에서 빠질게요."

"엉?"

가와카미의 눈이 휘둥그레졌다.

"무슨 소리야? 스에히로 군도 먹을 게 없잖아? 멤버에서 빠지게 되면."

"사실 나는 이런 환경이 낯설지 않거든요. 식량을 안 들고 온 것도 여차하면 도마뱀이건 뱀이건 잡아서 먹을 수 있어서란 말이에요. 나이프도 있고, 미니 오토바이로 나무나 무거운 물건을 운반할 수도 있으니까. 까놓고 말해서 혼자 있다 해도 별 상관없어요."

"그, 그렇구나."

가와카미가 주춤했다.

"그런데도 이렇게 여기 같이 있는 건 아무래도 서로 돕는 게 더 좋다는 생각이 있어서죠. 모두 함께 살아서 돌아가고 싶다는 그 마음 하나예요. 내가 저 두 사람을 잘라내야 한다는 것도 그

두 사람이 밉다거나 악의가 있어서가 아니에요. 아까도 말했다 시피 저런 사람들은 틀림없이 사고를 치거든요. 이 섬에도 야생 짐승이나 독사, 독거미 같은 게 있을지도 몰라요. 아주 사소한 실수에 생사가 왔다 갔다 할 수 있다는 뜻이에요. 자칫 잘못하면 다 같이 죽을 수도 있고요. 그러니까 저 두 사람하고 관계를 계속 가질 거면 나는 빠지겠다는 거죠. 그냥 그거예요."

가와카미가 입을 다물었다. 한 마디도 반박하지 못한 건 나도 마찬가지였다. 사실 나도 적극적으로 저 두 사람을 도와주고 싶었던 것은 아니다.

"그러네. 미안해. 내가 어중간하게 착한 척을 한 거였네."

가와카미가 비는 것처럼 두 손을 모으며 말하자 스에히로가 허둥거리며 손을 흔들었다.

"그러지 마세요. 사실 가와카미 씨가 정말 좋은 분이라는 걸 다시 한번 알 수 있어서 얼마나 마음이 놓였다고요."

그 말이 맞다. 이런 때인데도 저 두 사람까지 챙겨주려는 가와카미는 정말 마음이 넓은 사람이다.

"어쨌든 일단 발목 잡는 두 사람을 배제했다 치면……."

스에히로가 말을 이었다.

"앞으로 어떻게 해야 하느냐를 생각해 봐야지요. 지금 가진 아이템으로 버틸 만큼 버틴다 치고, 그다음에는 어떡하느냐죠."

"그 점에 대해서는 저에게 아이디어가 있습니다."

아마노 선생이 한 손을 살짝 들었다.

"사체가 뒹굴고 있으면 된다고 하지 않았습니까? 위성사진이 얼마나 근거리에서 어디까지 정밀하게 찍을 수 있을지 모르지만 그래도 속일 수 있지 않을까 생각합니다. 누가 어디에 누워 있느냐, 그리고 어떤 포즈로 있느냐를 미리 잘 정해두는 겁니다. 그리고 자세가 약간씩 바뀌어도 이상하지 않게 파도치는 부근에 누워 있으면 됩니다."

"아, 그렇네. 파도에 밀려서 시체가 움직였다고 생각하게 하면 되니까. 하지만 사후의 변화도 살펴보겠다고 하지 않았나?"

"왜 이러십니까? 이래 봬도 저는 의사입니다."

아마노 선생이 씨익 웃었다.

"피부색이 언제, 어떻게 변하는지 익히 잘 알고 있습니다. 풀이나 과일즙을 섞어서 그럴듯한 색깔을 만들어 피부에 칠하면 됩니다. 죽은 다음에 일정 기간이 지나면 체내 가스로 인해 시체가 팽창하기 때문에 그런 식의 눈속임은 사흘 정도가 한계지만, 그 정도 지나면 보트를 보낸다고 하지 않았습니까? 아슬아슬하기는 해도 불가능하지는 않으리라 생각합니다."

오오! 하며 모두 손뼉을 쳤다.

"다만 너무 금방 그렇게 하면 페이크가 아닐까 의심할 테니 아무래도 최소한 2주, 아니, 3주 정도는 여기서 생활하다가 그러는 편이 좋을 겁니다."

"3주 정도면 어떻게든 버틸 만하겠네."

내가 고개를 크게 끄덕이면서 말했다. 든든하니 안도감이 들었다.

"3주 후에 보트가 온다 쳐도……. 두 명밖에 못 탄다고 하지 않았나?"

요시다가 곰곰이 따져보려는 듯이 팔짱을 꼈다.

"그것도 생각해 봤는데 이 중 두 명이 일단 육지로 돌아간 다음 다시 우리를 데리러 오면 되지 않을까요? 10억 엔을 받게 되니까 경제적으로도 전혀 문제가 없을 겁니다."

"아, 그러면 되겠네. 돈을 받은 다음에 그걸 어떻게 써야 한다는 조건은 없었으니까."

광명이 보이는 느낌이 들어서 내가 맞장구를 쳤다.

"하지만 여기가 어딘지 어떻게 알고? 마스터는 절대 가르쳐주지 않을 테고."

요시다는 회의적인 모양이었다.

"경찰에 신고하면 되지요. 마스터를 유괴나 감금이나, 아무튼 그런 걸로 체포해 달라고 해서……."

스에히로가 끼어들었다.

"체포되었다 해도 장소를 말한다는 보장이 없잖아."

"아니, 그 점은 어떻게든 해결이 될 거라고 봅니다. 인명이 달린 문제니만큼 경찰도 어떻게 해서든 자백을 시키려고 할 테고,

마스터 쪽 변호사도 법정에서 조금이라도 유리하려면 그냥 말하라고 권할 테니까 말입니다."

"그렇군."

요시다도 그제야 납득이 되는 모양이었다.

"나머지 사람들을 반드시 데리러 온다는 것만 확실하면 먼저 나가는 두 사람이 누가 되어도 상관이 없다는 뜻이겠네."

"아, 그런 거면……." 내가 곧바로 끼어들었다. "누가 가도 괜찮은 거면 내가 먼저 가고 싶은데."

모두가 눈을 까뒤집고 나를 쳐다봤다. 특히 나에게 선수를 빼앗긴 아마노 선생의 얼굴에는 아차 하는 표정이 명백하게 드러났다.

"어, 안 되나? 아니, 누가 가도 상관이 없다고 해서."

"아니, 솔직히 먼저 가고 싶은 마음이야 다들 똑같은 것 아닙니까?"

속내를 드러내지 않으려고 부드럽게 미소를 지으면서 아마노 선생이 안경을 추켜 올렸다. 어쩌면 조금 전에 꺼낸 그 아이디어도 아마노가 먼저 돌아가겠다고 말하기 위한 포석이 아니었나. 문득 그런 느낌이 들었다. 든든하다고 생각하며 고마워했는데 이 사람도 남들을 따돌리고 자기만 빠져나가려 했네. 충격이었다.

결국 돌아온다는 말을 아무도 믿지 않는다는 뜻이다. 아무리 약속했다 해도 말만 그럴 뿐이다. 10억 엔을 둘이서 나누면 5억 엔이다. 그 돈을 손에 넣고 나면 섬에 남은 사람들이 어떻게 되든 알 바 아니지 않을까? 아니, 사실 경찰에 신고하는 시점에서 그 상금도 압수당하게 된다. 자기들만 무사히 돌아갈 수 있으면 5억을 받고 입을 다무는 편이 훨씬 이득이다. 게다가 만에 하나 데리러 온다 해도 그게 언제가 될지 아무도 모른다. 그 사이에 이 섬에서 죽을 가능성도 있다.

"그래도 먼저 가겠다 하면 저도 유우 씨랑 같이 가면 되겠네요."

아마노 선생이 헛기침을 하면서 말했다. 신사라고 생각했던 이 사람조차 결국은 자기 살 궁리만 하는 것이다. 인간은 어차피 다 마찬가지다.

"그럼 나랑 아마노 선생님이 같이……."

"아니, 자, 잠깐만. 그렇게 정해버리면 안 되지. 다른 사람 생각도 안 듣고 결정하는 건 아니지."

요시다가 내 말에 제동을 걸었다.

"그래도……."

"먼저 나가는 게 누구든 상관없으면 당연히 나도 먼저 나가고 싶지."

"결국 누구든 괜찮은 건 아니라는 뜻이네요."

스에히로가 한숨을 쉬었다.

"그럼 공평하게 합시다. 가위바위보 어때요?"

"가위바위보가 공평한 것 같지는 않습니다. 투표로 합시다."

"투표로 하면 어차피 다들 자기 이름을 쓸 텐데."

"그러니까 자기 말고 또 한 사람을 누구로 하고 싶냐를 적는 거지요."

"아, 그거 진짜 좋은 생각이네!"

내가 무릎을 탁, 치며 말했다.

"그렇게 하면 다들 자기를 선택해 주기를 바라니까 좋은 행동을 하게 되잖아. 자기만 식량을 독차지하려고 한다든지 하면 제외될 테니까. 그러니까 서로에게 친절하게 되겠네. 아주 좋은 것 같아."

"그럼 그렇게 결정한 걸로 할게요. 3주 후에 이 여섯 명 아니, 본인을 포함하지 않으니까 다섯 명이네요. 다섯 명 중에서 한 사람을 골라서 투표하는 걸로……."

스에히로가 결론을 맺으려는데 "아, 잠깐만." 그때까지 말없이 듣고만 있던 이츠키가 손을 들었다.

"내 이름은 빼도 돼요. 선발대가 아니어도 괜찮으니까."

"에?", "진짜로?"

"당연하지. 우린 한 팀이잖아요. 반드시 데리러 올 거라고 믿으니까."

이츠키가 싱긋 웃었다. 언제나 통통한 몸에 구부정하게 앉아서 술잔을 기울이며 신세타령만 하던 우중충한 이츠키. 그런 그가 갑자기 남자답고 멋있게 보였다.

"갑자기 이츠키 씨 뒤로 후광이 비치는 것 같네요."

감격해서 그런지 스에히로의 목소리가 떨렸다.

"나도 왠지 눈물이 날 것 같네. 아니, 오히려 거꾸로 지금 그 발언 때문에 다들 이츠키 씨한테 투표하고 싶어진 것 아닌가?"

가와카미가 웃으면서 코를 훌쩍였다.

"아닙니다. 납세자 여러분을 우선하는 건 공무원으로서 당연히 갖춰야 할 마음가짐이니까요."

쑥스러운지 장난스럽게 말하는 이츠키에게 모두가 고맙다고 인사했다.

그렇게 이야기가 마무리된 이후 각자가 마른 나뭇가지와 야자 열매를 찾으러 흩어졌다. 나도 숲속으로 들어가 잔가지나 마른 풀을 주우며 다녔다. 문득 발치에 버섯이 수도 없이 자라있는 게 보였다. 이건 먹을 수 있으려나? 카메라로 찍어서 나중에 요시다한테 보여줘야지.

가슴에 있는 주머니에서 카메라를 꺼내서 버섯을 줌인했다. 버섯은 전체적으로 누리끼리하고 갓이 벌어진 상태인 것과 아직 벌어지지 않고 둥글둥글한 송이 모양의 것이 섞여 있었다. 활짝 벌어진 갓에는 자잘한 줄무늬가 있었다.

"우왓! 이건 또 뭐야?"

노란 버섯에서 조금 떨어진 곳에 이번에는 새빨갛고 커다란 버섯이 보였다. 더구나 표면에는 우둘투둘한 돌기가 빽빽하게 솟아 있는 모습이 그야말로 그림책에나 나올 법한 버섯이었다.

"모양 봐라. 이거는 꼭 마녀가 만드는 수프에 들어가게 생겼네."

카메라를 돌리고 있으면 버릇처럼 나도 모르게 유튜브에 올릴 것을 의식하고 말을 하게 된다.

그 순간 머릿속에 번개처럼 어떤 생각이 떠올랐다. 지금 이 상황을 동영상으로 찍으면 어떨까? 무인도에 남겨져서 진짜 서바이벌을 강요받은 상황이라니, 이건 전대미문의 사건이 아닌가? 더구나 배틀 로얄이다. 꿀꺽, 하고 나도 모르게 마른침을 삼켰다. 이런 걸 올릴 수만 있으면 조회 수 폭발은 확정이다. 억 단위 조회 수도 꿈이 아닐지도 모른다.

아까까지 멤버들 중에서 내가 최하위라 마음이 약해졌었는데 그럴 때가 아니다. 정신 똑바로 차리고 어떻게 해서든 반드시 살아서 돌아가야 한다. 섬에서 지낸 모습을 카메라에 담아두었다가 육지로 돌아가서 유튜브에 올려야지.

고상한 척하고 있을 때가 아니다. 여차하면 죽이는 것도 각오해야지. 그리고 그것도 동영상으로 기록해 놓는 거다. 얼굴도 그대로 드러내고 당당하게 올려야지. 이런 건 정당방위인지 뭔지, 그렇게 부르지 않던가? 자기 목숨이 위태로운 상황이면 누구를 죽여도 죄를 묻지 않는다고 하는 그런 것 말이다.

물론 그 동영상을 보면 난리가 날 거다. 바라는 바다. 비난이 쏟아지건 악플이 몰려오건 당당하게 대하면 된다. 5억 엔을 손에 넣고, 조회 수가 억 단위로 오르면 유튜버 유우의 이름은 전 세계에 알려진다. 그러면 앞으로 동영상을 올리는 것만으로도 놀고먹을 수 있다. 최고다.

아니아니, 잠깐만. 동영상으로 보자면 5억 엔보다는 10억 엔을 손에 넣는 편이 훨씬 더 짜릿하지 않을까? 살아남는 게 두 사람인 것보다 혼자인 편이 훨씬 그림이 된다. 나는 어떻게 해서든 이 섬에서 혼자 살아돌아가기로 결심했다. 그러기 위해 수단 방법을 가리지 않을 것이다. 셀프 촬영으로 찍는 카메라 모니터에 내 얼굴이 비쳤다. 모니터를 바라보는 내 두 눈은 불타오르듯 시뻘겋게 핏줄이 선 게 마치 야수처럼 보였다.

3

가와카미

오늘은 영 안 잡히네. 모두가 마른 나뭇가지와 야자열매, 혹은
쉴 수 있는 장소를 찾으러 다니는 사이 나는 당연히 낚시에 전념
했다. 어제도 기대한 만큼 낚이지 않았다. 이 섬 주변에는 물고기
가 별로 없는지도 모른다. 아니면 갑자기 사람들이 많이 찾아와
서 놀라 도망쳤나?

이 섬 해안의 끝은 둥그렇게 튀어나온 반원 모양으로 되어 있
다. 그래서 제일 끝부분을 경계로 반대편은 보이지도 않고, 집중
해서 들으려고 하지 않으면 목소리도 들리지 않는다. 어제는 다
른 사람들과 떠들면서 낚시를 했지만, 오늘부터는 제대로 해야
한다. 사람들이 없는 쪽을 낚시터로 정했다.

평화롭고, 조용하고, 바람이 시원하다. 이렇게 낚싯줄을 드리
우고 있으면 억지로 배틀 로얄에 끌려 들어온 현실이 거짓말 같

다. 그러나 안타깝게도 현실이 맞다. 정말로 함께 살아서 돌아갈 수 있을까?

마음이 약해지려는 찰나에 뭔가 잡아당기는 손맛이 느껴져서 낚싯대를 끌어 올렸다. 오오, 오징어! 낚싯바늘을 빼고 얕은 물가 한 귀퉁이에 돌을 쌓아서 만들어둔 가두리에 던져 넣었다. 그것이 마중물이 된 것처럼 능성어, 전쟁이, 도미가 줄줄이 잡혔다.

좋아, 좋아! 일단 이런 상황에서 제일 문제가 될 수 있는 것은 아무래도 식량일 것이다. 굶주리는 일만 없으면 싸움이 일어나기 힘들다. 고깃덩이를 가지고 있는 사람도 몇몇 있지만, 양이 많지 않은데다가, 너무 아끼며 먹다 보면 상해버린다. 그에 비해 나는 신선하고 영양가 높은 물고기를 제공할 수 있다. 낚시라는 취미가 사람의 목숨을 구할 수 있게 될 줄이야.

몇 마리째인지 모르는 도미를 낚싯바늘에서 빼내고 있는데 유우가 코코넛을 들고 왔다.

"가와카미 씨, 너무 수고가 많네. 목마르죠? 이거 마시라고 가지고 왔는데. 스에히로 군한테 어떻게 깨는지 배웠어요."

"아이고, 감사합니다."

야자열매는 위쪽을 잘라 놓아서 컵처럼 안의 물을 마실 수가 있었다. 풋내가 나지만 그래도 신선한 물이 목을 축여줬다.

"아아, 맛있다. 코코넛 밀크라고 불러서 무슨 우유 같은 걸 상상했는데 투명한 물이네."

"나도 피냐 콜라다 같은 칵테일을 상상했었는데."

그렇게 말하던 유우가 문득 입을 다물었다. 센 술을 잘 못 마시는 유우가 마스터한테 종종 주문하던 칵테일이었다.

"와, 많이 낚았네!"

화제를 바꾸려는 듯 유우가 가두리를 들여다보고는 휘파람을 불었다.

"나쁘지 않죠? 내가 생각하기에도 괜찮은 것 같은데. 자, 봐봐요."

휘익 하고 멀리까지 낚싯줄을 던졌다. "오오" 하고 유우가 감탄하면서 카메라로 촬영하기 시작했다.

"어? 동영상으로 찍게?"

이런 상황에서도 찍고 싶은 마음이 생기나 싶어서 좀 놀랐다.

"응. 잘 생각해 보니까 기록해 두는 것도 괜찮겠다 싶어서. 마스터를 고소하게 될 경우에 쓸 수도 있고. 게다가 이런 상황이기는 해도 귀중한 경험이라는 점에서는 변함이 없으니까."

카메라로 나를 찍으면서 유우가 말했다.

"긍정적인 자세네. 대단해."

유우는 나보다 훨씬 젊다. 그런데도 처음부터 맞먹듯이 반말도 자주 하고, 혼자서 바에 앉아 조용히 마시려는 때에도 갑자기 카메라를 들이대는 안하무인인 부분이 있었다. 하지만 이렇게 특수한 상황에서는 그 정도로 대담하고 겁이 없는 그의 성향이

든든하게 느껴지기도 한다.

"앗, 낚였다. 낚였어!"

릴을 돌려서 낚아 올리자 유우가 "우와!" 하고 큰소리를 지르며 말했다.

"아, 내 카메라에 낚였다는 게 아니라 진짜로 물고기가 걸렸다는 뜻!"

"나도 알아. 그 정도 가지고 낚았다고 했다가는 개그의 달인인 간사이 사람들한테 호되게 야단맞아."

나의 대답에 "와하하하" 하며 함께 웃었다. 아아, 웃을 수가 있네. 다행이다. 정말 다행이야. 유우 덕분이다. 아마 아직 현실감이 없는 모양이다. 너무 말도 안 되는 현실이 믿어지지 않아서 기분이 '업' 된 거다. 그래도 웃을 수 있다는, 평소 같으면 아무렇지도 않았을 당연한 일이 가슴 벅찰 정도로 기뻤다.

"어~이!"

조금 먼 곳에서 부르는 소리가 들렸다. 그쪽을 돌아보자 위장복 차림의 이츠키가 손을 흔들고 있었다. 상반신에 장착한 슬링으로 공기총을 등에 짊어졌고, 허리에 찬 벨트에는 모조 장검이 꽂혀 있었다. 람보 같은 차림새다.

"어디서 웃는 소리가 들려서 와 봤어요."

반가운 표정으로 이츠키가 다가왔다.

"이해해요. 이런 상황이니까. 사소한 웃음소리에도 마음이 녹아들죠."

"우와~ 엄청난 크기네!"

낚싯줄에 걸린 물고기를 보더니 이츠키가 놀랐다.

"이건 이름이 뭐지?"

유우가 카메라를 가까이 대며 물었다.

"이건 망둥이네. 아이고, 이건 못 먹는 거다."

"어, 왜요?" 이츠키가 눈을 동그랗게 뜨며 물었다. "망둥이 튀긴 걸 먹은 적이 있는데?"

"일반적인 망둥이는 얼마든지 먹을 수 있지. 그런데 이건 독이 있는 종류라서 먹으면 큰일 나요. 평소에 먹는 망둥이는 맛있는데."

나는 바지 뒷주머니에 쑤셔놓았던 장갑을 꺼내서 꼈다. 이놈은 만지는 것도 위험해서 맨손으로 건드리지 않는 편이 좋다. 독이 있는 망둥이를 평소처럼 바닷물로 던져 넣으려다가 망설였다. 다른 멤버들은 독이 있는 물고기와 그렇지 않은 물고기를 구분하지 못할 것이다. 나중에 혹시라도 이 고기를 발견해서 잡게 되면 큰일이다.

"이놈은 다른 사람들한테도 보여주고 조심시켜야겠네. 말로만 하면 잘 모를 테니까."

"그러네. 아, 그럴 거면 내가 저쪽에 갖다 놓으면 되겠네. 다른 사람들이 돌아올 때까지 땅에 묻어놓고 아무도 밟지 않게 커다란 돌 같은 걸 얹어놓으면 되잖아."

"그럴까? 그럼 이거 끼고서 들고 가요."

나는 장갑을 벗어 유우의 손에 끼워준 다음 이미 죽어서 움직이지 않게 된 독 망둥이를 잡게 했다.

"그럼 부탁해."

"네네. 나중에 도미회나 먹게 해 줘요."

"오케이."

저쪽으로 걸어가는 유우를 향해 엄지척을 해 준 다음 다시 낚싯줄을 던졌다.

"와, 프로 낚시꾼이 따로 없네."

이츠키가 손뼉을 쳤다.

"오늘도 정말 많이 낚았네요. 가와카미 씨가 아주 큰 역할을 해 주시네."

"아니, 별것 아니에요. 이 정도 가지고도 도움이 된다니 다행이지. 오히려, 그보다는 이츠키 씨야말로……."

"응?"

나는 낚싯대를 잡은 상태였지만, 되도록 고개를 깊이 숙여 인사했다.

"정말 감사합니다. 선발대를 양보해 주셔서."

"아아, 그거야말로 별것 아니에요. 나는 가와카미 씨처럼 공헌을 할 만한 게 없어서."

"아니지. 낚시 같은 것보다 훨씬 큰 최고의 공헌이라고 생각해요. 아마 이츠키 씨의 그 한마디 덕분에 모두가 안심하게 되었을 테니까."

"그런가?"

"그럼요. 이런 상황에서도 자기보다 다른 사람을 먼저 생각하는 사람이 있구나, 했을 테니까. 이츠키 씨의 배려 덕분이에요."

"에~이, 너무 추켜세우시네."

"진짜라니까. 허풍 아니에요. 지금도 이렇게 전혀 경계심 없이 같이 있을 수 있잖아요. 다른 사람들은 아무래도……. 으음, 뭐랄까, 그냥 우리끼리만 하는 말인데, 자기만 생각하는 게 태도로 드러나더라고. 아, 물론 나도 포함해서. 그래서 진심으로 신뢰하기가 좀 힘들어요. 우리를 저버리지 않을까 하는 의심이 자꾸 떠올라서. 물론 내 마음속에도 자기중심적인 부분이 있어서 다른 사람들까지 그렇게 보이는 거겠지만."

"아니에요. 가와카미 씨야말로 슈이치 씨랑 리리코쨩한테 식량을 나눠주자고 하는 걸 보면 정말 좋은 사람이지. 이런 상황에서 그런 말이 나오기가 정말 힘든데."

"그야 물고기는 얼마든지 낚으면 되니까. 하지만 선발대가 되고 안 되고는 그런 차원이 아니잖아요. 이츠키 씨는 정말 괜찮은 거예요?"

"괜찮고말고요. 어차피 언젠가 돌아간다는 점에서는 마찬가지니까."

"만약 내가 선발대로 뽑히면 정말 바로 데리러 올게요."

"당연히 알고 있죠."

이츠키가 안심하라는 듯이 내 어깨를 툭툭 쳤다.

"사실 내가 빨리 돌아가고 싶은 이유는……. 오사카에 애인이 있거든요."

마음속으로 하던 생각을 내가 털어놓았다.

"어, 그래요? 처음 들었네."

"장거리 연애라 언제까지 계속될지 몰라서 아일랜드에서는 다른 사람들한테 말한 적이 없었어요. 만약 여기서 나가게 되면 회사고 뭐고 때려치우고 그냥 오사카로 돌아가려고요. 그리고 곧바로 결혼할 생각이에요. 이번 일로 내일 당장 무슨 일이 벌어질지 모르는 게 인생이라는 사실을 뼈저리게 깨달았거든. 그럴 거면 함께 할 수 있을 때 그녀랑 같이 있고 싶어서…… 이렇게 말해놓고 보니 나도 슈이치 씨랑 리리코짱의 선택을 비웃을 처지가 아니네."

"아니에요. 기다려주는 사람이 있다는 건 정말 좋은 일 아닌가?"

"이츠키 씨는 누구 좋은 사람 없어요?"

"아아, 가와카미 씨는 모르는구나. 사실 난 돌싱이거든요."

"아아, 그랬구나. 미안해요."

"이제 완전히 마음을 접어서 괜찮아요. 장인 장모랑 같이 살았는데 돈 문제도 일으키지, 잔소리는 끝도 없지, 아주 지옥 같았거든요. 직장에서도 시달리고, 집에서도 벌레만도 못한 취급을 당하고 살았더니 사람이 완전히 망가져 버리더라고."

"처가 식구들이 정신적인 가정 폭력범이었네!"

"바로 그거예요! 그래서 매일 스트레스 만땅으로 지내다 보니 그걸 풀려고 서바이벌 게임에 빠져버린 거예요. 애가 생기기 전에 헤어지자고 싹싹 빌다시피 했고, 그쪽도 내가 지겨워진 상태여서 간신히 이혼할 수 있었어요. 헤어질 수 있어서 얼마나 다행이었는지."

"그랬군요. 이츠키 씨 정도면 정말 좋은 남편이 될 수 있었을 텐데. 전 부인한테 보는 눈이 없었네요."

이츠키가 픽 하고 웃음을 터뜨렸다.

"위로해 주는 건가? 가와카미 씨야말로 좋은 남편 스타일인데요. 낚시도 할 수 있고."

"이런 건 아무나 할 수 있는 건데요, 뭐."

"그런가?"

"당연하죠. 지금 이 낚싯대를 이츠키 씨가 잡아도 얼마든지 낚을 수 있어요."

"그럼 나도 다음에 도전해 봐야겠네. 자, 그럼 나도 가와카미 씨처럼 이제 슬슬 뭔가 도움이 될 일을 시작해야지."

이츠키는 그렇게 말하더니 등에 짊어지고 있던 공기총을 획하니 앞으로 돌려서 순식간에 겨누는 자세를 취했다.

"우와! 멋있다~."

남자라면 누구나 총을 보고 흥분하지 않을 수 없다.

"그래요? 고마워요."

"자세가 딱 잡혔는데."

"그야 거의 매주 필드에 나가서 싸우니까."

바다를 향해 자세를 잡은 채로 이츠키는 쑥스러워하면서도 자랑스러운 표정으로 웃었다.

"공기총은 힘이 얼마나 세요?"

"음, 어떤 종류냐에 따라 다르기는 하겠지만 금속판이라도 같은 곳을 계속 쏘면 구멍이 날 정도?"

"아, 그래요? 생각보다 위력이 대단하네?"

"이건 훨씬 더 세지요. 불법 개조를 했으니까."

"엥? 그래도 되나?"

"당연히 안되죠. 지금처럼 규제가 빡빡해지기 전에 취미로 만지작거린 거라서. 당연하지만 지금까지 한 번도 쏴 본 적은 없어요. 하지만 무인도에서라면 괜찮지 않을까 해서 들고 온 거죠. 원래는 휴대 자체가 안 되는 거지만."

고지식한 공무원이라고만 생각했던 이츠키가 이렇게 대담한 짓을 벌였다니 뜻밖이었다. 하지만 어차피 술집에서 이 섬까지

대중교통수단을 이용한 적도 없었고, 모처럼 무인도에 가게 되었으니 못해 보던 것을 해보고 싶었던 마음도 이해가 되었다. 아니, 사실 무인도가 아니면 어디서 이런 걸 쏠 수 있겠는가.

"어, 그럼 혹시 장검도?"

"정답. 실은 모조가 아니라 진검이에요. 아, 이건 제대로 등록된 거지만."

"하지만 어차피 이런 상태면 불법 개조한 거라도 위력이 강한 편이 오히려 낫고, 장검도 짝퉁이 아니라 진짜여서 더 든든한 것 같은데요. 야생 동물들도 있을 테고, 새도 날아다니니까. 아무래도 물고기만 먹다 보면 너무 물리고 고기도 먹고 싶잖아요."

"응. 나도 진심으로 잘 가져왔다 싶어요."

드륵, 하는 가벼운 소리가 들리면서 팔뚝에 아픔이 느껴졌다. "어?" 허둥지둥 아픈 곳을 확인했더니 가로로 죽 상처가 나서 피가 흐르는 게 보였다. 아까까지 바다를 향하던 총구가 어느새 바로 앞에서 나를 겨누고 있었다.

"어, 왜, 왜 그래요? 너무 아픈데."

이츠키는 입을 꾹 다문 채 다시 방아쇠를 당겼다. 드르르르륵, 하고 이번에는 좀 긴소리가 들리더니 다리에 극심한 통증이 느껴졌다. 바지의 천을 뚫고서 총알이 여러 개 다리에 박혀 있었다. 상처 속에 은색 총알이 파묻힌 게 보였다. 이건 플라스틱이 아니다. 금속 총알이다.

"아아……."

뭐야? 왜 이러지? 나는 울음이 나올 것 같은 심정으로 뒷걸음질 쳤다. 이츠키는 내가 선 곳으로 다시 총구를 겨누었다. 그의 눈길은 소름이 오싹 끼칠 정도로 냉랭했다. 도망치고 싶었다. 그러나 내 다리는 땅에 박힌 듯이 꼼짝을 하지 않았다. 낚싯대를 잡은 손도 얼어붙은 것처럼 움직이지 않았다.

"살려주세요!"

있는 힘껏 외쳤지만 내 목소리가 들리는 범위 안에는 아무도 없었다. 해안 반대편에서도 들리지 않을 것이다.

"장난은 여기까지."

입맛을 다시는 듯한 잔혹한 웃음을 지은 이츠키가 그렇게 말하는 순간 얼어붙었던 다리가 풀리면서 다시 움직일 수 있었다. 낚싯대를 집어 던지고 있는 힘껏 도망쳤다. 죽을힘을 다해서 엉키려는 다리를 필사적으로 움직였다.

드르르르르르륵, 하는 소리가 들린 순간 머리와 등에 엄청난 통증이 찾아왔다. 아무리 도망쳐도 그 아픔은 끝까지 따라왔고 점점 다리의 힘이 풀려갔다.

어느새 눈앞에 모래가 있었다. 쓰러졌다는 사실조차 의식하지 못했다. 귀가 들리지 않았다. 파도가 들이쳤다가 물러나고 나무들도 흔들리는 게 보이는데 마치 무성영화처럼 고요하기만 했다. 아까까지는 햇살이 뜨겁게 느껴졌는데 갑자기 추워졌다. 눈

앞에 있는 모래가 점점 붉게 물들어가면서 그만큼 몸이 무거워
지는 게 신기했다.

아아. 내 목숨이 모래 속으로 빨려 들어가네…….

손으로 붉은 모래를 쥐려고 했다. 그러나 이제는 움직일 수가
없었다.

4

이츠키

모래사장에 얼굴을 처박고 쓰러진 가와카미는 한동안 모래 위에서 고통스러운 신음 소리를 냈다. 총알이 작아서 즉사시키지는 못한 모양이다. 신음 소리가 점점 작아지면서 조금씩 생명의 불꽃이 꺼져가는 걸 알 수 있었다. 그와는 반대로 그 모습을 내려다보는 내게서는 열기와도 같은 뜨거운 것이 발치에서부터 끓어올랐다. 가와카미의 몸에서 빠져나온 생명의 힘이 그대로 나에게 차오르는 느낌이었다.

드디어 가와카미의 움직임이 완전히 멎었다. 충전 완료. 그 순간 샘솟는 듯한 힘이 온몸을 관통했다. 피가 끓어오르고, 기분이 한껏 고양되면서 전능감에 온몸이 떨렸다.

"우오오오오오오오오!"

하늘을 우러러 힘껏 소리를 지르며 넘쳐 오르는 파워를 방출

했다. 그렇게 하지 않으면 정말로 화산이 분출하듯이 온몸이 터져나가지 않을까 싶을 정도로 열기가 치솟았다. 이게 승리의 함성 소리인가?

"으으으으으으으으으으으으으으으으으!"

총을 하늘 높이 들어 올리면서 다시 한번 외쳤다. 그런데도 여전히 몸에 불이 붙는 듯했다. 아드레날린이 엄청난 기세로 온몸을 흐른다. 이렇게 엄청난 충만감을 느낀 일은 온 인생을 통틀어 처음이었다. 지금껏 살아오면서 최고로 행복한 순간이었다.

마스터의 동영상을 보았을 때는 꿈이 아닌가 싶었다. 서로 죽여도 된다니! 물론 크루저가 홀연히 사라져 버리고 육지로 돌아가지 못할지 모른다는 소리를 들었을 때는 망했다는 생각에 절망했다. 이렇게 아무것도 없는 코딱지만 한 섬에서, 아무에게도 발견되지 못한 채 제대로 된 식량도, 잠자리도, 오락도 없이 평생을 마치게 되나 싶어서.

그러나 동영상 속의 마스터가 생존을 건 게임을 해 달라는 말을 했을 때 심장이 쿵 하고 뛰어오르는 듯했다. 믿을 수가 없었다. 리얼 서바이벌 게임이라니. 더구나 상금이 10억 엔이나 된다. 작은 화면 속에 있는 마스터의 뒤로 후광이 비치는 듯했다.

아무 장비도 없는 맨몸의 인간을 향해 있는 힘껏 총을 쏴 보고 싶다는 생각을 정말 오랫동안 해왔다. 얼굴이건 눈이건 아무 제한 없이 마구 갈겨보고 싶었다. 불법으로 아무리 살상 능력을 높여봐야 인간을 쏘지 못하면 그게 무슨 소용이냐 말이다. 그리고 장검. 드디어 인간을 직접 베어 볼 수 있는 기회가 찾아온 것이다.

마스터의 동영상이 끝나자마자 곧바로 검을 뽑을 수 있도록 허리를 낮추어 자세를 잡고 있었다. 죽고 죽이는 싸움이 곧바로 시작되리라고 생각했으니까.

그렇게 생각했는데……. 다른 사람들의 반응은 느리고 둔하기 짝이 없었다. 탈출할 방법이 없겠냐는 둥, 모두 함께 살아남을 방법을 찾자는 둥, 아무짝에도 쓸모가 없는 헛소리만 해댔다. 믿을 수가 없었다. 방법은 하나밖에 없다. 남을 죽이고 자기가 살아남는 것이다. 그렇게 하면 보트가 와서 육지로 돌아갈 수 있고, 10억 엔도 받을 수 있다고 마스터가 말하지 않았는가? 그렇게 심플한 규칙을 어째서 복잡하게 생각하지? 너무 이상했지만 어쩌면 다른 사람들이 나를 경계하지 않는 편이 유리할지도 모른다. 그래서 나도 그 말도 안 되는 흐물흐물한 헛소리에 고개를 끄덕이며 맞장구를 쳐 주었다.

그렇기는 해도 10억 엔이라는 상금이 다른 사람들의 마음을 상당히 흔들어놓은 것만은 틀림없었다. 그때까지는 불안하게만 보이던 사람들의 표정이 그 금액을 들었을 때 미묘하게 변하는 것을 나는 알아차릴 수 있었다.

나한테는 10억 엔이라는 상금이 곁다리로 따라오는 부록이나 다름없다. 있으면 좋다. 그러나 없어도 상관없다. 내가 진짜로 노리는 건 본체니까. 바로 무인도라는 최고의 장소에서 살상 게임을 할 수 있다는 초호화 본체 말이다. 그렇다고 둘이 살아남아 공연히 상금을 반으로 나눠가질 마음도 없다. 진정한 배틀 로얄은 홀로 살아남는 것이니까. 따라서 필연적으로 상금도 독점하는 게 맞다.

일본도 진검. 지금까지는 방안에서 즐기는 방법밖에 없었다. 손질하고, 갈고 닦으며 황홀하게 쳐다보는 게 다였다. 집안에서라도 휘둘러 보고 싶었지만 30제곱미터의 좁고 낡은 집에서는 그조차 불가능했다. 그래서 무인도에서라면 마음껏 휘둘러볼 수 있겠다는 사실이 너무 기뻐서 이론적으로 배운 검술을 떠올리며 섬에서 몇 번이고 실제로 휘둘러 보았다. 찬란한 태양 아래 칼날이 날카롭게 번뜩였다. 무인도라는 건강한 아웃도어 환경과는 어울리지 않았지만, 주변을 신경 쓰지 않고 지식으로 배운 기술을 실제로 시연해 볼 수 있어서 정말 즐거웠다. 식물 정도라면 단칼에 벨 수 있겠다 싶어 한 번 시도해 볼까 하는 유혹도 있었다. 그러나 식물에서 묘한 즙이라도 묻어 칼날에 녹이 슬거나 무뎌질 수도 있고, 날의 이가 빠질까 걱정되어 꾹 참았다. 그렇게 참기를 정말 잘했다고 생각한다. 이렇게 진짜로 인간을 벨 수 있는 기회가 생겼으니 말이다. 인간을 벨 수 있다면 아무리 날의 이가 나가도 상관이 없다. 아아, 칼날이 사람의 살 속으로 파고드는 건 어떤 느낌일까?

가와카미의 시체를 보고 있자니 배처럼 부드러운 부분을 잘라 보고 싶어서 몸이 근질거렸다. 그러나 여기서 칼날을 상하게 하면 이도 저도 아니게 된다. 조금만 더 참자. 이제 조금만 있으면 살아 있는 인간을 벨 수 있으니까.

엎어진 시체 옆에 쭈그리고 앉아 찬찬히 관찰했다. 목덜미에 명중한 총알이 살을 파고 들어가 그곳에서 피가 흐르고 있었다. 그리고 등도 마찬가지였다. 낚시 조끼에 뚫린 여러 개의 구멍과 거기에서 번진 피 때문에 생긴 얼룩들. 아아, 내가 쏜 거다. 내가 쐈기 때문에 이놈이 죽은 거다. 평소에 하는 서바이벌 게임에서는 총알을 몇천 발씩 쏴 봐야 적의 몸에서 형광 오렌지색의 비비탄만 후두둑 떨어질 뿐이었다. 자연 분해되는 소재로 만들어진 바이오 비비탄. 너무 가볍고, 쉽고, 재미라고는 전혀 없는 감촉이다.

그러나 오늘은 달랐다. 총알을 쐈더니 상대의 몸에 빨려 들어갔다. 파고들었다. 생전 처음 느끼는 손맛, 무게 있는 감촉. 옛날에 진짜 총을 쐈을 때와 똑같았다.

그렇다. 나는 진짜 권총을 쏜 적이 있었다. 미국에서. 사격장에 가는 것만을 목적으로 한 여행이었다. LA 공항에서 차로 15분 정도 걸리는 곳에 있는 슈팅 레인지에 가보니 현지 미국인들도 있었고, 일본을 비롯한 여러 나라에서 온 관광객들도 있었다.

접수 데스크 뒤에 자물쇠가 채워진 유리 케이스가 있었고, 그

안에 다양한 총들이 즐비하게 진열되어 있었다. 마음에 드는 총을 고른 다음 요금을 지불하고, 데스크에서 몇 발짝 떨어진 사격장으로 갔다. 쭉 늘어진 길 위에 1미터 간격으로 번호가 붙어있었다. 그중에서 내가 받은 번호가 붙은 곳으로 갔다. 옆 사람과 나 사이에 칸막이도 없기 때문에 마음만 먹으면 얼마든지 옆 사람을 쏠 수도 있고, 뒤로 돌아서 함께 온 사람이나 스태프도 쏠 수 있었다. 총을 쏜다는 게 미국에서는 이렇게도 캐주얼하고 무방비한 일인가 싶어 놀라면서도 살아 있는 사람을 너무너무 쏴보고 싶어 주체하기 힘든 충동을 억누르느라 정말 애를 먹었다.

그러나 오늘부터는 참지 않아도 된다. 오히려 그런 충동이야말로 강력한 힘으로 작용한다. 마치 나를 위해 마련된 듯, 취미와 실익을 겸비한 이번 게임. 흥분이 안 되는 게 이상하다. 승부를 포기한 놈은 바보다. 어째서 그렇게 근시안인지 모르겠다. 어째서 좀 더 큰 그림을 그리지 못하느냐 말이다. 어째서 이놈들은 그리 망설이는지 모르겠다. 가와카미처럼 간사이 억양으로 말하자면 "다들 바보 아닌가? 후딱후딱 죽여 없애면 되는데."

이렇게 다시없는 딜이 어디 있느냐 말이다. 죽이고, 죽이고, 다 죽인 다음에 집으로 돌아가면 10억 엔을 턱 하니 준다는데.

다른 사람들도 이 배틀 로얄에 달려들게 만들지 않으면 재미가 없다. 제대로 참가하게 만들려면 말 그대로 헝그리 정신을 갖게 하는 게 최고다. 그래서 제일 먼저 식량을 담당하는 가와카미를 죽인 것이다. 위기 상황에서 아슬아슬한 싸움을 벌여야 비로소 배틀 로얄의 진가를 맛볼 수 있을 테니까.

"짜자잔~, 이츠키는 낚싯대와 만능 나이프와 술을 획득했어요!"

가와카미의 벨트에 꽂혀 있던 만능 나이프를 빼 들고, 낚시터로 돌아가 낚싯대와 술병을 주웠다. 롤플레잉 게임이라면 경험치, 장비, 무기 등 어느 면으로 보나 나는 틀림없이 최강의 캐릭터일 것이다. 하급 공무원으로 남들 눈치나 보며 움츠리고 살던 내가 다른 이들의 생사여탈을 결정할 힘을 쥐고 있다. 더 이상의 쾌감은 없을 정도다.

아아, 마스터, 사상 최고의 서바이벌 게임 필드를 마련해 줘서 정말 고마워요. 기대에 부응할 수 있도록 죽이고, 죽이고, 싸그리 죽여 줄게요.

5
—
요시다

아까 남쪽으로 움직이던 태양이 약간 서쪽으로 내려갔다. 오
후 1시 정도인가? 엎드린 자세에서 몸을 펴고 일어나 무리한 자
세 때문에 뻑뻑해진 허리를 두드렸다.

나는 잠잘 만한 장소를 찾아서 어느 정도 정비해 두는 담당이
었다. 마침 큰 나무의 뿌리 부근에 넓고 깊게 파인 구덩이가 있었
다. 두세 명 정도는 충분히 몸을 눕힐 수 있을 것 같아서 풀과 나
뭇잎을 깔아두었다. 바로 옆에도 비슷한 구덩이가 있어 그곳에
도 풀과 나뭇잎으로 잠자리를 마련했다. 이 정도면 우리 그룹 모
두가 누워 쉴 수 있을 것이다. 다른 곳에도 좀 더 흙이 부드러워
보이거나, 널찍하거나, 괜찮아 보이는 장소가 있었다. 그러나 야
자나무 근처라 열매가 떨어지거나 하면 위험하기 때문에 후보에
서 제외해야 했다.

구덩이 안에 있으니 복잡하게 얽혀 있는 나무뿌리가 보였다. 오랫동안 과학을 가르치며 살아왔지만, 밖으로 드러난 나무뿌리를 이렇게 직접 눈으로 보고 만져본 적은 없었다. 위급한 상황인데도 나도 모르게 열심히 관찰하다가 '내가 이럴 때가 아니지' 하는 생각이 들어 구덩이에서 올라왔다.

덥다. 바람도 많이 불지만, 햇살이 너무 강하다. 다이빙 슈트는 일찌감치 벗었고, 지금은 다이빙용 내복 팬티와 셔츠만 입은 차림이었다.

"요시다 씨! 좋은 게 있었어요."

아마노 선생이 한쪽 팔에는 나뭇가지들을 안고, 다른 손으로는 커다란 나뭇잎을 우산처럼 쓰고서 나타났다. 술집 단골들 중에서 제일 나이가 많은데도 언제나, 누구를 대하건 변함없이 존댓말을 쓰는, 온화하고 점잖은 사람이다. 나뭇잎으로 된 우산이라는 비일상적인 물건조차 어딘지 신선 같은 이 사람이 쓰고 있으니 이상해 보이지 않았다.

"이거 토토로에 나오는 우산 같지 않나요? 햇빛을 피하는 데 좋겠다 싶어서요."

아마노 선생이 지름이 50센티도 더 되어 보이는 나뭇잎을 나에게 건네며 말했다. 줄기의 감촉은 머위와 비슷했다.

"아아, 이거 진짜로 토토로에 나오는 우산 맞아요."

"네? 그럼 그 애니에 나오는 나뭇잎이 진짜로 있는 거예요?"

아마노 선생이 눈을 동그랗게 뜨고 놀라는 표정이 웃겨서 나도 모르게 웃었다.

"꿈을 깨는 것 같아 미안하지만, 사실은 그냥 토란 같은 거예요."

"토란이구나. 전혀 몰랐어요. 당연히 가상의 식물이라고만 생각했는데."

어쩐지 풀이 죽은 듯한 모습이 또 웃겼다.

"이 줄기 부분은 '토란대'예요. 먹어 본 적 있지 않아요?"

"있습니다. 조림으로 먹었는데 맛있더라고요. 그게 원래 이런 모양이었구나. 아, 그렇다면 이것도 먹을 수 있다는 것 아닌가요?"

"그렇죠. 귀중한 식량이 되겠네요. 닥터 아마노, 굿잡!"

"다행이네요. 나뭇가지를 찾으러 다니다가 이런 게 많이 자생하는 곳을 발견했거든요. 설마 먹을 수 있는 것이었다니. 아, 그럼, 그 밑을 파면 토란도?"

"아니, 토란은 가을이 되어야 캘 수 있어요. 지금 계절에는 안 될 거예요."

"그렇군요. 아쉽네요."

"토란대만 있어도 충분합니다. 채소는 소중하니까. 어디쯤에서 찾았어요?"

"저쪽이요."

아마노 선생이 자기가 온 방향을 가리키며 말했다.

"저 안쪽으로 가니까 수도 없이 나 있더라고요."

"우리 잠잘 곳의 지붕 대신으로 쓸 수 있겠네요. 당장 가 봐야지."

"필요한 거면 좀 더 뜯어 올까요?"

"아니, 내가 가면 돼요. 아마노 씨는 나뭇가지 모으는 담당이잖아요. 알려줘서 고마워요."

"천만에요. 그럼."

아마노 선생은 다시 잔가지를 주우러 돌아갔다. 나는 아마노가 알려준 방향으로 가 봤다. 한동안 들어가니 주변 일대에 토란 잎이 빽빽이 자라난 곳이 나왔다. 커다란 잎사귀의 밑동을 비틀어 뜯기 시작했다. 줄기가 질겨서 손으로 뜯기가 힘들었다. 나이프를 빌려서 가져올걸, 하는 생각이 들었다.

아니지, 이 멤버들이 아무리 서로 힘을 모으기로 했어도 흉기가 될만한 나이프 같은 물건을 빌려줄 정도는 아니겠구나. 아무래도 마음 한구석으로는 서로를 믿지 못한다는 게 느껴졌다. 내 아이템은 스노클링 마스크와 오리발, 로스트비프다. 오리발과 로스트비프라는 아이템은 약간 매력적일 수 있으나 일단 소비해 버리면 나에게는 아무런 강점이 없게 된다. 그나마 과학 지식이 다소 있기는 해도 실제 무인도 생활에서 이런 지식을 어디까지 써먹을 수 있을지는 알 수 없는 일이다. 어쨌든 지금으로서는 내가 할 수 있는 일을 묵묵히 계속하는 수밖에 없다.

두 팔로 안고 갈 수 있는 한도 내에서 줄기를 최대한 많이 뜯었다. 나뭇잎들이 푸릇푸릇하니 잘 자라 있다. 토란은 고온다습한 기온에서 잘 자라는 식물이고, 수분을 듬뿍 흡수하지 않으면 시들어버린다. 야생에서 시들지 않고 이만큼 무성하게 자랐다는 것은 이 섬에 비가 많다는 뜻이다. 푸른 야자열매를 따지 못하더라도 마실 물이 부족하지는 않겠다. 역시 과학 지식은 현실에서도 상당히 많은 도움이 되네, 하는 생각에 든든하니 용기가 생겨났다. 다만 그건 그것대로 복잡한 심경이었다. 지금까지 학원에오는 학생들에게 "과학은 생활에 도움이 된다"라는 말로 동기부여를 하곤 했는데 실제로 그 지식을 써먹지 않으면 살아남을 수없는 상황이 되어 보니 '과학 따위 아무짝에도 쓸모가 없던 생활이 훨씬 더 행복한 거구나' 하는 생각이 들었다.

아아, 여름 특강은 어쩌지? 여기 오려고 학원에서 일주일간의유급 휴가를 받았다. 돌아가면 곧바로 여름 특강 준비에 들어갈예정이었다. 그런데 돌아가는 꼴을 보니 학원에 복귀할 수 있을지 자체가 의심스럽다. 사실 지금 여름 특강 걱정 따위를 하고 있을 때가 아니다. 그런데도 자꾸 그쪽으로 생각이 돌아가는 이유는 일종의 현실 도피 혹은 심리적인 방어본능인지도 모르겠다.

'침착하자. 괜찮다. 반드시 육지로 돌아갈 수 있다.' 몇 번이고머릿속으로 이 말들을 되뇌었다.

우선 식량과 음료를 확보할 수 있다는 점은 아주 다행이다. 질병이나 사고만 조심하면 살아남는 데에는 문제가 없다고 봐야 한다. 게다가 아웃도어에 대해 잘 아는 스에히로, 식량 조달 담당인 가와카미, 혹시 야생 동물이라도 나타나면 서바이벌 게임처럼 퇴치해 줄 것 같은 느낌의 이츠키, 시체처럼 위장하는 방법을 아는 아마노 선생이 있다. 그 사람들 덕분에 우리가 다 함께 살아서 돌아갈 확률이 대폭 상승했다.

아마노 선생의 말에 따르면 의심을 받지 않기 위해서는 최소한 3주 정도는 여기서 생활하는 편이 낫다고 했다. 3주. 그래, 괜찮다, 충분히 버틸 수 있는 기간이다. 힘을 내자. 무사히 돌아가서 언제나처럼 칠판 앞에 서 있는 나의 모습을 열심히 머릿속에 떠올렸다.

"살아남는다. 돌아간다. 살아남는다. 돌아간다."

혼자 주문처럼 외면서 잔뜩 뜯은 토란 잎을 두 팔에 가득 안고 잠잘 곳으로 돌아왔다. 내가 마련한 잠잘 곳은 나무의 뿌리 아래쪽에 있어서 서로 얽힌 뿌리와 뿌리 사이에 줄기를 꽂아 넣으면 나뭇잎이 지붕처럼 잠자는 부분을 덮어준다. 모든 면적을 다 덮지는 못해도 없는 것보다는 나을 것이다. 가랑비 정도라면 그럭저럭 막아줄 것 같다.

남은 나뭇잎을 몇 개 들고 다이빙 슈트를 허리에 매고서 원래 있던 모래사장 쪽으로 걸어갔다. 모든 작업을 그늘에서 할 수 있는 게 아니니까 양산 대신으로 나뭇잎을 쓸 수 있을 것이다. 겸사 겸사 눈에 보이는 잔가지들을 주우면서 모래사장 쪽으로 나갔다.

마침 내가 도착한 모래사장 오른편에 아마노 선생이 잠시 놓아둔 것으로 보이는 나뭇가지가 쌓여 있었다. 그리고 왼편으로 한참 떨어진 곳에 슈이치와 리리코가 있었다. 일부러 그러지는 않았겠지만 어딘지 두 사람이 우리 그룹 눈치를 보느라 모래사장 한 귀퉁이에서 위축되어 있는 것만 같아 좀 불쌍한 생각이 들었다. 주변을 둘러보니 스에히로는 보이지 않았다. 지금이라면 괜찮겠지 싶어서 슈이치와 리리코에게 다가갔다.

거리가 가까워지면서 슈이치가 불을 피우려고 그러는지 나무끼리 비비고 있는 모습이 보였다. 리리코는 그 옆에서 에어 매트리스에 앉아 우물우물 고기를 먹고 있었다. 매트리스 위에는 오렌지 껍질이 굴러다녔다. 다행이다. 일단 지금까지는 못 먹거나 하지는 않은 모양이다.

"아, 요시다 씨네."

리리코가 먼저 나를 알아봤다. 땀투성이가 된 슈이치도 얼굴을 들고 나를 봤다.

"우리한테 다가와도 괜찮은 거예요?"

리리코의 목소리에 가시가 돋쳐 있었다. 아까 펑펑 울었을 때 화장이 번지면서 얼굴이 엉망이었는데 놀랍게도 어느새 말끔히 화장을 고친 얼굴이었다. 리리코는 약한 여자인지, 아니면 질긴 여자인지 모르겠다.

"어떻게 지내는지 좀 걱정이 되어서. 아, 괜찮으면 이거 가져요. 햇빛도 막을 수 있고, 줄기는 먹을 수도 있으니까."

나는 들고 있던 토란 나뭇잎 몇 개를 모래 위에 놓으며 말했다.

"흐응~, 고마워요. 아, 불 피우는 거, 슈짱한테만 시켜놓고 난 아무것도 안 하고 노는 거 아니에요. 번갈아서 하고 있는 거거든요."

리리코의 네일을 슬쩍 보았다. 아직 말끔해 보였다. 번갈아 한다지만 아마 대부분 슈이치가 하는 게 틀림없다.

"난 오렌지도 찾아냈다고요. 슈짱이 탈수증상 일으키지 않게 껍질을 까서 입에 넣어줬거든요. 아무도 우리를 도와주지 않으니까. 코코넛 열매도 있었지만 우리는 나이프가 없어서 마실 수도 없고."

그 점에 대해서는 나로서도 죄책감을 느끼고 있다. 무슨 말을 해야 할지 몰라 어물쩍 슈이치 옆에 쭈그리고 앉았다. 뭘 하고 있는지 들여다보았다. 큼직한 마른 가지에 작은 가지를 수직으로 세워서 양손으로 빙글빙글 돌리고 있었다. 그러나 미세한 연기조차 나지 않은 상태였다.

"아주 작은 게가 꽤 많더라고요. 조개도 있었고요."

슈이치가 땀을 뚝뚝 흘리면서 나무를 서로 비벼대며 말했다.

"그런데 불에 익히지 않으면 아무래도 불안하니까. 이런 곳에서 식중독에 걸리면 죽는 거잖아요."

"응응, 그렇지."

딱한 마음에 파이어 스타터가 달린 나이프를 빌려다 줄까 하는 생각도 했지만, 자칫 들켰다가는 일이 복잡해질 것 같아서 그만두었다. 이 극한 상황에서, 더구나 별다른 아이템도 없는 내가 지금 그룹과 갈등이 생기는 것은 곧바로 죽음을 뜻한다.

스에히로는 이 두 사람이 목숨을 위협하는 치명적인 짓을 저지를 것이라는 식으로 말하는데 나는 그게 너무 심한 과장이라고 생각했다. 그래서 일단 그 자리에서는 동의하는 척하고 나중에 몰래 도와줄 작정이었다.

나도 살아남고 싶다. 그러나 인간으로서 누군가를 저버리는 짓을 해서는 안 된다고 생각한다. 학원은 학교가 아니라서 도덕적인 부분을 가르치지는 않는다. 공부만 잘하면 되는 곳이다. 그래도 여전히 개인적으로는 그게 다가 아니라고 생각한다. 그래서 가끔 수업 중에도 뜬금없이 '왕따나 괴롭힘이 왜 나쁜지'에 대해 이야기할 때도 있었다. 물론 그게 부모들 귀에 들어가서 그런 수업을 받자고 비싼 학원비를 내는 게 아니라는 항의를 무지하게 듣기는 했지만.

아무튼 나는 나쁜 인간이 되고 싶지 않다. 내가 살아남기 위해 이 두 사람을 버리고 싶지 않았다.

일단 지금 당장 이들에게 필요한 것은 불이다. 두 사람이 가진 아이템은 차슈, 에어 매트리스, 선크림, 메이크업 박스다. 아무래도 불을 피우는 데에 도움이 될만한 것은 없어 보인다. 할 수 없다. 나이프를 빌려와야겠다. 유우라면 잘 설득해서 몰래 빌려올 수 있을지도 모르겠다. 그렇게 작정하면서 뒤돌아가려다 머릿속에 어떤 생각이 번뜩 떠올랐다.

"리리코짱, 그 메이크업 박스 좀 봅시다."

무슨 일인가 싶어 고개를 갸웃거리는 리리코가 내민 것은 도시락통처럼 생긴 박스였다. 뚜껑을 열자 아이섀도와 치크가 깔린 팔레트가 나왔다.

"이거 더 벌릴 수 있나?"

리리코가 팔레트 가운데를 양옆으로 벌렸다. 그러자 그 아래에 있던 립스틱과 마스카라, 아이라이너, 샤프너 등이 보였다.

"버터플라이 팔레트라고 하는 거예요. 아, 그리고 여기도 이렇게 열려요."

박스 아랫부분은 2단 서랍으로 되어 있어서 그 안에 메이크업 브러시, 파운데이션, 립글로스, 반짝이는 가루 등이 수납되어 있었다. 직사각형 모양의 박스가 이렇게 다양하게 열리는 모습이 마치 변신 로봇과도 같았다.

"내용물도 아무렇게나 고른 게 아니거든요. 이게 아이섀도 색깔이랑 립스틱 색깔을 맞춰서⋯⋯."

자랑하듯이 떠들기 시작한 리리코의 말을 허겁지겁 가로막왔다.

"리리코쨩, 여기, 뚜껑 안쪽에 거울 있지? 큼직하니 딱 좋네. 이걸로 햇빛을 모으는 거야. 오늘은 바람이 세니까 우선 구덩이를 팝시다."

약간 깊숙하게 구덩이를 파고 그 위로 마른 풀과 잔가지를 겹겹이 쌓았다. 메이크업 박스를 리리코에게 들게 한 다음 마른 풀 한가운데에 햇빛이 모이도록 거울 각도를 조정했다.

"그래그래, 잘하네. 이렇게 빛이 거울에 반사되어 한 점으로 모이는 걸 수렴현상이라고 부르거든."

나도 모르게 학생들을 가르치던 말투가 되었다. 조금 있으려니 풀에서 연기가 피어오르기 시작했다.

"오오!"

"와!"

슈이치와 리리코의 눈이 반짝였다.

"공기를 불어 넣어주면 더 잘 붙지. 자, 후~ 하고 불어 봐."

리리코가 입을 작게 모아 후~, 후~ 하고 불었다. 마른 잎에 불이 붙었고, 계속 불자 잔가지에 불이 옮겨붙었다. 두 사람이 환호성을 질렀다.

"이제 됐네. 이 불이 꺼지지 않게 살피면서 적당한 때에 나무를 더 넣으면 돼."

"요시다 씨, 정말 고마워요."

리리코가 고개를 까딱 숙였다. 이제 그 목소리에 날 선 느낌은 없었다.

"이거, 초등학교 과학 시간 때 실험한 적이 있는데. 막상 필요할 때 왜 생각이 안 났는지 모르겠네요."

슈이치가 자신을 한심해하는 듯한 표정으로 머리를 벅벅 긁으며 말했다.

"원래 다 그런 거야."

"내가 들고 온 메이크업 박스가 이렇게 도움이 되는 거였네. 누가 우리 아이템이 모조리 쓸모없다고 그런 거야?"

불을 피운다는 큰일을 해낸 성취감 때문인지 리리코는 기분이 한껏 좋아 보였다. 잔가지를 계속 집어넣으며 순조롭게 불을 키워 갔다.

"아, 그런데 거울이 깨져버리면 어쩌지? 거울 말고도 수렴현상인지 뭔지 만들 수 있어요?"

"가능하지. 페트병 같은 것도 어딘가에 굴러다닐 테니까, 거기에 물을 담으면 렌즈를 대신할 수 있을 거야. 그리고, 아, 알루미늄 캔 밑바닥도 있네. 안쪽으로 움푹 들어가 있지? 그걸 반짝반짝할 정도로 잘 닦으면 오목 렌즈 대신으로 쓸 수 있어."

"요시다 씨, 너~무 대단하다!"

"그러게. 요시다 씨가 없었으면 우리 큰일 날 뻔했다."

슈이치도 덩달아 말하더니 문득 심각한 표정을 지었다.

"요시다 씨는…… 돌아갈 수 있을 것 같아요?"

"어디로?"라는 반문은 하지 않았다. 물론 그게 어딘지는 나도 안다.

"음, 반반 정도라고 생각해."

"반반이면 그나마 괜찮은 쪽이네요. 저는 왠지 돌아가지 못할 가능성이 더 큰 것 같아요."

의지할 수 있는 유일한 파트너가 리리코짱이니 그럴 만도 하다. 안타깝지만 도움이 되기는커녕 걸림돌이 될 가능성이 훨씬 더 크니까.

"너무 비관적으로 그러지 마. 슈이치 씨도 처음에 그렇게 말했잖아. 모두 함께 돌아갈 방법을 찾아보자고. 틀림없이 돌아갈 수 있을 거야."

시체로 위장해서 마스터를 속이고 선발대로 두 사람이 먼저 돌아간다는 계획을 이야기해 줄까 하다가 일단은 입을 다물기로 했다.

"슈짱~! 불을 피웠더니 목이 말라졌어. 오렌지 좀 따 줘."

리리코가 응석을 부리듯이 몸을 배배 꽜다.

"알았어. 따가지고 올게. 잠깐만 기다려."

슈이치가 이마의 땀을 닦으며 숲 쪽으로 걸어갔다. 문득 반대편으로 눈길을 돌리자 언제 돌아왔는지 스에히로가 멀리 서서 이쪽을 노려보고 있었다. 큰일 났다. 허둥지둥 일어섰다.

"그럼 난 슬슬 가봐야겠네."

불은 이미 바람이 불어도 꺼지지 않을 만큼 안정적으로 타고 있었다.

"네~. 요시다 씨, 정말 고마워요."

손을 흔드는 리리코에게 등을 돌리고 토란잎을 안고서 스에히로 쪽으로 뛰어갔다. 나 혼자서만 그룹에서 쫓겨나면 어쩌지? 아니면 스에히로가 혼자 빠지겠다는 말을 또 꺼내게 되면? 그럼 완전히 내 책임이 되잖아. 아니아니. 아무리 그래도 불을 피우는 걸 도와준 정도 가지고 뭐라고 하지는 않겠지. 그 정도 일 가지고 다른 사람들을 위험에 빠뜨릴 리는 없을 테니까, 하고 마음을 다잡았다.

"미안해, 스에히로 군."

아직 몇 미터 떨어져 있었지만 손을 크게 흔들면서 우선 큰소리로 사과했다. 스에히로가 눈을 까뒤집으면서 험악한 표정을 지었다.

"정말 미안해. 앞으로는 이런 일이……."

"위험해!"

스에히로가 사색이 되어 이쪽을 향해 달려왔다. 그대로 나를 지나치더니 모래바람을 일으키며 정신없이 뛰어갔다. 왜 그러나 싶어 돌아보자 타오르는 불길이 눈에 들어왔다.

저게 뭐야? 아까 일으킨 모닥불이 아니라 그 부근에 자란 잡

123

초와 수풀에서 불꽃이 타오르고 있었다. 여기저기서 타오르는 불꽃을 피하면서 리리코가 어쩔 줄 모르고 있었다.

토란잎을 내팽개친 나는 허둥지둥 스에히로의 뒤를 따라갔다. 스에히로가 점퍼를 벗어서 있는 힘껏 불길을 향해 내리치기 시작했다. 나도 서둘러 다이빙 슈트를 풀러 마찬가지로 불을 끄려고 나섰다. 작은 불길은 다행히 그 정도로 꺼졌지만 큰불은 좀처럼 꺼지지 않았다. 소동을 알아차린 슈이치도 돌아와서 세 사람이 모두 옷과 토란잎으로 불을 내리쳤다. 몸에 불이 붙을지도 모르는 상황에서도 계속 내리치는데 겨우 좀 약해졌다 싶더니 강한 바람이 불어와 불씨가 숲 쪽으로 날아올랐다.

"숲에 붙으면 대형 산불이다!"

스에히로가 비명처럼 외쳤고, 우리는 허겁지겁 따라가서 불씨가 떨어진 곳에 필사적으로 모래를 뿌렸다. 그래도 미처 따라잡지 못한 불씨가 여기저기 떨어졌다. 연기가 피어오르기 시작한 곳이 있었는데 스에히로가 그 위로 굴러서 간신히 꺼뜨릴 수 있었다.

슈이치와 나도 불씨 위로 롤러처럼 구르며 온몸으로 꺼나갔다. 간신히 불을 모두 껐을 때에는 세 사람 모두 행색이 말이 아니었다. 머리카락은 여기저기 타 버리고, 옷에는 구멍이 뻥뻥 나 있고, 얼굴과 몸이 검댕투성이였다.

"도대체 무슨 짓을 한 거예요?"

스에히로가 리리코에게 소리를 질렀다. 리리코는 에어 매트리스와 메이크업 박스를 양손에 들고서 어느새 자기 혼자 그늘에 피난해 있었다.

"미안해요……."

풀이 팍 죽어서 미안한 표정으로 어깨를 늘어뜨리며 리리코가 말했다.

"근데 불이 갑자기 여기저기 날아 붙어서 그랬어. 내가 어떻게 한 게 아니고."

"갑자기 날아 붙었다고?"

스에히로가 진심으로 황당해하면서 한숨을 쉬었다.

"아니, 도대체 슈이치 씨가 없는 동안 왜 불을 안 보고 있었던 거예요? 불에서 떨어지면 안 된다는 건 상식이잖아요?"

"불 옆은 너무 뜨거웠단 말이야. 햇빛도 이렇게 강한데 거기 붙어 있다간 죽을 것 같더라고. 그래서……."

"불씨가 숲으로 옮겨붙었으면 대규모 산불이 날 뻔했다고요! 산불은 한 번 번져 나가면 손을 쓸 수가 없어요. 몇 날 며칠 꺼지지도 않고 모조리 타버려서 먹을 것도 마실 것도 다 없어져 버린다고요."

서슬 퍼렇게 따지는 스에히로 앞에서 리리코도, 옆에 있는 슈이치도 할 말을 잃고 고개만 숙이고 있었다. 슈이치는 불을 끄기 위해 온몸을 던지기는 했지만 애당초 일을 벌인 사람이 자기 약혼녀다.

"으휴, 됐어요."

스에히로가 한숨을 쉬더니 뒤돌아 가 버렸다. 나도 허겁지겁 뒤따라갔다.

"이제 요시다 씨도 알았죠?"

걸어가면서 스에히로가 말했다.

"저 두 사람이 엮이면 이렇게 위험해진단 말이에요. 방금도 자칫하다가는 죽을 수도 있었어요."

"…… 응."

뭐라고 할 말이 없었다. 스에히로가 옳았다. 도움이 될까 해서 가르쳐 줬는데 이런 재난을 일으켜 버리다니. 정말 저 두 사람한테는 가까이 가지 않는 게 상책이다. 다시는 상종하지 않으리라 다짐했다. 나는 완전히 풀이 죽어서 우리 구역을 향해 터덜터덜 걸음을 옮겼다.

우리 구역으로 돌아오자마자 아마노 선생이 나무꾼처럼 땔감을 등에 지고 나타났다.

"왜 그래요?"

아마노 선생은 모래와 검댕투성이인 스에히로와 내 행색에 놀라며 물었다.

"아, 별일 아니에요."

스에히로는 산불 소동에 대해서는 말하지 않고 "아마노 선생님, 땔감을 많이 모아 왔네요!" 하며 화제를 돌려주었다. 비난을 들어도 하는 수 없는 나의 경솔한 행동에 대해 스에히로는 한 마디도 뭐라고 하지 않았고, 나를 추방한다거나 자기 혼자 떨어져 나가겠다는 소리도 하지 않았다. 마음속으로 스에히로의 대응에 감사했다.

"여러 물건들이 바다에서 흘러들어온 장소를 발견했는데 거기서 이 밧줄을 찾았어요. 그래서 밧줄을 등에 묶었더니 물건을 한꺼번에 운반할 수 있어서 아주 좋더라고요. 그 외에도 금으로 된 대야라든지 여러 가지 쓸만한 물건들이 있었습니다. 덩치가 커서 들고 오지는 못했는데 나중에 다시 가 보려고요."

아마노 선생은 등에 짊어진 땔감 나무들을 내려놓았다. 스에히로가 모래를 살짝 걷어 내고는 땔감을 방사선 모양으로 놓았다. 모닥불을 피울 준비가 어느 정도 갖춰지자 스에히로가 나이프 손잡이 끝에서 파이어 스타터인 길쭉한 막대기를 꺼내 나이프 칼날에 대고 비볐다. 그러자 불꽃이 나무 부스러기에 떨어지면서 천천히 불이 붙었다. 후, 후 하고 숨을 불어넣자 불이 점점 커졌다.

"이 막대기는 마그네슘인가?"

내가 스에히로에게 물었다.

"아니, 페로세륨이에요."

"아아, 그렇군."

곧바로 알아들은 나는 고개를 끄덕였는데 옆에 있던 아마노 선생은 "한 번도 들어본 적이 없는 금속이네요. 세륨이라면 원소 기호로 Ce라고 기억하는데 그 앞에 페로가 또 붙네요." 하며 고개를 갸웃거렸다.

"철과 세륨의 합금이에요. 라이터에도 사용되지요. 마그네슘이 내는 불꽃은 2,000도 정도인데 페로세륨은 3,000도까지 올라가기 때문에 불이 붙기 쉽거든요."

"역시 요시다 씨는 대단합니다! 정말 모르시는 게 없네요."

아마노 선생이 감탄했다.

불이 제대로 타오르자 우리는 그 모닥불을 둘러싸듯이 자리 잡고 앉았다. 그때 "오오! 마침 잘됐네!" 하면서 유우가 달려왔다.

"가와카미 씨가 이걸 주더라고. 구워서 먼저 먹고 있으라면서."

장갑을 낀 두 손에 생선을 들고 있었다.

"제대로 된 장갑이네. 이런 걸 유우 씨가 들고 왔었나?"

내가 물었더니

"가와카미 씨한테 빌렸지. 물고기를 만지기 위한 장갑이라고."

"그런 게 필요한가?"

"지느러미에 찔리거나 할 수도 있으니까 끼라던데."

"아아, 그렇군."

길이가 20센티 정도 되는 큼직한 물고기다.

"이건 망둥인가?"

유우는 무슨 영문인지 내가 한 말에 흠칫 놀라면서 나를 쳐다보았다.

"응? 왜 그래? 아니었어?"

"아니, 망둥이 맞는데……. 되게 잘 안다 싶어서 깜짝 놀랐지."

"뭐, 나도 잘 아는 건 아니고. 특징을 대충 알고 있다 뿐이지. 망둥이는 종류만 해도 2천 가지가 넘거든. 프로 낚시꾼들도 구분하기 힘들 정도니까 나도 대략적인 것만 알고 있을 뿐이야."

"아하하하, 그렇겠네. 자, 자, 어서 구워 봅시다. 그런데 어떻게 하는 거지?"

"우선 손질부터 해야지요. 이리 주세요. 제가 할 테니까."

"아니, 맨손으로 하면 안 된다던데."

스에히로가 손을 내밀자, 유우가 물고기를 빼앗기지 않으려는 듯 허둥지둥 손을 뒤로 돌렸다.

"내가 할 테니까 말로 가르쳐 줘."

"그래요? 그럼 우선 비늘부터 벗겨야 돼요. 평평한 돌 위에 놓고 꼬리에서 대가리 쪽으로 칼로 긁어내는 거죠. 네, 그런 식으로요. 그런 다음에 배쪽에 세로로 칼집을 내서 내장을 긁어내 주세요. 그런 다음에는 꼬챙이에 꿰야 해요."

스에히로가 나뭇가지를 건네주었다.

"꼬챙이를 주둥이 쪽으로 넣었다가 아가미 근처에서 일단 뺀 다음에 다시 배에 찔러 넣어요. S자 모양이 되게. 네, 그렇게요. 자, 이제는 불에서 약간 떨어진 땅바닥에 꽂아 놓으면 됩니다."

"강가 근처 캠핑장 같은 데에서 종종 보는 생선구이 방식이네. 분위기 있다. 아, 다들 절대 만지면 안 돼요. 위험하니까."

유우가 지겨울 정도로 강조하면서 장갑을 벗었다.

"다 구워지는 데에 얼마나 시간이 걸릴까요?"

아마노 선생이 흥미진진한 표정으로 스에히로에게 물었다.

"이런 식으로 구우면 생각보다 시간이 꽤 걸려요. 느긋하게 기다리는 수밖에 없죠."

"그림이 좋네!"

유우가 주머니에서 비디오카메라를 꺼내더니 모닥불, 불에 구워지는 생선 그리고 우리 모습을 한 사람씩 찍기 시작했다.

"어, 촬영을 다시 시작한 건가?"

"응. 무슨 일이 있어도 살아 돌아가서 유튜브에 올릴 작정이라."

"좋네요. 적극적이고 긍정적인 자세네요. 든든합니다."

아마노 선생이 어쩐 일인지 주먹을 불끈 쥐고 엄지척을 해 보였다.

"그래야지. 다 같이 꼭 돌아갑시다."

나도 엄지척을 하자 스에히로도 따라 했다.

"어떻게 해서든 마스터한테 한 방 먹이고 싶네요. 시간이 지날

수록 점점 화가 치밀어 오르더라고요. 그러니까 모두 함께 돌아가서 그 10억 엔을 뱉어내게 만들어야죠."

"그런데 문제는 어떤 방법으로 하느냐 하는 점이지. 선발대가 육지로 돌아가서 경찰에 신고하면 섬 위치를 자백하게 할 수 있으니까 나머지 사람들을 데리러 올 수는 있지만, 그러면 상금으로 받은 돈은 압수가 될 테고. 돈을 뺏기지 않으려면 어떻게 해서든 우리 힘으로 장소를 알아내서 자체적으로 데리러 와야 하잖아. 그러면 구조에 든 경비를 빼고 나머지를 평등하게 여덟 명이 나누면 되니까."

내 말에 유우가 심각한 표정으로 팔짱을 끼면서 반박했다.

"그야, 그 말대로 되면 최고이기는 하지만, 여기가 어딘지 어떻게 알아내려고? 요시다 씨가 혹시 태양이나 별의 위치 같은 걸로 알아내지는 못하나?"

"천측을 하라고? 안타깝지만 그건 안 될 것 같은데. 정확한 경도와 위도를 알려면 어느 정도 전문적인 측정 도구가 필요하니까."

"그럼 결국 우리 힘으로 알아내는 건 절대 불가능한 일이잖아."

"아니, 그러니까 그 이야기는 어디까지나 그럴 수 있으면 최고라는……."

"실은 제가 여러 가지로 궁리를 해 봤는데 말입니다……."

아마노 선생이 머뭇머뭇 손을 들면서 말을 꺼냈다.

"사흘 후면 하지입니다. 그날 정오에 태양이 정확히 머리 꼭대기로 오면 이 섬은 북회귀선 위에 있다는 뜻입니다. 혹은 꼭대기가 아닐 경우에도 그 방향에 따라 북회귀선을 기준으로 어느 쪽에 있는지 알 수 있습니다."

"그렇게 어렴풋한 위치를 알아봤자 아무 소용도 없잖아."

유우가 입을 비쭉 내밀면서 딴지를 걸었다.

"유우 씨, 진정해. 육지에서 크루저로 6시간 정도면 어차피 일본 국내일 테니까."

내가 다독였다.

"그렇기는 해도 너무 대략적이라는 건 맞네. 아마노 선생님, 그 뒤에 어떻게 할지까지 생각해 봤나요?"

"네. 마스터가 위성영상 서비스를 쓰겠다고 했잖아요. 그렇다면 우리도 돌아가서 같은 서비스를 사용해서 대충 짐작이 가는 해역의 사진을 주문하는 겁니다. 조금씩 위치를 바꿔가면서 대량으로 찍게 하는 거죠. 그중 어딘가에는 반드시 이 섬이 찍혔을 겁니다. 시간과 돈이 상당히 들겠지만 불가능하지는 않습니다."

"오오, 그거 좋은 생각이네요!"

스에히로가 눈을 반짝이며 몸을 내밀었다.

"그럼 이제 아무 문제가 없겠네요. 마스터한테 확실하게 한 방 먹이자고요. 역시 여러 사람이 생각을 모으면 해결책이 나오네요. 살아 돌아가서 10억 엔은 다 같이 나눠 가지고, 마스터는 감옥에 처넣읍시다!"

"아니, 그러니까 감옥에 넣고 싶으면 상금은 포기해야 한다잖아? 경찰이 불법도박 같은 걸로 상금을 압수해 버리지 않겠어?"

내가 말하자 스에히로가 빙그레 웃으며 말했다.

"요시다 씨는 너무 고지식하네요. 마스터한테서 현금으로 받으면 되잖아요. 그렇게 받은 다음에 유괴와 감금으로 신고해서 체포당하게 한 다음 '네? 상금? 그게 뭐예요? 지어낸 이야기 아닌가요?' 하고 모르는 척 입을 닦으면 그만이지요."

"아아, 그렇군. 좋아, 좋아! 구조에 1억 엔이 든다고 해도 한 사람당 1억 250만 엔이 들어오게 되잖아. 이야~ 꿈같은 이야기네."

신이 나서 엉겁결에 주먹을 불끈 쥔 나에게 유우가 카메라를 들이대면서 과장이 섞인 말투로 물었다.

"자, 그럼 그 1억 250만 엔을 어디에 쓸 생각인지 한 분씩 말씀을 들어보겠습니다~. 우선 요시다 씨부터. 어떻게 사용하실 생각이신가요?"

"음, 글쎄요. 사실 우리 어머니가 연세가 많으시거든요."

"얼마나 되셨나요?"

"일흔다섯. 내가 늦둥이로 태어난 거라."

"그렇군요."

"그런데 지금 치매로 요양 시설에 들어가 계세요. 사실 자기

집에 있는 게 제일 좋다잖아요? 하지만 내가 24시간 옆에서 돌보지 못하니까 어쩔 수 없이 그렇게 됐지요. 그런데 1억 엔이 있으면 입주 간병인을 써서 같이 살 수 있겠죠. 집안도 어머니가 다니기 쉽게 싹 고치고."

"요시다 씨는 정말 효자네요~. 자, 그럼 닥터 아마노는?"

"저는 개원을 하고 싶습니다."

"오오! 아무래도 병원에서 일하는 의사와는 다른 건가요?"

"병원에 있으면 안정적이기는 하지만 그래도 개원을 하면 내 병원이 되는 거니까요. 게다가 1억 엔 이상 있으면 대출 없이 첨단 의료기기도 갖춰놓을 수 있지요. 대출 없이 개원할 수 있다면 단단한 기반을 가지고 시작하는 셈입니다."

"아아, 그렇군요. 그렇다면 스에히로 군은?"

문득 옆을 보니 어느새 스에히로는 나이프로 나무를 깎아서 뭔가를 만들고 있었다.

"저는, 뭐랄까……. 캠프장을 열고 싶어요."

슥슥, 나무를 깎아내는 손길을 멈추지 않은 채 스에히로가 대답했다.

"아~주 스에히로 군다운 대답이네요!"

"애완동물도 함께 데려올 수 있고, 개들이 뛰어노는 도그런도 있고……. 놀이시설도 만들고 싶네요."

"도그런에 놀이시설이라. 꿈이 더욱 부푸네요."

"유우 씨는 뭐 할 거예요?"

스에히로가 이번에는 유우에게 질문했다.

"아, 나요? 나는, 글쎄⋯⋯."

유우가 카메라를 셀프 촬영 모드로 바꿨다. 말투도 평소대로 돌아왔다.

"최고의 촬영 장비를 사들여야지. 카메라에 편집 기계에 조명에 마이크까지. 아, 드론도 빼놓을 수 없지. 방음 스튜디오도 만들고 싶고, 외국 출장 촬영도 많이 가고 싶고."

유우가 활기차게 말했다. 한동안 이 화제로 시끌벅적 떠드는 사이에 생선이 구워지는 향긋한 냄새가 풍겨왔다. 갑자기 배가 고파졌다.

"이제 먹을 수 있을 것 같은데요."

스에히로가 모래에서 꼬챙이를 뽑아 내가 들고 온 토란 잎사귀 위에 올려놓았다.

"아, 만지면 위험하니까 내가 꼬챙이에서 뺄게."

유우가 장갑을 끼려는데 "괜찮아요" 하며 스에히로가 막더니 방금 깎아서 만든 나무 막대 두 개로 생선을 꼬챙이에서 빼냈다.

"오오, 뭘 만들고 있나 했더니 젓가락을 만들었네요."

"맞아요. 다른 분들 것도 있어요."

"역시 믿음직하네."

"자, 먹읍시다. 앗!"

나뭇잎 접시 위에 생선살을 발라내던 스에히로가 손을 멈췄다.

"토끼다. 잡아 올게요. 먼저 먹고 계세요."

나이프를 들고 재빨리 일어나 뛰쳐나갔다.

"스에히로 군은 정말 씩씩하네요. 그럼 우리 먼저 먹고 있을까요? 더 식기 전에……."

아마노 선생이 젓가락을 손에 들었다.

"아, 그럼 둘이 다 먹어요. 난 생선을 잘 못 먹어서."

유우가 나뭇잎 접시를 아마노 선생과 내 쪽으로 밀어주면서 말했다.

"어, 그랬던가?"

술집에서 안주로 생선 먹는 걸 본 적이 있는 것 같은데.

"그럼 저랑 요시다 씨가 반씩 먹으면 되겠네요."

아마노 선생이 생선살을 후후 불면서 입에 넣었다.

"오오, 맛이 끝내줍니다. 직화로 구운 생선은 차원이 다른 맛이네요."

그 말대로 정말 맛있어 보였다. 쓸데없는 기름기는 다 빠지고 껍질이 적당히 구워져서 바삭해 보였다. 아마노 선생은 어지간히 시장했는지 눈 깜짝할 사이에 태반을 먹어 치운 상태였다. 말은 반씩 먹자고 했는데, 이대로 가다가는 나는 맛도 보지 못한 채 끝날 참이었다.

나도 허겁지겁 젓가락을 집어 들려고 손을 뻗었을 때였다.

"큰일났어요!"

핏기가 사라진 얼굴의 스에히로가 숲속에서 뛰쳐나왔다. 배틀 로얄 이야기를 들었을 때조차 침착했던 그가 아까 있었던 산불 소동 때보다도 더 당황한 모습이었다.

"왜 그래요, 스에히로 군?"

아마노 선생이 물었다.

"가, 가, 가와카미 씨가…… 죽었어요."

다들 놀라서 숨을 멈췄다. 한순간 모두가 얼어붙어 있다가 다음 순간 일제히 벌떡 일어났다.

"어디야?"

"무슨 소리야?"

제각기 한마디씩 하면서 스에히로를 따라 뛰어갔다. 우리가 있는 장소에서는 사각지인 툭 튀어나온 모래사장 반대편으로 돌아가자 사람이 쓰러져 있는 게 보였다. 모래가 워낙 새하얗다 보니 멀리서도 붉게 물들어 있는 것을 알 수 있었다.

"가와카미 씨!"

아마노 선생이 재빨리 뛰어가서 옆에 쭈그리고 앉았다. 엎어져 있는 가와카미의 목덜미에 손을 대고 맥박을 짚고 호흡을 확인하더니, 고개를 저었다.

"아, 아니, 이게 뭐야? 누가 이런 짓을 한 거야? 누가 가와카미 씨를 죽인 거냐고? 제정신이야? 식량은 어떡하라고? 가와카미 씨는 마지막까지 살려둬야 할 거 아냐?"

유우가 흥분해서 펄쩍펄쩍 뛰고 난리를 쳤다. 그런데 화를 내면서 하는 말이 좀 이상하다. 그 정도로 정신이 없는 모양이다. 나도 머릿속이 하얘졌다.

아니, 정말로 가와카미 씨는 살해당한 게 맞는 건가? 누구한테? 왜? 우리한테는 서로를 죽인다는 선택지는 없었는데. 사고가 틀림없다. 높은 곳에서 떨어졌다든지. 물에 빠졌다든지. 주변에는 오를 만한 높은 곳도 없고, 익사한 사람이 피를 흘릴 리도 없는데 나의 두뇌는 어떻게 해서든 살인을 부인하려고 안간힘을 썼다.

"작은 총알에 맞은 흔적이 있습니다."

아마노 선생이 험악한 표정으로 말했다.

"총알? 그렇다면……."

'이츠키 씨가?' 입 밖으로 튀어나오려는 이름을 애써 도로 삼켰다. 아니, 그럴 리가 없다. 있을 수 없는 일이다. 그 사람은 자기보다 다른 사람을 우선하지 않았던가? 그렇다면 가와카미 씨가 먼저 이츠키 씨를 습격했나? 이츠키 씨가 가와카미 씨에게 반격하다가 이렇게 되었나? 그러나 그 명랑한 스포츠맨 출신의 간사이 남자가 이츠키 씨를 죽이려고 덤벼드는 모습은 도저히 상상이 되지 않았다. 뭔가 불행한 오해가 발생한 게 아닐까? 그렇지 않다면 이런 일이 일어났을 리가 없다.

그러고 보니까 낚싯대가 보이지 않았다. 가와카미 씨는 물고기를 자를 수 있게 벨트에 만능 나이프를 꽂고 다녔는데 그것도 없었다. 가와카미 씨가 들고 왔던 청주병도. 가와카미 씨의 아이템 세 개가 모두 사라지고 없었다. 혹시 이츠키 씨가 훔쳐 간건가? 그럴 것 같지는 않은데…….

"아마노 씨, 일단 시신부터 어딘가로 옮겨……."

말하던 중 아마노 선생의 상태가 이상해진 것을 알아차렸다. 얼굴에 핏기가 사라지고, 눈을 크게 치켜뜬 채 온몸을 사시나무처럼 부들부들 떨고 있었다. 그 정도로 충격이 심했나?

"아마노 씨?"

아마노 선생은 쭈그리고 앉았던 자세 그대로 무너지듯이 모래 위로 꼬꾸라졌다. 온몸에 심한 경련이 일어나는가 싶더니 속에 있는 것을 모조리 토해냈다.

"왜 그래요?"

스에히로가 뛰어왔다. 유우는 그런 상황에서도 카메라를 멈출 생각이 없는지 괴로워하는 아마노 선생의 모습을 계속 찍어댔다. 그런 그를 나무랄 새도 없이 아마노 선생은 움직이지 않게 되었다.

"와하하하하하하하!"

광기에 찬 웃음소리가 하늘에 울렸다. 깊이를 알 수 없을 정도로 파랗고 맑고 아름다운 하늘과는 전혀 어울리지 않는 소름 끼치는 웃음소리다. 고개를 들어보자 기관총을 어깨에 메고 손에 번뜩이는 장검을 든 이츠키가 우뚝 서 있는 모습이 보였다.

"좋아, 좋아! 이제야 다들 시동이 걸렸구나! 드디어 배틀 로얄이 본격적으로 시작되는 거야. 와하하하하하!"

이츠키의 눈은 시뻘겋게 충혈되었고, 찢어질 듯 크게 벌린 입에서는 귀에 거슬리는 큰 웃음소리가 났다. 글자 그대로 머리 꼭대기까지 피가 솟았는지 얼굴도 시뻘겋다. 도깨비 섬에 산다는 도깨비. 그건 광기와 살기를 뿜어대는 이런 인간을 모델로 해서 만든 괴담이 아닐까 싶을 정도로 무시무시하고 끔찍한 모습이었다.

지옥이다. 여기는 지옥이다!

획 하니 뭔가가 귓가를 스치고 갔다. 정신을 차려 보니 이츠키의 총구가 나를 겨누고 있었다. 나는 순간적으로 두 손을 번쩍 들었다. '손 들었어요. 백기예요. 투항합니다. 저항하지 않아요. 그러니 쏘지 마세요.' 목숨을 구걸하는 말들이 수없이 머릿속에 떠올랐지만, 온몸이 얼어붙어 아무 소리도 내지 못했다. 이츠키의 손가락이 방아쇠를 당겼다. 딱 소리가 났다.

나는 각오를 하면서 두 눈을 질끈 감았다.

"위험해!"

갑자기 누군가 내 팔을 잡았다. 유우가 엄청난 기세로 나를 잡고 도망쳤다. 다리가 서로 엉켜서 제대로 뛰기가 힘들었다. 총알이 뒤에서 계속 날아와 스쳐 가는 소리가 들렸다. 그런데도 유우는 내 팔을 꽉 잡고 놓지 않았다. 내가 겨우 자세를 바로잡고 제대로 뛸 수 있게 되자 따로 떨어져서 각자 전속력으로 달렸다.

정신없이 도망쳤다. 그런데 이제 한계다. 도저히 더 이상 못 뛰겠다. 점점 속도가 떨어졌다. 그래도 어떻게든 다리를 움직이려 애썼지만 기어이 수풀 속으로 쓰러지고 말았다. 유우도 쓰러지는 게 보였다. 헐떡이는 숨을 억지로 누르면서 한동안 꼼짝도 하지 않고 주변의 분위기를 살폈다. 쫓아오지는 않는 모양이었다. 조심조심 고개를 들어 주변을 둘러보았다. 이츠키는 보이지 않았다. 크게 한숨을 내쉬고 몸을 일으켰다.

아직도 온몸이 덜덜 떨렸다. 나를 똑바로 겨누던 총구. 나도 가와카미처럼 죽었을지 모르는 순간이었다. 공기총이라고 들었는데 명백하게 살상력을 키운 총이었다.

"요시다 씨, 괜찮아?"

유우도 몸을 일으켰다.

"우와~ 정말 죽는 줄 알았네."

"유우 군, 정말 고마워. 나를 잡고 끌어주지 않았으면 틀림없이 그 자리에서 죽었을 거야."

"당연한 일을 가지고. 우린 한팀인데."

"유우 군이 총에 맞을 수도 있었는데. 정말 목숨 걸고 살려준 거네."

"아니아니, 나도 모르게 몸이 그렇게 움직였던 거니까."

"유우 군은 내 생명의 은인이야."

그렇게 말하는데 약간 떨어진 곳에서 부스럭부스럭 소리와 함께 수풀이 흔들렸다. 이츠키인가? 유우와 나는 그 자리에서 얼어붙었다.

"큰일 날 뻔했네요."

흙투성이가 된 얼굴을 내민 사람은 스에히로였다. 이 사람도 함께 도망쳐 온 것이다.

"아마노 선생님까지 저렇게 되어 버리다니."

떨리는 목소리로 말하면서 스에히로가 이쪽으로 다가왔다. 그렇다. 아마노 선생도 죽은 것이다. 한동안 셋이서 망연자실 앉아 있었다.

"저기, 다시 확인하려는 건데, 이츠키 씨가 가와카미 씨를……그렇게 한 거겠지?"

나는 분명하게 말로 하기가 겁이 나서 대충 얼버무리면서 물었다.

"그야, 그렇게 생각하는 수밖에 없지 않나? 요시다 씨한테도 총을 쐈고."

유우가 말했다. 자세히 보았더니 오른손에 든 카메라로 나와 스에히로를 찍고 있었다.

"설마 지금 찍는 거예요?"

"기록이니까."

"그러고 보니까 가와카미 씨도 찍고 있던데. 돌아가신 분 시신을. 너무 무례한 거 아니에요?"

"너무 그러지 마, 스에히로 군. 유우 군이 나쁜 생각을 가지고 그러는 것도 아닌데."

목숨을 구해줬으니 동영상을 찍건 뭐를 하건 상관이 없다는 생각이 들었다.

"그건 아니죠. 뭔가 우리가 구경거리가 된 느낌이잖아요."

"알았어, 알았어."

유우가 투덜거리며 카메라를 껐다.

"그래서 아마노 선생님은 어째서 죽은 건데요?"

나는 되도록 자세히 그 상황을 떠올리면서 대답했다.

"그때는 가와카미 씨 시신을 보고 패닉에 빠진 상태여서 기억이 단편적이기는 한데 아마노 선생님은 갑자기 토하지 않았던가? 이츠키 씨가 멀리서 쏜 총알을 맞아서 그런 건 아니겠지?"

"갑자기 토하나 싶더니 그대로 푹 쓰러진 것 같은데. 총을 맞는다고 토하지는 않잖아요, 보통?"

"하지만 초등학생 때 배에 짱돌을 맞고 토한 놈도 있었는데. 그러니까 총알이 배에 명중하면 그 충격으로 토하거나 할 수도 있지 않나? 물론 동영상을 보면 금방 알 수 있겠지만 어떤 분이 별로 안 좋아하는 것 같아서."

유우가 작은 카메라를 들고서 살랑살랑 흔들며 말했다.

"설마, 그때도 계속 찍고 있었던 거예요?"

"뭐, 그런 셈이지."

"…… 정말 기록한다는 면에서는 도움이 될 수도 있겠네요."

"거봐, 그렇게 생각하지? 내가 그랬잖아."

스에히로가 수긍하는 말에 유우가 의기양양해져서 동영상을 재생했다. 가와카미의 시신을 보고 어쩔 줄 모르는 나와 스에히로가 찍혀 있었다. 아마노 선생은 가와카미 옆에 쭈그리고 앉아 눈꺼풀을 열어보기도 하고, 입가에 귀를 가까이 대기도 하고, 목덜미나 가슴, 손목 등을 만져보기도 했다. 이윽고 아마노 선생에게 이변이 발생했다. 움직임을 멈추는가 싶더니 발작을 하듯이 몸을 심하게 떨고는 땅바닥에 쓰러진 다음 갑자기 구토를 했다.

"이제 됐어요. 꺼 주세요."

도저히 보기가 힘들었는지 스에히로가 어두운 목소리로 말했다.

"총알을 맞은 모습은 아니었던 것 같네요. 그럼 생각할 수 있는 원인이…… 그 물고기 아닌가요?"

그렇게 말하면서 스에히로가 유우를 쳐다봤다.

"아니, 잠깐만. 설마 지금 물고기를 들고 온 내가 의심스럽다고 하는 말은 아니지? 난 정말 가와카미 씨한테 받아서 들고 간

것뿐이었다고."

"가와카미 씨가 물고기를 줬을 때 어떤 상황이었는지 설명해 주세요."

스에히로가 유우의 눈을 똑바로 쳐다보면서 말했다.

"가와카미 씨는 아까 시신이 있던 그 자리에서 낚시를 하고 있었던 건가요?"

"응, 그랬지."

"유우 씨는 왜 거기에 갔던 거예요?"

"그 더운 데에서 우리를 먹이려고 혼자 열심히 낚시하고 있잖아? 코코넛 워터라도 갖다주려고 갔지."

"그래서 그걸 준 거죠?"

"응."

"그때 가와카미 씨는 혼자 있었나요?"

"처음에는 혼자였는데, 그러고 보니 중간에 이츠키 씨가 왔었네. 그러다가 가와카미 씨가 물고기를 낚더니 '이거 가져가서 다른 사람들 먼저 먹으라고 해요'라면서 나한테 주더라고. 그래서 그 두 사람을 남겨 두고 나는 해안가로 돌아간 거고……. 그렇구나, 내가 간 다음에 이츠키 씨한테 당한 거구나."

유우가 슬픈 표정으로 한숨을 쉬었다.

"그럼 그때는 동영상으로 안 찍은 거예요?"

"아아, 아쉽네. 그때까지만 해도 동영상을 찍기 전이라서."

"그렇군요……."

"아무튼 난 절대로 아니라니까. 가와카미 씨한테 물고기를 받아서 들고 온 것뿐이니까."

"가와카미 씨가 아니라 유우 씨가 독이 있는 물고기인 줄 알면서 낚아서 온 걸 수도 있죠."

"내가 무슨 수로 물고기를 낚는다고 그래? 낚싯대도 없고, 낚시를 해본 적도 없고. 아니, 무엇보다도 독이 있는지 없는지 그걸 내가 어떻게 알아?"

"그래, 스에히로 군. 유우 군이 그런 짓을 할 리가 없잖아. 아까도 자기 목숨을 걸고 나를 구해준 사람인데."

"그럼 유우 씨 이야기가 진짜라면 가와카미 씨는 독이 있는 생선이라는 걸 모르고 유우 씨한테 건네줬다는 거네요?"

"그런 거 아닌가? 프로도 구분하기 힘들다면서? 마트에서 독이 있는 생선을 모르고 팔았다는 뉴스도 본 적이 있는데 뭐. 아니지, 어쩌면 알고서 그랬을지도 모르지. 가와카미 씨가 나를 이용해서 다른 사람들을 죽이려고 그랬을지도 모르잖아."

한순간 정적이 내려앉았다.

"물론 가능성만 따지면 0프로는 아니지만……. 저로서는 여전히 유우 씨 행동이 부자연스럽다는 생각을 떨칠 수가 없거든요."

"뭐? 나랑 해보자는 거야, 뭐야?"

"생선이 위험하다면서 낚시용 장갑도 끼고 있었잖아요."

"그거는 가와카미 씨가 장갑을 끼고 들고 가라고 해서 그랬지."

"하지만 유우 씨는 생선을 한 입도 안 먹으려고 했잖아요."

"아~ 그런 식으로 나오시겠다? 그럼 나도 질 수 없지. 내가 보기에는 스에히로 군이야말로 수상하거든."

"엥? 뭐가요?"

"나무를 깎아서 젓가락을 만들었잖아. 거기에 독을 칠한 거 아냐?"

스에히로가 눈을 부릅뜨며 따졌다.

"무, 무, 무슨 말도 안 되는 소리예요? 어떻게 그런 생각을 해요? 다 보고 있었잖아요, 안 그래요, 요시다 씨?"

스에히로가 나에게 매달리다시피 하면서 물었다.

"으, 응."

고개를 끄덕이기는 했지만, 사실 나도 마음에 걸리는 점이 있었다. 스에히로도 그때 생선을 먹지 않으려고 했기 때문이다.

"어떻게 다들 보는 데에서 독을 칠한다고 그래요? 그보다 도대체 독을 어디서 가지고 왔다는 말이에요?"

"그야 그렇지만 물고기에 독이 있듯이 벌레나 뱀이나 도마뱀 같은 거에도 있을 수 있잖아. 스에히로 군은 서바이벌에 대해 잘 아니까 그런 것에서 독을 빼뒀다가 뭔가 방법을 써서 나무를 깎을 때 독을 칠해둔 거지. 아, 그 나이프에 독을 발라뒀을 수도 있겠네. 젓가락을 깎으면서 입을 대는 부분에다 그걸 문지른 거야."

그렇군. 그런 방법을 쓸 수도 있겠네. 그리고 그 이야기가 맞는다면 나도 죽었을지도 모른다는 뜻이다.

"말도 안 돼. 그렇게 따지고 보자면 요시다 씨도 수상하잖아요."

"엉? 나, 나도?"

"아니, 물론 진짜로 의심하는 건 아니에요. 하지만 젓가락이나 나이프에 독을 칠했다는 가설이 통한다면 요시다 씨가 들고 온 커다란 나뭇잎에 독이 칠해져 있었을 가능성도 있다는 소리잖아요. 그걸 접시 대신으로 썼으니까."

"접시로 쓸지 어떨지 알지도 못하면서 미리 독을 칠해뒀을 리가 없잖아."

"그러고 보니 나뭇잎이 있었네." 유우가 고개를 끄덕였다. "어쩌면 그 나뭇잎 자체가 독이 있는 식물일 수도 있지 않나? 우리를 죽이려고 그걸 뜯어 왔다든지."

"유우 군까지 그런 소리에 동조하면 어떡해? 그건 그냥 토란잎이라니까! 게다가 그걸 발견한 사람은 아마노 선생님이었고."

"지금 와서 뭐라고 하던 알 바 없는 거죠. 죽은 사람은 말이 없으니까."

스에히로도 한마디 거들었다.

우리는 서로를 노려보았다. 물론 여기서 티격태격하고 있을 때가 아니다. 그러나 아마노 선생을 죽인 범인을 알지 못한 상태에서는 마음 놓고 함께 있을 수가 없다.

이 두 사람일 리가 없다고 생각하고 싶었다. 스에히로는 모두 함께 살아남기 위해 열심히 생각하고 행동해 왔다. 유우도 아까 위험을 무릅쓰고 나를 살려주었다. 그러나 아마노 선생을 죽인 사람은 100퍼센트, 절대로, 내가 아니다. 그렇다면 역시 스에히로나 유우, 둘 중의 하나가 아닐까?

그렇게 생각에 잠겨 있는데 스에히로가 주머니 속에서 나이프를 몰래 꺼내는 게 보였다. 깜짝 놀라 숨을 죽였다. 나에게는 무기가 아무것도 없다. 주변을 둘러보다가 순간적으로 옆에 있던 커다란 돌을 집어 스에히로를 향해 던졌다. 그 돌이 스에히로의 뺨에 정통으로 맞았다. 스에히로가 한순간 얼어붙은 틈에 그대로 땅에 자빠뜨리고 그 위에 올라탄 다음 다시 돌을 들고 내리칠 자세를 취했다.

"요시다 씨, 왜 이래요? 그만 해요!"

스에히로가 두 팔을 얼굴 앞에서 교차시켜 방어 자세를 취하면서 필사적으로 외쳤다. 나도 돌을 들어 올린 채 고함을 질렀다.

"스에히로 군이야말로 방금 뭐 하려고 했어? 나이프를 꺼내려고 했잖아!"

"독 같은 건 묻어 있지 않다고 보여주면서 설명하려고 했단 말이에요."

진짜로 그랬나? 아니면 거짓말을 하는 건가? 도무지 알 수가 없었다.

"누가 이 상황에서 싸움을 걸겠어요? 2대 1이잖아요. 절대적으로 불리해지는데. 만약 진짜 공격할 생각이 있었으면 둘만 남을 때까지 기다렸겠죠."

듣고 보니 맞는 말이다. 나는 경계를 늦추지 않으면서 천천히 스에히로한테서 내려왔다. 스에히로도 경계하면서 몸을 일으켰다. 뺨은 피부가 벗겨지고 상당히 큰 상처가 나서 피가 흐르고 있었다. 눈을 맞았으면 곧바로 실명이 되었을 것이다. 머리에 맞았으면 죽었을 수도 있다. 갑자기 소름이 돋았다.

문득 돌아보니 유우가 카메라를 돌리고 있었다. 내가 스에히로를 공격한 모습이 찍혔다고 생각하니 영 기분이 꺼림칙했다.

"스에히로 군, 미안해. 내가 착각한 모양이네. 하지만 이해해줘. 극한 상황이라 누가 내 편인지 적인지 모르는 상태여서……. 아니지, 그게 변명이 될 수는 없겠네. 진심으로 사과할게. 정말 미안해."

아직도 심장이 터질 듯 두근거렸다. 내가 폭력을 행사하다니. 다른 사람을 향해, 더구나 머리에다가 돌을 던졌다니 믿을 수가 없었다. 왕따나 폭력 문제에 남들보다 훨씬 민감하게 반응했고, 아무도 상처받지 않도록 하려고 노력하면서 살아왔다. 그런데도 이런 짓을 저지르고 말았다.

배틀 로얄 같은 거에는 가담하고 싶지 않고 그럴 생각도 없다. 그런데도 방금 스에히로를 죽일 뻔했다. 아니, 그뿐만이 아니다. 만약 내가 스에히로를 죽였다면 그 장면을 직접 목격한 유우는 두려움 때문에라도 틀림없이 나를 공격했을 것이다. 그러면 나도 목숨을 지키기 위해 반격했을 테니 또다시 죽고 죽이는 싸움이 벌어졌을 게 틀림없다. 이 자리에서 모두 죽었을지도 모른다.

이렇게 더운 날씨인데도 오한 때문에 온몸에 소름이 돋았다. 어느새 나도 배틀 로얄에 휩쓸려 들어간 것이다.

"아, 그 상처, 이걸로 지혈하면……."

내가 셔츠를 벗으려고 하자 "됐어요" 하고 스에히로가 낮은 목소리로 거절했다.

"술로 소독할 거니까 괜찮아요."

"그, 그렇구나, 하기야 술은 소독제로도 쓸 수 있으니까. 그럼 일단 해안가로 돌아갑시다. 짐을 가지러 가야지."

"요시다 씨하고는 같이 안 갑니다."

스에히로가 단호하게 말하며 일어났다.

"유우 씨는 어떻게 할 거예요? 방금 봤잖아요? 이 사람은 나를 죽이려고 했다고요."

"어, 나는……." 카메라를 들지 않은 쪽 손으로 유우가 머리를 긁적거렸다. "방금 그거는 오해였다고 생각하고, 요시다 씨는 나이프처럼 좋은 아이템이 없어서 좀 안 됐다는 생각도 들고 하니까……. 그냥 같이 있으려고.”

“그래요? 그럼 나는 이제부터 따로 행동하는 걸로 할게요.”

스에히로는 우리에게 등을 돌리더니 수풀을 헤치며 가 버렸다. 그에게 너무 미안해서 죽을 것 같았다. 유우에게도 미안하게 되었다.

“유우 군, 미안해.”

“에? 뭐가?”

그렇게 물으면서 유우가 멀리 걸어가는 스에히로의 뒷모습을 찍던 카메라를 내 쪽으로 돌렸다.

“내가 그런 짓을 하지 않았으면 스에히로 군이랑 같이 행동할 수 있었는데.”

“에이, 신경 쓰지 마요.”

“그래도 스에히로 군은 서바이벌 숙련자에다 나이프랑 미니 오토바이도 가지고 있잖아. 내 아이템 중에는 고기 정도밖에 도움 될 만한 게 없으니……. 아, 하지만 이건 분명하게 말할 수 있는데 난 정말로 스에히로 군을 죽일 생각은 추호도…….”

“알아요, 알고 있다고.”

유우가 나를 진정시키려는 듯이 두 손을 흔들며 진정시켰다.

“근데 어차피 난 아마노 선생님을 죽인 게 스에히로 군이라고 생각했으니까 상관없는데.”

“정말? 유우 군도 그렇게 생각했어?”

"그것밖에 없지 않나? 난 범인이 아니고, 요시다 씨도 아니잖아?"

그 말에 나는 온 힘을 다해 끄덕였다.

"그럼 스에히로 군밖에 안 남는 거니까. 그리고 또 한 가지 가능성이 높다고 생각했던 게 꼬챙이로 쓴 나뭇가지. 캠핑을 하다가 독이 있는 나뭇가지에 고기를 꽂아서 먹다가 죽었다는 뉴스가 가끔 나오잖아요. 그 나뭇가지도 스에히로 군이 준 거 맞죠? 그러니까 그것도 영 의심스럽단 말이지."

"그럴 가능성도 적지 않겠네."

이곳에는 내가 본 적도 없는 나무들이 많이 있다. 그중에는 독이 있는 나무들도 있을 것이다.

"그러니까 스에히로 군을 믿을 수가 없다는 거지. 혼자 떨어져 나가줘서 차라리 다행이라고 봐요. 그러니까 요시다 씨도 마음 쓰지 말고."

"그렇군. 고마워. 아, 참, 내가 들고 온 고기, 유우 군이 절반 가져가. 그냥 소소한 선물이니까."

"에이, 왜 이러실까? 우린 한팀인데, 너무 형식적으로 그러지 맙시다."

"유우 군은 목숨을 구해준 은인이고, 나를 믿어준 사람이니까. 자, 우선은 짐을 찾으러 돌아가자고. 서둘지 않으면 이츠키 씨가 훔쳐 갈 수도 있으니까."

"고기는 정말 안 줘도 돼요." 하며 사양하는 유우를 재촉해서 모래사장 쪽으로 걸어갔다.

어느새 해가 서쪽으로 많이 기울었고, 더위도 한풀 꺾였다. 아까까지의 혼돈 상태가 거짓말이었던 것처럼 숲속은 고요하고, 지저귀는 새소리가 들리는 평화로운 분위기였다. 주변을 경계하면서 앞으로 가다가 바닷가에 이르자 단숨에 뛰어나갔다. 바닷가에는 이츠키가 숨어 있을 만한 곳이 없다. 몰래 우리를 노린다면 숲속에 몸을 숨겼을 테니까 되도록 숲에서 빨리 멀어졌다.

모래사장에는 아까 생선을 구웠던 모닥불 흔적이 있었다. 그러고 보니 너무 허둥대는 바람에 불을 끈 기억이 없는데 모닥불은 완전히 꺼져 있었다. 그리고 검게 변한 모래 주변에 널린 내 다이빙 슈트와 스노클링 마스크와 오리발 위에는 바람에 날려가지 않게 돌이 얹어져 있었다.

혹시나 하는 생각에 모래사장 저 구석에 있는 슈이치와 리리코 쪽을 보았다. 멀리서 리리코가 손을 크게 흔드는 모습이 보였다. 그렇구나. 우리가 불을 끄지 않고 뛰어가 버리는 것을 보고 이쪽으로 와서 불을 꺼 주고 내 물건들이 날아가지 않게 돌을 얹어준 모양이다. 먹다만 생선살이 놓인 나뭇잎에도 돌이 얹어져 있었다.

나도 손을 흔들어 고마움을 표시한 다음 여기저기 놓여 있는 짐들을 둘러보았다. 아마노 선생의 망원경과 양고기는 바위 위에, 위스키병은 모래사장에 굴러다니고 있었다. 무언가 가슴을 옥죄는 느낌이 들었다. 가와카미 씨도, 아마노 선생도 정말로 죽어버린 것이다. 둘 다 정말 좋은 사람들이었는데.

아까는 슬픔보다는 혼란스러움이 더 컸다. 그런데 지금은 울컥울컥 터져 나오는 울음을 주체할 수가 없었다. 눈물을 닦으면서 다이빙 슈트를 허리에 매고 스노클링 마스크를 팔에 걸었다. 오리발은 걸리적거리니까 그냥 버려두기로 했다. 로스트비프는 원래 들고 다니기 쉽게 요리용 실로 묶어서 가져왔는데 오랜 시간 들고 다니면 손가락이 아프니까 토란 줄기에 실을 꿰어서 핸들을 만들었다. 이츠키가 훔쳐 가지 못하도록 앞으로는 어디를 가나 들고 다녀야 한다.

유우는 남아 있던 생선 조각을 나뭇잎으로 둘둘 싸서 자기 배낭에 집어넣었다. 독이 든 게 아니라면 귀중한 식량이다. 그러더니 아마노 선생의 짐도 챙기기 시작했다. 유우가 잘 사용해 준다면 아마노 선생도 기뻐할 것이다. 이츠키가 훔쳐 가기 전이어서 다행이다. 문득 어떤 생각이 떠올랐다. 스에히로도 아까 이곳으로 자기 술과 미니 오토바이를 가지러 왔었다. 그렇다면 얼마든지 다른 사람들의 아이템을 가져갈 수도 있었다. 자기만 살아남을 작정이었다면 당연히 그렇게 했을 것이다. 그런데 남의 물건에는 하나도 손을 대지 않고 고스란히 남겨 놓았다. 역시 스에히로는 공평한 사람이 맞다. 그렇다면 아마노 선생을 죽인 사람은 스에히로가 아니란 건가?

"아 참. 깜박했는데 아마노 선생님을 죽일 수 있을 만한 용의 자가 또 있네."

내 마음속을 들여다본 사람처럼 유우가 말을 꺼냈다.

"슈이치 군하고 리리코짱. 그 두 사람일 가능성도 있잖아."

나는 아까 산불 소동을 일으킨 후 풀이 죽어서 몸을 움츠리던 두 사람의 모습을 떠올렸다. 두 사람이 아마노 선생과 접촉할 기회가 있기나 했을까? 아니, 그랬을 것 같지는 않다. 하지만 이츠키가 저렇게 가와카미를 죽인다는, 상상도 못 하던 일이 벌어지지 않았나. 안타깝지만 '절대로 그럴 리 없다'고 단정을 지을 수 있는 상황이 아니다.

"그럼 잠깐 가서 한 번 넌지시 떠볼까? 어차피 이츠키 씨를 조심해야 한다는 말도 해 줘야 하고."

"응, 그러네."

내가 두 사람 쪽으로 걸음을 옮기자 유우도 카메라로 찍으면서 따라왔다.

두 사람은 모래사장 위에 에어 매트리스를 펼치고 그 위에 멍하니 앉아 있었다. 우리가 다가오는 모습을 보더니 슈이치가 고개를 꾸벅 숙였다. 슈이치의 머리카락은 아까 불에 타서 그런지

군데군데 좀이 먹은 듯 짧아진 게 보였다.

"우리 모닥불을 꺼 준 거지? 고마워요. 두 사람한테 그렇게 설교를 늘어놓았는데 막상 우리도 그대로 두고 자리를 비웠네."

"아니에요. 아까 우리를 도와줬잖아요."

어지간히 혼이 났는지 리리코가 얌전하게 말했다.

"그런데 유우 군, 다들 뭔가 되게 당황하면서 가는 것 같던데. 무슨 일 있었어?"

"저기, 그런데, 슈이치 군하고 리리코짱은 혹시 아마노 선생님 못 봤어?"

유우는 리리코의 질문에는 대답하지 않고 거꾸로 엉뚱한 질문을 했다. 슈이치도 리리코도 자기들을 찍는 카메라를 알아차린 모양이었지만 뭐라고 하지는 않았다.

"못 봤는데."

슈이치가 고개를 저었다.

"그쪽이야말로 아마노 선생님하고 같이 모닥불을 둘러싸고 앉아 있었잖아. 그러더니 갑자기 다들 어딘가로 뛰어가던데."

"우리는 불을 끄러 그쪽으로 가기는 했어도 금방 돌아왔고, 아마노 선생님도 그 뒤로는 전혀 못 봤어."

"그렇군. 그 뒤로 아마노 선생님이 어디로 갔는지 보이지 않거든. 정말로 둘 다 몰라?"

슈이치와 리리코는 고개를 저었다. 그 표정만 보아도 두 사람

은 아마노 선생의 죽음과 아무런 관련이 없다는 사실을 짐작할
수 있었다.

"이 섬에 갈 만한 데가 많이 있는 것도 아니고, 좀 있으면 금방
돌아올 텐데, 뭐하러 그렇게 찾으러 다녀?"

리리코가 신기하다는 듯이 고개를 갸웃거렸다.

"슈이치 군도 리리코짱도 정말 모르는 모양이네. 그럼 얘기해
줘야 하지 않나?"

유우가 내 쪽으로 카메라를 향하게 하며 말했다.

그 말에 고개를 끄덕이고서 "사실 아마노 씨가 돌아가셨어."
라고 털어놓았다.

슈이치는 "네에?" 하고 큰소리로 놀랐고, 리리코는 두 손으로
입을 막았다.

"가와카미 씨도 사망했어. 이츠키 씨가 쏜 공기총에 맞아서."

"정말?" 리리코가 비명처럼 소리를 질렀다. "정말로 이츠키 씨
가?"

"믿을 수가 없겠지. 사실 우리도 아직 악몽을 꾸는 것 같으니
까. 하지만 진짜로 두 사람 다 죽었어. 아마노 씨는 독살당한 것
같고. 누군가 일부러 독을 먹게 했을 가능성이 있지."

"그럼 혹시 그것 때문에 나랑 리리코를 의심한 거예요?"

"맞아. 그래서 어떤가 살펴보려고 왔지. 하지만 그럴 만한 기
회도 없었으니까, 아닐 거라고 생각은 했어."

"그룹에서 쫓겨난 뒤로 아마노 선생님하고는 스친 적도 없단 말이에요. 우리한테 가까이 온 사람도 요시다 씨뿐이었고."

"그야, 그렇겠지."

"너무 무섭다."

리리코가 슈이치에게 매달렸다.

"진짜로 서로 죽이기 시작한 거네. 우리 가운데 그런 사람은 없을 거라고 생각했는데."

"그렇지. 나도 그렇게 생각했으니까. 그런 일은 영화나 만화에서나 나오는 거라고 말이야."

유우가 카메라를 돌려 자기를 찍으면서 말했다.

"하지만 거꾸로 말하면 이츠키 씨만 조심하면 괜찮다는 뜻이기도 하니까. 잘 때 조심들 해."

"여기는 괜찮을까?"

슈이치가 겁을 내면서 바닷가를 둘러보며 물었다. 내가 대답해 주었다.

"확실하지는 않아도 공기총이 그렇게 멀리까지 날아가지는 않을 거야. 바닷가에는 숲처럼 자기 몸을 숨기고 상대방을 겨눌 수 있는 곳이 없으니까 오히려 안전하지 않을까 싶은데. 그러니까 어두운 밤에만 조심해서 교대로 잠을 자는 편이 좋을 거야."

유우가 옆에서 거들었다.

"밤에는 모닥불도 피우지 않은 편이 나을걸. 여기 있다고 알려주는 거나 마찬가지니까."

"알았어요. 그렇게 할게요. 요시다 씨도 유우 군도 정말 고마워요."

슈이치가 힘차게 고개를 끄덕이는 걸 보고 나서 유우와 나는 우리가 있던 자리로 돌아갔다.

"아아, 배고프다."

그렇게 말하면서 유우가 모래사장 위에 털썩 주저앉았다.

"고기라도 먹어야겠네. 유우 군, 반씩 먹읍시다. 잘라줄 테니까 나이프 좀."

내가 말하자 유우가 손을 저었다.

"아니, 정말로 그런 생각을 가지고 도운 게 아니라니까. 게다가 아마노 선생님한테 양고기가 있었잖아요. 그거 먹으면 되니까 괜찮아요."

"아, 그렇구나."

"일단 먹자고. 배가 고프면 싸울 수가 없으니까. 잘 먹겠습니다!"

유우가 고기를 덥석 물더니 우적우적 먹기 시작했다. 나도 고기를 찢어서 입에 넣었다. 맛있다. 온몸에 침이 고이는 느낌이다. 나중을 생각해서 남겨둬야 한다고 머리로는 생각하면서도 나도 모르게 자꾸 입에 넣게 된다. 3분의 1 정도 먹어 치우고 나서야 겨우 손을 멈출 수 있었다.

"아, 고기 정말 맛있다!"

유우는 아무런 망설임 없이 계속 우걱우걱 먹어댔다. 고기의 크기가 벌써 반 정도로 줄었고, 뼈도 여러 개 버려져 있었다. 내 고기를 절반 주겠다고 했는데 저런 식으로 먹었으면 순식간에 없어져 버렸을 것이다. 그럼 남은 고기까지 내주어야 했을지도 모른다.

솔직히 말해서 아마노 선생이 고기를 남겨준 덕분에 큰 도움이 되었다. 슬픈 마음이 거짓은 아니지만 굶주림에 대한 공포나 어떻게 해서든 살아남고 싶다는 욕구가 훨씬 더 크다. 아까는 그렇게 눈물을 흘리던 주제에 지금은 벌써 자기 잇속을 챙기는 데에 급급하다. 결국 나도 속내를 까 보면 이기심 덩어리에 불과한 셈이다.

"아 참, 해가 지기 전에 충전해 둬야지."

유우는 그제야 먹는 것을 끝내더니 손가락을 핥으며 배낭 옆으로 길게 늘어진 USB 케이블을 카메라에 꽂았다. 배낭 표면에는 검은 책받침처럼 생긴 솔라 패널이 고정되어 있었다.

"그거 정말 편리해 보이네."

"그죠? 이걸 세 가지 아이템 중 하나로 선택한 나를 칭찬해 주고 싶다니까. 카메라도 그렇고. 솔직히 마스터가 우리를 두고 갔다는 걸 알았을 때는 뭐든 더 도움이 되는 물건을 가지고 올 걸

하고 후회했는데 지금은 이걸로 하기를 잘했다는 생각이 들어요. 기록은 물론이고 시간도 알 수 있고, 조명까지 쓸 수 있으니까."

"유우 군이 들고 온 아이템은 다 쓸모가 있는 것들이지. 그에 비해 나는 고기 말고는 스노클링 마스크에 오리발밖에 없으니⋯⋯."

"전혀 생각지도 못한 활용법이 있을 수도 있잖아요."

"그렇다면 다행이지만. 유우 군의 발목을 잡기는 싫으니까."

"아니, 도대체 아까부터 왜 그렇게 비굴해져 있을까? 나도 그렇고 다른 사람들도 요시다 씨의 과학 지식에 얼마나 큰 도움을 받았는데. 좀 당당하게 가슴 펴고 살아요."

"유우 군 덕분에 겨우 목숨을 부지하지 않나, 엉뚱하게 착각해서 공격하는 바람에 스에히로 군을 혼자 나가게 하지 않나, 난 정말 제대로 하는 게 하나도 없는 것 같아서."

"어, 그게 뭐? 슈이치 군하고 리리코짱이 범인이 아니라면 역시 스에히로 군이 범인이겠구나 하고 나는 다시 확신하게 되었는데?"

"우리 아이템들이 고스란히 남아 있었잖아? 스에히로 군이 범인이었으면 당연히 훔쳐 갔을 텐데."

"그냥 별로 필요하지 않아서 그랬던 것 아닌가? 쌍안경에 잠수용품이니까."

"그래도 아마노 선생님하고 내가 들고 온 고기가 있었잖아."

"스에히로 군은 도마뱀이건 뱀이건 잡아먹을 수 있다고 했잖아요."

"그래도 고기를 들고 가면 유우 군하고 나는 굶게 되잖아? 식량을 빼앗는 건 직접 공격과 맞먹을 정도로 효과적일 것 같은데."

"흐음, 그럼 요시다 씨는 아마노 선생님을 죽인 사람이 누구라고 생각하는데?"

유우가 나를 뚫어지게 쳐다보며 물었다. 감정을 읽을 수 없는 눈이었다. 이상하게 마음이 술렁거렸다.

"그러니까 슈이치 군이랑 리리코짱은 아니고, 스에히로 군도 아니고, 이츠키 씨도 아니고, 나도 아니면……."

어라? 그럼 한 사람밖에 안 남잖아? 그렇다면……. 내가 마른침을 삼켰다.

"아마노 선생님을 죽인 범인은."

나를 뚫어지게 쳐다보면서 유우가 입을 열었다. 설마 범인은 '바로 나'라고 할 작정인가?

"…… 없을지도 모르지. 아마노 선생님이 땔감 주우러 갔을 때 뭔가 이상한 걸 먹거나 마신 것 아닌가?"

마음속을 어둡게 뒤덮었던 의심의 안개가 일시에 걷혔다. 그렇구나. 그럴 가능성이 많다. 아마노 선생이 혼자 이상한 걸 섭취했다고 생각하는 게 제일 마음 편했다.

"그거야! 틀림없이 그랬을 거야. 아아, 난 왜 여태 그 생각을 못 했지?"

"가와카미 씨 일이 있어서 그런 거 아닌가? 누군가에게 살해당했다는 선입견이 생겨버린 거지."

"아아, 그 문제가 풀려서 이제야 속이 시원하네."

"근데 그러면 역시 스에히로 군을 범인 취급했던 건 좀 미안한 걸. 나중에 만나면 사과해야지."

유우가 싱긋 웃었다. 한순간이라도 이 사람을 의심해 버린 나 자신이 부끄러웠다. 목숨의 은인인데. 아마노 선생의 죽음에는 누군가의 살해 의도가 개입되지 않았다. 마음이 가벼워져서 유우가 권하는 대로 위스키를 마셨다. 이 야마자키 25년산 위스키도 아마노 선생이 남겨준 아이템이다. 아마노 선생, 그리고 가와카미 씨의 명복을 빌면서 건배했다.

언제 나타날지 모르는 이츠키를 경계하면서 아마노 선생과 가와카미에 대한 추억담을 이야기하는 사이 날이 저물어 순식간에 어둠이 몰려왔다. 가로등도 없는 곳에서 해가 지면 갑자기 캄캄해진다.

"내가 적당히 잘 만한 데를 찾아놓은 곳이 있는데, 거기는 이츠키 씨도 모르니까 안전하게 쉴 수 있을 거야. 더 어두워지기 전에 그쪽으로 이동합시다."

"오케이. 그럼 조명이 필요하겠네."

유우는 옆에 두었던 배낭을 잡아당겨 USB 케이블에 꽂아두었던 카메라를 들었다. 전원을 넣자 조명이 깜박이다가 모래사장을 비췄다. 상당히 먼 곳까지 밝게 보여서 깜짝 놀랐다.

"너무 밝은 것 아닌가? 이츠키 씨가 불빛을 보면 안 될 텐데."

유우는 토란 잎사귀를 뜯어서 빛이 퍼지지 않게 조명 주변을 에워쌌다.

"그럼 가 봅시다."

이츠키를 만날지도 모른다는 긴장감 때문에 취기를 거의 느끼지 못했다. 이동하려면 재빨리 가야 한다. 숲으로 들어가는 건 겁이 났지만 주변을 경계하면서 앞으로 나아갔다. 커다란 돌과 두꺼운 나무뿌리에 몇 번이나 발이 걸리고, 나뭇잎과 잔가지들이 얼굴을 할퀴는 걸 참으면서 조심스럽게 걸어갔다. 15분가량 걸려서 무사히 잘 곳에 도착했다.

"아아, 여긴가? 좋네~!"

유우가 신난 아이처럼 깡충 하고 구덩이 속으로 뛰어내렸다. 오늘 아침 이곳을 잠잘 공간으로 만들었을 때만 하더라도 설마 이런 하루가 될 줄은 꿈에도 생각지 못했다. 멤버들 중 두 사람이나 죽고, 이츠키가 살인자가 되어 버리다니.

"깊이가 내 허리 정도 되나? 두세 명 정도는 넉넉하게 누울 수 있는 크기에 아지트 같은 느낌이 들어서 아주 좋네. 여기서라면 조명을 그대로 켜놓아도 밖에서 안 보일 테고."

유우는 카메라를 둘러쌌던 나뭇잎을 떼어내더니 렌즈를 향해 웃는 얼굴로 "은신처에 도착했습니다~" 하며 손을 흔들었다.

"여기 오면서도 내내 찍고 있었던 거야?"

"당연하죠. 귀중한 기록인데."

"그렇군."

정말 대단하다. 내 모습이 찍힌다는 점은 좀 꺼림칙했지만 유우의 동영상은 많은 면에서 도움이 되기도 했다.

"아아, 오늘은 정말 너무 힘들었어."

유우가 땅바닥에 앉자마자 '아야야' 하며 인상을 찌푸렸다.

"아우, 엉덩이 아파. 돌투성이잖아. 이러면 눕기 힘들겠는데. 큰 돌들은 밖으로 좀 빼놓죠?"

바닥에 깔아놓았던 토란 잎사귀를 옆으로 치우더니 유우가 큼지막한 돌들을 구덩이 바깥으로 휙휙 내던졌다. 나도 따라서 돌들을 치웠다. 기껏해야 한 평 크기의 구덩이여서 작업은 금세 끝났다. 다시 한번 잎사귀를 깔고 나도 앉아 보았다. 생각보다 쾌적했다. 다이빙 슈트를 허리에서 풀고 어깨에 걸고 있던 스노클링 마스크도 내려놓았다. 이제야 좀 살 것 같았다.

"아아, 가와카미 씨가 없으면 앞으로 식량은 어떻게 해야 하나?"

"그러게. 고기도 기껏해야 며칠이면 끝날 텐데. 그리고 보니까 슈이치 군이 작은 게나 조개들도 꽤 있다고 하던데."

"그럼 보이는 대로 잡아야지. 아 참, 혹시 이게 무슨 버섯인지 알아요?"

유우가 카메라를 만지더니 동영상을 재생했다. 누리끼리한 버섯과 우둘투둘한 빨간 버섯 등이 화면에 보였다.

"아아, 이 누런 쪽은 노란각시버섯이고 빨간 쪽은 광대버섯이겠네."

"우와! 바로 나오네. 요시다 씨는 모든 식물을 다 알고 있는 거예요?"

"설마 그러려고. 학원에서 숙제를 검사하고 돌려줄 때 매번 미니 지식을 한 가지씩 써 주거든. '세계 최대의 꽃은 라플레시아'라든지 '세상에서 가장 작은 곤충은 마이크로총채벌'이라는 식으로. 그래서 재미있는 미니 지식을 찾으려고 매일 같이 도감을 들여다봤지."

"그렇구나~. 학생들이 지루하지 않게 여러 가지로 방법을 쓰는 거네."

"그렇지. 게다가 나는 버섯맨이라는 별명도 있잖아. 그래서 버섯만큼은 내가 확실하게 알지 않으면 내 별명이 헛것이 된다는 생각에 버섯이 나오는 부분은 더 꼼꼼하게 읽곤 했으니까."

"대단하네. 완전 버섯 박사잖아."

유우가 손뼉을 치면서 웃었다.

"그래서 버섯맨이 보시기에 이 버섯들은 먹을 수 있는 겁니까?"

"음, 노란각시버섯은 대학생 때 내 친구가 시험 삼아 먹은 적이 있었지. 이과 계열에는 특이한 인간들이 많아서. 지금도 멀쩡하게 살아 있는 걸 보면 맹독은 아니겠지만, 그렇다고 전혀 해가 없을지는 모르는 일이고. 광대버섯 쪽은 딱 봐도 알겠지만 독버섯이지."

"그럼 먹을 게 아무것도 없게 되면 최악의 경우 저 노란 놈은 먹을 수도 있겠네."

"음, 정말 어쩔 수 없는 상황이라면 할 수 없겠지만, 별로 추천하고 싶지는 않네. 날이 밝으면 먹을 수 있는 버섯을 찾아보자고. 그런데 숙제 검사니 미니 지식이니, 여기서 그런 말을 하니까 어디 먼 딴 세계 이야기 같네. 날마다 스트레스에 시달렸지만 그래도 지금에 비하면 평화로운 일상이었는데. 정말 돌아가고 싶다."

"그러게. 그냥 평범하게 편의점에 들르기도 하고, 전철을 타고, TV를 보고…… 그런 게 너무 그립네."

이제까지 살아온 평범한 일상이 압도적인 아름다움으로 머릿속에 떠올랐다. 눈물이 날 것 같았다. 문득 정신을 차려 보니 카메라가 나를 찍고 있었다. 허겁지겁 눈물을 참는데 유우가 나에게 질문했다.

"요시다 씨는 과학 선생님이라 자연에 대한 지식이 정말 많잖아요?"

"그야, 어느 정도는."

"그리고 실제로 이 섬에 온 뒤로 많은 활약을 했잖아요. 요시다 씨의 지식이 많은 도움이 되었지요. 그런데 그런 건 악용할 수도 있지 않나요?"

"악용?"

내가 고개를 갸웃거렸다.

"다른 사람들은 요시다 씨의 지식을 믿으니까. 예를 들어 이 버섯 같은 경우에도 '이건 안전하니까 먹어도 된다'라고 하면 먹게 되잖아요. 그러니까 자기 혼자 살아남기 위해 과학 지식을 악용해서 사람들을 속일 수 있는 셈이죠. 그런 유혹을 느낀 적은 없어요?"

"설마!"

생각도 해보지 않은 말이어서 강한 말투로 부정했다.

"왜 그런 소리를 하는 거지? 설마 아직도 나를 의심하고 있는 건가?"

"그런 건 아니지만, 그냥 어떤가 싶어서."

"과학 지식을 악용하다니, 그런 일은 있을 수가 없지."

내가 단호하게 말했다.

"원래 지식은 자기 혼자만을 위해서가 아니라 이 세상을 보다 좋은 곳으로 만들기 위해 사용해야 마땅하니까. 이 섬에서도 모두가 살아남기 위해서 쓰는 건 상관없지만 남에게 해를 미치려고 쓰지는 않을 거야. 모든 과학은 자기중심적으로 살기 위한 도구가 아니거든. 다이너마이트나 원자력도 원래는 사람들을 구하기 위해 발명되었는데 악용된 역사가 있다 뿐이지. 그러니까 나도 과학 세계에 작게나마 종사하는 사람으로서 과학을 절대 악용하지 않았고, 다른 사람도 그런 짓을 못하게 하려고 노력해 왔어. 보잘것없는 학원 강사에 불과하지만 그게 내가 가진 긍지야."

짝짝짝, 유우가 카메라를 든 채로 손뼉을 쳤다.

"요시다 씨, 퍼펙트! 너무 좋다! 그림이 아주 기가 막히게 나왔네. 기대했던 것 이상이야. 땡큐~."

"…… 그런가?"

이상하게, 정말 어딘지 모르게 유우의 태도가 마음에 걸렸다.

"과학을 써서 남을 공격하지 않겠다고 하면 이츠키하고는 도대체 어떻게 싸워야 하지?"

그 질문에 화들짝 놀랐다. 우리에게 그럴 생각이 없어도 상대가 우리를 죽일 작정으로 달려들면 싸우지 않을 수가 없다.

"결국에 가서는 우리가…… 이츠키 씨를 죽일 수밖에 없는 건가?"

"당연한 거 아닌가? 안 그러면 이쪽이 죽게 되는데. 아까도 마구 쏘아대는 것 봤잖아요."

"…… 그렇지?"

"할 수 없는 거죠. 나쁜 놈은 이츠키니까."

"지금으로서는 방법이고 뭐고 아무 생각도 안 드네. 할 수만 있으면 이츠키 씨가 마음을 고쳐먹고 모두 함께 돌아갈 수 있으면 제일 좋을 텐데."

유우가 기분 잡친 표정을 지은 느낌이 들었는데 착각이었나?

"모르겠다."

유우는 카메라를 끄더니 나뭇잎 위에 올려놓고 그대로 드러누웠다.

"아아, 돌을 어지간히 뺐는데도 땅바닥은 여전히 딱딱하네."

"혹시 괜찮으면 이걸 쓰던지."

내 다이빙 슈트를 유우 자리에 깔아주었다.

"좀 어때?"

"여전히 딱딱한데."

"그건 할 수 없지."

"아, 그런데 매트리스가 있었지. 그걸 들고 오면 되겠네."

"우리한테 줄 리가 있겠어? 그렇게 따돌려 놓고서."

"하지만 어차피 죽으면 필요 없게 될 텐데."

한순간 내 귀를 의심했다. 드러누운 유우의 옆얼굴이 구덩이 아래로 비쳐드는 희끄무레한 달빛을 받아 차갑게 보였다.

"…… 그게 무슨 뜻이야?"

"그냥 말 그대로죠. 아마노 선생님의 아이템들도 우리가 가져왔잖아요?"

"그야 그렇지만……. 그럼 뭐야? 그 두 사람이 이츠키 씨 손에 죽었으면 좋겠다는 거야?"

"에이, 뭐 대수라고 그렇게 자꾸 따지지?"

유우가 픽 웃으면서 말했다.

"그냥 단순히 사실을 말한 것뿐인데. 암튼 내가 잘못 말한 것 같네. 아아."

유우가 다시 몸을 일으켰다.

"오줌 마려워. 아까 갈 걸."

응차, 하고 유우가 나무뿌리를 딛고 구덩이에서 기어 올라갔다. 부스럭부스럭 수풀을 헤치며 멀어지는 소리가 들렸다.

유우에 대해 갖기 시작한 몇 가지 이상한 느낌이 가슴 속을 빙빙 돌고 있었다. 유일한 동료인데. 자기 목숨을 걸고 나를 살려주었는데. 그런데도 의심하는 마음이 자꾸만 부풀어갔다. 나뭇잎 위에 덩그러니 놓여 있는 유우의 카메라가 눈에 들어왔다. 귀를 기울이자 멀리에서 콧노래가 들려왔다. 나는 살그머니 카메라에 손을 뻗었다.

의심해서 그러는 게 아니다. 유우는 믿을 수 있는 동지다. 이건 그냥 확인만 하려는 거다……. 마음속으로 변명하면서 전원을 켜자 작은 스크린에 동영상 섬네일이 차례차례 떴다. 유우가 언제 돌아올지 조마조마하면서도 재빨리 스크롤해서 찾아봤다.

낚싯대를 든 가와카미의 섬네일이 나왔다. 일시를 보았더니 오늘 아침이었다. 역시 찍어둔 거네. 그런데 어째서 아까는 못 찍었다는 거짓말을 한 거지? 불길한 예감을 느끼면서 재생 버튼을 눌렀다.

[어? 동영상으로 찍게?]

화면 속의 가와카미가 생기 넘치는 움직임을 보이며 리듬감 있는 간사이 억양으로 말했다.

[앗, 낚였다, 낚였어!]

릴을 감아 물고기를 낚아 올리는 가와카미. "우와" 하는 유우의 외침도 들렸다. "어~이!" 하고 부르는 소리가 들리더니 이츠키가 화면에 등장했다. 웃음소리. 평화로운 대화. 제발 이대로 유우가 이상한 행동을 하지 않고 이 동영상이 끝나기를 기도하는 마음으로 지켜보았다.

[이건 망둥이네. 아이고, 이건 못 먹는 거다.]

쿵, 하고 심장이 뛰었다. 줌업되어 찍힌 것은 유우가 들고 온 물고기였다. 틀림없었다.

[일반적인 망둥이는 얼마든지 먹을 수 있지. 그런데 이건 독이 있는 종류라서 먹으면 큰일 나요. 평소에 먹는 망둥이는 맛있는데. 이놈은 다른 사람들한테도 보여주고 조심시켜야겠네.]

[아, 그럴 거면 내가 저쪽에 갖다 놓으면 되겠네.]

온몸에서 핏기가 사라지는 게 느껴졌다. 역시 유우는 생선에 독이 있다는 사실을 알면서도 들고 온 것이다. 아마노 선생을 죽인 범인은 유우였다. 스에히로는 다른 사람들을 배려해서 우연히 안 먹었고, 나도 타이밍을 놓쳐서 못 먹었는데 유우는 그때 나와 스에히로까지 모두 죽이려 했던 것이다.

'도망쳐야 돼. 지금 당장 유우한테서 도망치지 않으면…….' 일어서려고 하는 순간 머리통에 강한 충격이 느껴지면서 몸이 땅바닥에 내동댕이쳐졌다. 시야에 유우의 두 다리가 보였다. 구덩이 위에서 나를 향해 뛰어내리며 발차기를 한 모양이었다.

"이게 뭐예요? 남의 물건을 함부로 만지면 안 되지!"

성인 남자가 온몸의 체중을 실어서 내려 찬 발차기는 말도 못하게 위력이 강했다. 눈앞이 빙빙 돌고 머리가 어지러워서 도무지 일어날 수가 없었다. 힘이 빠진 내 손에서 유우가 카메라를 낚아챘다.

"거참, 그렇게 보채지 않아도 얼마든지 찍어준다니까."

유우가 내 쪽으로 카메라를 들이댐과 동시에 복부를 찢는 듯한 날카로운 통증이 느껴졌다. 한순간 의식이 멀어졌는데 덜덜 떨리는 두 손으로 땅바닥을 짚고 필사적으로 윗몸을 일으켰다. 내 눈앞에 한 손에는 카메라, 다른 손에는 나이프를 든 유우가 있었다. 그리고 나이프의 칼날에서 피가 뚝뚝 떨어지는 게 보였다.

반격을 하려고 해도 아무것도 없었다. 뭐라도 던질 만한 것이 없나 싶어 땅바닥을 헤집었는데 아까 쓸만한 돌멩이들은 모조리 밖으로 던져버리고 없었다. 설마…….

"아, 이제 눈치챘나?"

유우가 씨익 웃으며 놀렸다.

"맞아요, 흉기로 쓸 수 있을 것 같아서 미리 버렸지. 같이 도와줘서 땡큐~!"

"헉……."

입안에서 피비린내가 났다. 숨쉬기가 힘들다. 몸이 움직이지 않는다.

"아, 괜찮아, 괜찮아. 요시다 씨는 아마노 선생님을 독살하고, 스에히로 군을 돌로 습격하는 미친놈이라는 식으로 동영상을 만들어줄 테니까. 물론 나도 살해당할 뻔해서 큰일이다! 했다가 필사적으로 반격해서 승리하는 거지. 완전 죽이네.

아아, 잘못했다. 역시 돌 한 개 정도는 남겨 두는 건데. 그러면 나한테 던지는 그림을 만들 수 있었는데. 그래도 카메라에 맞으면 안 되니까, 차라리 잘된 걸로 해야지."

"어째서……."

"응?"

"왜, 나를 구해줬잖아……."

"당연히 동영상 때문에 그랬지!"

유우가 자랑스럽다는 듯이 가슴을 펴고 말했다.

"그런 장면이 있어야 볼 맛이 날 거 아냐? 짜잔~ 하고 나타나서 요시다 씨를 구해준 나, 얼마나 멋져? 이건 내 채널이니까 당연히 내가 히어로가 되어야지. '생명의 은인, 히어로, 유우.' 그런 나에게 달려드는 빌런 요시다. 와~ 정말 기가 막힌 그림을 많이 건졌단 말이지. 리액션이 완전 동영상에 최고! 학원 강사 같은 것보다 차라리 유튜버가 되었으면 더 잘 나갔을 텐데……. 뭐, 지금 와서 말해 봐야 소용없지만. 어쨌든 나는 꼭 살아남아서 이 동영상을 억대 뷰로 만들어줄게요."

귀에서 웅웅거리는 이명이 들린다. 그렇게 아팠는데 그 감각도 점점 사라져갔다. 숨을 내쉴 때마다 생명이 흘러나가는 느낌이다.

"아, 그리고, 아까 했던 인터뷰 말인데, '다이너마이트나 원자력도', '다른 사람에게 해를 미치려고', '쓰지'. '모든 과학은 자기중심적으로 살기 위한 도구', '니까'. '그래서 나도', '과학의 지식을', '자기 혼자만을 위해서', '살아남기 위해', '사용하는 것'. '그게 내가 가진 긍지야'라는 식으로 이어지게 하려고! 이게이게~,

보는 사람들에게 개꿀잼이 되려면 악마의 편집을 해 줘야 한다니까! 바로 그게 유튜버 유우가 실력을 보여줄 수 있는 부분이지."

유우가 미친 듯이 웃으면서 카메라를 더욱 가까이 들이댔다.

나는 미친 살인귀로 조작되어 버리는 건가? 우리 학원 아이들이 보면 무슨 생각을 할까? 학부모들한테서 또 클레임이 쏟아지겠네. 하지만 이제 상관없구나. 다시는 교단에 설 일이 없을 테니까. 안경알에 금이 가 있었다. 그런데도 나무뿌리 틈새로 밤하늘이 이상하리만큼 선명하게 보였다.

아아. 별이 아름답다. 저건 여름의 대삼각형이네. 거문고자리의 베가, 백조자리의 데네브, 독수리자리의 알타이르. 얘들아, 이거 잘 외워둬야 한다. 별자리는 입시에 잘 나온단 말이다. 세 개다 일등성이야, 알았지? 백조자리는 은하수 한가운데 있다는 점도 잊지 말고. 별이 흐르는 강물 위에서 우아하게 날개를 펼친 것처럼 보이지 않아? 선생님은 이 별자리가 나오는 단원이 제일 좋더라. 꿈과 낭만과 드라마가 가득하잖아. 이렇게 별이 가득한 밤하늘을 바라보고 있으면 빨려 들어갈 것 같고. 언젠가 가까이 갈 수 있지 않을까, 손을 뻗으면 닿지 않을까.

다 큰 어른인데도 그런 상상을 하게 되거든…….

6
리리코

낮에는 낙원처럼 보이는 섬인데 밤이 되니까 왜 이렇게 무섭게 느껴지지? 어둠 속에 가라앉은 바다는 괴물처럼 꿈틀대고, 울창한 숲속의 나무들은 촉수처럼 가지를 펼쳐서 당장이라도 달려들 것만 같다.

파도 소리도 듣기 싫다. 도쿄에 있을 때는 마음을 편안하게 가라앉히기 위해 파도 소리를 스피커로 틀어놓을 때도 많았다. 하지만 여기서는 24시간 내내 쉴새 없이 들리니까 머리가 돌아버릴 것 같다. 어디를 가나 끈질기게 따라다니는 소리. 귀를 찢어버리고 싶을 정도다.

밤에는 바람도 차다. 나는 매트리스 위에 양쪽 무릎을 세우고 앉아 두 손으로 계속 양팔을 비벼댔다. 모닥불은 끌 수밖에 없었다. 어두운 편이 이츠키의 눈에 덜 띄기 때문이다. 하지만 당연히 안심할 수는 없어서 슈이치와 교대로 망을 보기로 했다. 조금 전에 교대했기 때문에 슈이치는 지금 내 옆에서 새근새근 잠들어 있다.

아직도 믿어지지 않았다. 악의 같은 건 단 한 방울도 느껴지지 않는, 사람 좋게 생긴 이츠키가 가와카미를 총으로 쏴 죽였다니.

'따지러 들이닥친 민원인들도 멈칫하게 만드는, 완전무결하고 세상 착하게 보이는 공무원 스마일'이라고 본인도 자랑했을 정도였는데. 그런 사람도 극한 상황에 처하면 회까닥 변해버리게 되나? 아니면, 원래부터 그런 사람이었던 건가?

그렇지만 요시다랑 유우는 믿을 수 있다. 그리고 아마 스에히로도. 그러고 보니까 스에히로는 어디로 갔을까? 저녁때 스에히로 혼자 모닥불이 있는 곳으로 돌아오나 싶더니 미니 오토바이를 끌고 어디론가 가버렸다. 그 세 사람은 왜 같이 안 움직이지? 뭔가 사정이 생겼나?

저벅저벅…….

모래 밟는 소리가 들려서 깜짝 놀라 뒤돌아보았다. 어둠 속에 작은 불빛이 둥둥 떠서 다가왔다.

"유우 군?"

겁을 내며 머뭇머뭇 불렀더니 "헬로~" 하는 대답이 들린 다음 불빛이 움직이며 유우의 얼굴이 드러났다.

"깜짝이야. 웬일?"

"요시다 씨가 리리코짱이랑 슈이치 씨를 우리 은신처로 초대하는 게 어떠냐고 그래서. 여기 있는 것보다는 안전할 테니까."

"정말? 가도 돼?"

"응. 넷이서 자기에는 좀 좁을 수도 있지만."

"좁든 어떻든 상관없어. 진짜 불안하고 겁이 났었단 말이야. 잠깐만, 내가 바로 슈짱 깨울게."

당장 슈이치를 흔들어서 깨웠다. 얕은 잠을 자고 있었는지 금세 벌떡 일어났다.

"왜? 무슨 일 있어?"

"아니. 유우 군하고 요시다 씨가 우리한테 그쪽 은신처에 같이 있어도 된다고 그랬대."

"아아, 정말 고마워. 그런데 유우 군, 정말 괜찮은 거야?"

"당연하지. 이츠키 같은 적이 생겼으니까 우리도 서로 힘을 모아야지."

"하긴 그래. 모두가 힘을 합쳐서 어떻게든 해야지."

"이츠키 씨만 없어지면 걱정할 필요가 없잖아."

나는 그렇게 말했다가 금세 문제가 그렇게 간단하지 않다는 사실을 깨달았다.

"아아, 그렇다고 해결되는 게 아니었네. 마스터가 내건 조건이면 두 사람만 남을 때까지는 돌아갈 수 없으니까."

"아, 그 점은 괜찮아. 슈이치 군이랑 리리코짱은 따로 행동하느라 못 들었겠지만, 시체인 척 위장하자는 아이디어가 나왔거든. 마스터가 보는 위성 사진에 그럴듯하게 찍히기만 하면 되는 거니까."

"아아, 그렇군."

"와아, 진짜 좋은 생각이네. 그런데 정말 그렇게 속일 방법이 있나?"

"이미 시체가 세 구 있으니까 이츠키까지 합하면 네 구가 되거든. 그럼 우리 중에서 두 명만 시체인 척하면 되니까 틀림없이 속일 수 있을 거야. 진짜가 섞여 있으니까 신빙성이 크잖아."

"벌써 시체가 세 구라니…… 둘 아니었어? 가와카미 씨랑 아마노 선생님밖에 없잖아?"

"아아, 그렇지! 미안, 미안. 둘인데 잘못 말했다."

유우가 자기 이마를 손으로 탁 쳤다.

"아무튼 그렇게 마스터를 속여서 보트를 보내게 하는 거야. 그리고 일단 누군가 두 명이 선발대로 돌아간 다음에 마스터한테 받은 10억 엔을 가지고 이 섬을 찾아서 나머지 사람들을 데리러 오는 계획을 세워뒀거든. 어때?"

"너무 좋다~!"

내가 손뼉을 쳤다. 살아서 돌아갈 가능성이 갑자기 훨씬 커졌다.

"그 정도 계획이면 어떻게든 될 수 있겠네. 나도 리리코도 어떻게든 힘을 보탤게."

"땡큐~! 그렇게 나와야지."

유우가 우리를 카메라로 찍으면서 미소를 지었다. 아까도 카메라를 들고 왔었다. 쉬지도 않고 계속 찍고 있는 건가?

"자, 일단은 은신처로 갑시다."

유우가 카메라 조명으로 발치를 비추면서 걷기 시작했다. 슈이치와 나는 매트리스가 날아가지 않게 야자열매를 여러 개 올려놓고서 유우의 뒤를 따라갔다.

숲속으로 발을 들여놓으려다가 나는 멈춰 서고 말았다. 땅바닥은 진흙탕과 울퉁불퉁한 돌들, 가시로 뒤덮인 식물들로 가득했다. 벌레나 파충류 같은 것도 어딘가에 숨어 있을 게 분명하다. 맨발로는 도저히 걸을 수가 없다.

"슈짱, 나 업어줘."

내가 말하자 슈이치가 당혹스러워하며 말했다.

"발치가 너무 불안정해서 업고 가기 힘들어."

"어, 리리코짱, 맨발이네? 샌들은?"

"지저분해질까 봐."

이번 여행을 위해 새로 산 루이비통의 뮬은 속이 비어 있는 통나무 안에 잘 보관해 두었다. 섬에서 나가지 못한다는 걸 알자마자 바로 챙겨둬서 아직도 새거나 다름없다. 그 뮬은 내 마음의 보물이다. 반드시 살아 돌아가서 그걸 신고 도쿄 거리를 활보하고 말 테다.

"아니, 그럼 아무것도 신지 않고 지금까지 어떻게 지냈어? 페디큐어도 아직 멀쩡해 보이는데."

"그야 모래사장에서만 걸어 다녔으니까. 여기 모래는 새하얗고, 자갈도 하나 없이 부드럽잖아. 그러니까 괜찮았지."

"그래도 지금은 그런 한가한 소리를 할 때가 아니잖아? 기다릴 테니까 샌들 가지고 와서 신지?"

"힐이 9.5센티미터나 되서 어차피 숲속에서는 신지 못한단 말이야."

슈이치가 어떻게든 수습하고 싶었는지 말도 안 되는 소리를 하며 끼어들었다.

"그럼 리리코, 내가 힐을 잘라줄게. 납작해지면 그나마 걸을 수……"

"미쳤어? 루이비통이라고! 힐을 잘라내다니, 제정신이야?"

"…… 미안해."

"슈짱, 업어줘. 빨리."

슈이치는 한숨을 푹 쉬더니 나에게 등을 내주며 쪼그렸다. "뭐야, 진짜로?" 하고 중얼거리는 유우 앞에서 나는 슈이치의 등에 몸을 맡겼다. 비틀거리면서도 슈이치는 나를 업고 간신히 몸을 일으켰다. 갑자기 시야가 높아졌다.

"우와~ 사랑의 힘이네."

유우가 휙 하고 휘파람을 불며 놀렸다. 우리가 부러운 모양이다. 이렇게 서로를 사랑하는 커플을 본 적이 없겠지. 슈짱은 세상에서 나를 제일 소중하게 생각하니까.

"그럼 가 봅시다. 어두우니까 이츠키도 우리를 찾지는 못하겠지만 그래도 조심조심."

유우가 카메라 조명을 비추면서 풀숲을 헤치고 걸어갔다. 슈이치도 나를 업고서 걷기 시작했다.

그렇게 묵묵히 걸어가는 슈이치의 숨이 점점 거칠어졌다. 발걸음도 불안해졌다. 어제부터 먹은 게 거의 없는 상태여서 체력이 바닥일 것이다. 나도 배가 너무 고프다. 조그만 게들, 조개, 오렌지, 차슈를 먹었는데 배가 전혀 부르지 않았다. 게다가 차슈는 벌써 다 먹어버렸다.

배가 고프다는 게 이렇게 힘들고 괴로운 일이구나. 모델 사무소에서 주최하는 2주간의 단기 단식 투어에 참가한 적이 있는데, 그때는 아무렇지도 않았고, 오히려 디톡스가 되어서 컨디션이 좋아진 느낌까지 들었다. 그래서 이번에도 그럭저럭 버틸 수 있을 것이라고 생각했다. 그런데 아니다. 먹을 게 아무것도 없다는 상황이 배고픔을 더욱 부추긴다.

"리리코, 이제 더는 못 버틸 것 같은데……."

슈이치가 항복하려던 바로 그때 "다 왔다!" 하고 유우가 말했다. 마음이 놓였는지 슈이치의 등에서도 힘이 빠졌다. 나는 부드러워 보이는 땅바닥에 조심하면서 내렸다. 주변을 둘러봤는데 어두워서 그런지 아무것도 보이지 않았다.

"어디야?"

"얼핏 봐서는 안 보이니까 은신처라고 부르지. 나무뿌리 아래쪽으로 푹 파여서 구덩이처럼 되어 있거든. 여기라면 마음 놓고…… 어?"

카메라와 함께 구덩이 안을 들여다보던 유우가 소리를 질렀다.

"요시다 씨가…… 죽었어!"

슈이치와 나는 숨이 멎을 듯이 놀라서 몇 발짝 뒷걸음질 쳤다.

"거짓말!"

"진짜야. 이게 어떻게 된 거야? 너무 놀랐네. 무슨 이런 일이 있지? 말도 안 돼."

유우는 마치 영혼도 감정도 없는 로봇처럼 아무런 억양 없이 말했다. 충격이 너무 심해서 그런 모양이다.

"죽었다니, 자연스럽게 사망한 느낌이야? 아니면……."

슈이치가 겁에 질려 쭈뼛거리며 물었다.

"방금 전까지 멀쩡하던 사람이 자연스럽게 사망할 리가 있겠어? 배를 찔린 모양인데. 이츠키 씨한테 당했겠지. 이제 정말 시체가 세 구가 되었네."

유우는 망설이지도 않고 구덩이 속으로 획 뛰어 내려갔다.

"슈이치 씨도 빨리 내려와. 같이 이걸 옮겨야지."

"아, 아니, 난 못해. 시체를 만진 적도 없는데."

"에이 참, 누군 만진 적이 있나?"

"굳이 옮기지 않아도 되잖아. 이 은신처는 포기하고 다른 곳에서 씁시다. 어차피 이츠키 씨한테도 탄로 난 셈이잖아."

"아니. 어떻게든 옮겨놔야 돼. 모래사장에 시체를 나란히 눕혀놓는다는 조건이었으니까. 여기에 그대로 두면 보이지 않으니까 숫자에 포함되지 않을 것 아냐. 기왕 진짜 시체가 있는 건데."

"그래도…… 난 못하겠어."

슈이치가 어쩔 줄 모르면서 당황했다. 당연하다.

"그럼 어쩌라고? 나 혼자서는 해안가로 옮길 수가 없는데. 생각해 봐. 평생 이 섬에 갇혀 있는 거랑 지금 몇 분만 시체를 옮기는 거랑 어느 쪽이 낫겠어? 아까는 무슨 일이든 힘을 보태겠다며?"

그 말이 맞다. 이대로 있으면 보트는 오지 않는다.

"슈짱, 제발 같이한다고 해 줘."

슈이치는 한숨을 크게 쉬더니 "알았어" 하고 힘없이 승낙했다.

"그럼 일단은 내려와야지."

"응……."

슈이치는 머뭇거리며 구덩이 쪽으로 다가갔다. 살그머니 안쪽을 들여다보자마자 욱 하고 구역질을 하더니 수풀에 대고 토했다. 유우가 혀를 찼다.

"빨리 해. 그러다 이츠키가 다시 오면 어쩌려고."

"미안⋯⋯."

슈이치는 입가를 닦고 일어서더니 결심을 한 듯이 구덩이 안으로 뛰어내렸다. 내 위치에서는 서 있는 유우와 슈이치의 얼굴밖에 안 보였다.

"그럼 내가 머리 쪽을 들 테니까 슈이치 씨는 다리 쪽을 드는 걸로. 슈이치 씨는 시신의 얼굴을 보고 싶지 않을 거 아냐?"

"응. 유우 군은 어떻게 아무렇지도 않아?"

"보자 보자 하니까 아까부터 정말 너무하네. 이건 요시다 씨잖아? 동료였던 사람이잖아? 죽었다고 해서 그렇게 무서워만 하면 미안하지 않아?"

그 말에 정신이 번쩍 들었다. 그렇다. 함께 즐거운 시간을 보냈던 소중한 동료였는데. 그런데도 그 죽음을 슬퍼하기보다 무서워하다니.

유우는 건들건들 가벼워 보이지만 요시다의 죽음을 엄숙하게 받아들이고 시신에 경의를 가지고 있는 거다. 그러니까 무섭다든지 하는 부정적인 감정이 생기지 않는 거다. 유우에게도, 요시다에게도 미안한 마음이 들었다.

용기를 가지고 나도 구덩이에 가까이 가서 들여다보았다. 몸싸움을 했는지 어지럽게 흐트러진 나뭇잎에 섞여서 다이빙 슈트와 고글 등의 소지품이 흩어진 가운데 요시다의 몸이 큰 대 자로 누워 있었다. 배 부분이 빨갛게 물들어 있었다. 위액이 솟아오르려는 걸 필사적으로 참으며 손을 모아 명복을 빌었다.

조금 있다가 눈을 떠 보니 구덩이 안에서 유우가 나를 카메라로 찍고 있었다. 당혹스러워하는 나에게 "좋은 그림이 나왔어"라며 엄지척을 해 보였다. 그런 다음에 시신을 찍기 시작했다. 그런 유우의 태도에 이상한 느낌이 들었지만 어쩌면 이것도 이 사람 나름대로 돌아가신 분의 명복을 비는 방법인지도 모른다고 생각했다.

"자, 이제 시작해야지."

유우가 카메라를 가슴 주머니에 집어넣었다.

"아, 잠깐만. 그 전에 아이템을 챙겨놔야겠구나."

유우가 쭈그리고 앉더니 하나씩 하나씩 달빛에 비춰보며 찬찬히 살폈다.

"음~ 스노클링 마스크는 별로 쓸모가 없을 것 같은데. 그래도 일단은 챙겨두지 뭐. 고기는 아무리 많아도 오히려 좋으니까 감사히 받아놓고. 다이빙 슈트는 어쩌지? 입으면 상처 예방에는 좋겠지만 낮에는 말도 못 하게 덥단 말이지. 그래도 바다로 물고기를 잡으러 갈 때 쓸모가 있겠네. 그럼 이것도 가져가는 걸로. 윽, 뭔가 축축했는데. 피를 밟은 거 아냐? 신발이 더러워지면 최악인데. 아아!"

또다시 유우에게 이상한 느낌이 들었다. 말과 행동이 아까부터 너무 따로따로 논다. 요시다의 시신을 소중하게 여긴다면서 이렇게 무신경한 행동을 한다.

"자, 이제 다 됐다. 그럼 해봅시다."

유우는 배낭에 짐을 다 챙겨 넣더니 그걸 짊어지고 일어났다.

"응. 그런데 유우 군이랑 둘이서 저 위로 들어 올릴 수 있을까? 요시다 씨는 덩치가 아주 큰 편이 아니지만 그래도 65킬로그램은 될 것 같은데. 어떤 식으로 하려고?"

슈이치의 질문에 유우는 어이가 없다는 표정으로 대답했다.

"무슨 소리를 하는 거야? 누가 들어 올린다고 그래? 우리 둘밖에 없는데 그걸 어떻게 해? 당연히 던져야지."

"…… 어?"

"내가 두 팔을 잡고, 슈이치 씨는 두 다리를 잡고. 그렇게 양쪽에서 잡고 좌우로 흔들다가 하나둘 셋하고 위로 휙 던지는 거야."

"휙이라니!"

나는 너무 놀라 구덩이 위에서 유우의 얼굴을 내려다보았다.

"요시다 씨가 무슨 물건 같잖아?"

"아니, 리리코짱, 왜 그런 눈으로 나를 보는 거야? 그럼 슈이치 씨랑 나랑 둘이서 무슨 수로 이렇게 깊은 구덩이에서 남자 몸을 들어 올리라고? 마음에 안 들면 리리코짱도 도와주던지."

나는 아무 말도 할 수 없었다. 유우의 말대로 다른 방법이 생각나지 않았다. 그리고 여전히 요시다 씨의 몸을 만지는 건 너무 무서웠다. 결국 이 상황에서 제일 나쁜 사람은 나인지도 모른다.

"유우 군, 미안해. 정말 그 방법밖에는 없겠네."

"그렇다니까. 리리코짱도 알면 됐어."

유우도 던지고 싶어서 던지는 게 아니다. 하는 수 없는 거다.

"그럼, 해봅시다."

유우가 쭈그리고 앉아 요시다의 두 팔이 만세를 부르듯이 위로 가게 하더니 손목을 잡았다. 슈이치는 요시다의 양쪽 발목을 들었다. 영차, 하고 둘이 동시에 들어 올렸다.

"그럼 있는 힘껏 좌우로 흔듭시다. 그러다가 '하나둘셋' 하면 위로 던지는 걸로."

"알았어."

"하나둘셋!"

구령과 함께 내 발치에 요시다의 몸이 털썩 떨어졌다. 깜짝 놀라 뒤로 몸을 뺐다.

"풀밭에 없는 곳이라 다행이네. 관목 같은 게 있었으면 거기에 꼬치처럼 꽂혔을 수도 있는데."

그런 무시무시한 말을 하면서 유우가 구덩이에서 기어 올라왔다. 이어서 올라온 슈이치는 창백한 얼굴이었다.

달빛 아래서 요시다의 시신을 제대로 내려다보았다. 무섭다는 마음은 어느새 사라지고 그저 눈물만 계속 흘러나왔다. 다른 사람들이 우리를 따돌린 뒤에도 요시다만큼은 마음을 써 주었다. 슈이치랑 내가 곤란했을 때 손을 내밀어 주었다. 자기가 가진 과학 지식으로 나 같은 사람도 불을 붙일 수 있도록 찬찬히 쉽게 설명해 주었다. 술집에서도 그랬다. 언제나 식물이나 곤충, 별자리, 전류 등등 재미있는 이야기를 많이 해 주었다. 유머 감각이 뛰어난 정말 매력적인 사람이었다. 그런데 어쩌다가 이렇게 되어버렸을까?

물론 이런 상황으로 우리를 밀어 넣은 마스터가 나쁘다. 그렇지만 역시 직접 죽인 사람이 제일 나쁘다.

"난 이츠키 씨 절대 용서 못 해."

눈물을 흘리는 나를 유우도 슈이치도 뜻밖이라는 표정으로 쳐다보았다. 뭐? 왜? 난 내 마음대로 사는 사람이 맞지만 그래도 나한테 친절하게 해 준 사람을 잊은 적이 없고, 친한 사람이 죽으면 슬프단 말이야.

"빨리 옮겨 버리자고."

유우와 슈이치가 다시 팔과 다리를 제각기 잡고서 들어 올렸다. 모래사장으로 돌아가려고 발걸음을 옮기려다가 내가 다시 그 자리에 서버렸다.

"아아, 맞다. 리리코짱은 못 걷지?"

유우가 머리를 긁적였다.

슈이치가 부드러운 말투로 "업는 건 못해, 알지? 난 요시다 씨를 옮겨야 하잖아."라며 미리 못을 박았다.

"나도 알아. 그치만…… 어떡하지?"

"그럼 요시다 씨를 빨리 옮겨놓고 금방 다시 돌아올게."

"숲속에서 혼자 기다리는 건 너무 무섭단 말이야."

"아무리 그래도…….."

"에~이, 참. 두 사람 다 머리를 써야지. 눈앞에 신발이 있는데 왜 그래?"

유우가 싱글싱글 웃으면서 핀잔을 주었다. 내가 영문을 몰라서 멍한 표정으로 쳐다보자 유우가 말했다.

"그러니까~ 죽은 사람의 아이템은 마음대로 써도 괜찮다고."

그제야 무슨 소리를 하려는지 이해가 되었다.

"요시다 씨의 신발을 신으라고?"

"바로 그거야. 헐렁헐렁해서 불편하겠지만 일단 숲에서 빠져나갈 때까지만 신으면 되잖아. 더구나 이건 아쿠아슈즈네. 발등까지 다 덮는 거고 찍찍이도 달렸고. 그나마 편하게 신을 수 있지 않나?"

영 꺼림칙하고 찝찝하기는 했지만, 뭐라도 신지 않으면 이동할 수 없는 게 사실이다. 나는 피투성이가 된 복부를 보지 않으려고 눈을 돌리면서 요시다의 발 쪽으로 팔을 뻗었다. "요시다 씨, 잠깐 빌릴게요." 하고 작게 말을 걸면서 아쿠아슈즈를 벗겼다. 발이 너무 차가워서 섬뜩했다. 아아, 정말로 죽은 사람이구나…….

요시다의 아쿠아슈즈는 너무 크고 헐렁했지만, 찍찍이를 바짝 당겨 붙여서 그럭저럭 걸어 다닐 수 있었다. 요시다를 옮기는 두 사람에게 뒤처지지 않게 따라붙어서 무사히 해안가에 도착할 수 있었다.

요시다의 시신은 나랑 슈이치의 거점에서도, 유우와 다른 사람들의 거점에서도 약간 떨어진 곳에 두기로 했다. 평소에 눈을 돌릴 때마다 시신이 보이는 건 너무 괴로운 일일 테니까.

"묻어주면 안 되나?"

내 말에 유우가 고개를 저었다.

"안 되지. 묻어버리면 하늘에서 보이지 않을지도 모르잖아."

"하긴 그렇네……. 그러고 보니까 가와카미 씨랑 아마노 선생님의 시신은 어디 있어? 해변으로 옮겨 오지 않아도 되나?"

"그게 말이지, 마침 두 사람은 반대편 모래사장에서 죽어줬거든. 장소는 떨어져 있어도 해변이라는 점에서는 마찬가지잖아. 얼마나 다행인지 몰라!"

가끔씩 유우가 하는 말이 마음에 걸렸다. 아까부터 계속해서 들었던 이상한 느낌이 마음속에 쌓이면서 사실 유우가 요시다의 죽음을 안타까워하지 않는 게 아닐까 하는 의심이 조금씩 들기 시작했다.

요시다의 얼굴에서 안경이 흘러내린 게 보여서 바로 씌워주는데 뱃속에서 꼬르륵 소리가 났다.

"아 참, 둘 다 배고프겠다."

유우가 배낭을 열고 나뭇잎으로 감싼 뭔가를 꺼냈다.

"이거 먹어. 먹다 남은 음식이라 좀 미안하지만 제대로 구운 거니까 괜찮아."

유우가 나뭇잎 꾸러미를 펼쳤다. 흰살생선이다. 슈이치의 목 젖이 꿀꺽하고 크게 움직이는 게 보였다. 내 입안에도 순식간에 침이 가득 고였다. 아아, 맛있겠다. 세 등분하면 기껏해야 두 입 정도겠지만 그래도 뭔가를 먹을 수 있겠네.

"둘이 다 먹어도 돼."

"어, 유우 군은?"

"나는 고기가 있으니까 됐어. 걱정 말고 다 먹어."

유우한테 조금이라도 안 좋은 감정을 가질 뻔했던 게 갑자기 너무 미안해졌다. 이 사람의 말과 행동이 뒤죽박죽인 것은 틀림 없이 이 말도 안 되고 어려운 상황 때문일 것이다. 조금 전까지 함께 행동했던 요시다가 돌아와 보니 죽어 있었다. 패닉에 빠지는 게 당연하다.

이 섬에 있는 모든 사람이, 정도의 차이는 있어도, 아마 어딘가 조금씩 이상해져 있을 것이다. 하지만 그런 가운데서도 유우가 착한 사람이라는 사실만큼은 틀림이 없다. 이 섬에서 제일 귀중 한 것은 당연히 식량이다. 그것을 아까워하지 않고 선뜻 나눠줄 수 있는 사람이니까.

"유우 군, 정말 고마워."

나는 그 나뭇잎 꾸러미를 받아들고는 지저분해진 손이 생선살에 닿지 않게 나뭇잎째로 반으로 갈라서 슈이치에게 건넸다. 슈이치는 받자마자 당장 입에 넣으려고 했다.

"어~이!"

숲 쪽에서 목소리가 들렸다. 뒤돌아본 우리는 헉, 하고 숨이 막혔다. 달빛을 등진 이츠키가 두 팔을 크게 휘두르면서 다가오고 있었다. 공기총은 등 뒤에 매고, 장검은 허리에 꽂혀 있어서 손에는 무기가 없었다. 그러나 그냥 나타나기만 했는데도 너무 위협적이었다.

"도망쳐! 이쪽이야!"

유우의 목소리에 슈이치와 나는 벌떡 일어서서 뛰었다.

"잠깐, 잠깐, 그렇게 겁내지 말라고! 갑자기 쏘거나 하지는 않을 테니까. 그보다 리리코짱이랑 슈이치 군, 유우 군한테 깜박 속고 있는 것 같은데?"

이츠키가 하는 말이 마음에 걸렸지만, 그렇다고 달아나는 걸 멈출 생각은 없었다. 유우도 달리면서 "보나 마나 헛소리야. 듣지 마!" 하고 말했다.

"아까 받은 거 혹시 생선 아냐? 그러면 안 먹는 게 좋을 거야. 먹으면 죽으니까!"

우리를 뒤쫓아오면서 이츠키가 소리를 질렀다. 슈이치가 발을 멈춰서 나도 그 자리에 섰다.

"그게 무슨 뜻이에요?"

슈이치가 큰소리로 되물었다. 앞쪽을 뛰어가던 유우가 "둘 다 뭐 하는 거야? 빨리 와야지!" 하면서 발을 동동 굴렀다. 그러나 슈이치와 나는 이츠키가 생선에 대해 알고 있다는 점이 마음에 걸렸다.

"그 생선은 독이 있는 망둥이……. 어라?"

가까이 다가오던 이츠키가 발치에 누운 시체를 알아본 모양이었다.

"어, 이거 요시다 씨야? 유우 군, 요시다 씨도 죽인 거야? 우와, 웬일이야! 대단하네."

이츠키는 쭈그리고 앉아서 요시다의 시신을 이리저리 관찰했다. 유우가 허둥지둥 우리가 있는 곳까지 돌아왔다.

"저 말 믿으면 안 돼. 서로 의심하게 만들어서 우리를 흩어놓으려는 속셈인 거야. 어이 이츠키, 이상한 소리 작작 하고 닥쳐! 자, 둘 다 빨리 이쪽으로……."

"같이 가면 죽게 될걸." 이츠키가 일어나서 다시 우리 쪽을 향해 걸어왔다. "유우 군은 아마노 선생님도 죽였으니까 말이야."

"죽인 건 이츠키 씨잖아요."

내가 던진 말에 이츠키가 재미있다는 듯이 웃었다.

"어라, 얘기가 그런 식으로 전달된 거야? 내가 없다고 모조리 나한테 뒤집어씌울 작정이었구나. 너무하네, 유우 군."

유우는 "닥치라니까!" 하고 거칠게 외쳤지만, 당황하고 있다는 게 그대로 드러났다. 이츠키가 드디어 우리를 따라잡아 바로 앞에 섰다.

"리리코짱도, 슈이치 군도 조심하는 게 좋아. 무슨 소리를 어떻게 들었는지 모르지만 유우 군은 벌써 두 명이나 죽였거든. 아마노 선생님이랑 요시다 씨. 나는 가와카미 씨 한 사람만 죽였으니까 나보다 더 무서운 놈이라는 거지."

"무무무무무슨 소리를 하는 거야! 믿으면 안 돼! 전부 다 이츠키 씨가 죽인 거라고."

"그 생선은 가와카미 씨가 절대로 먹으면 안 된다고 했던 독이 든 망둥이야. 그런데 일부러 아마노 선생님한테 먹게 한 거지. 그런 게 아니면 그런 식으로 죽었을 리가 없으니까. 그런데 나머지를 이번에는 리리코짱하고 슈이치 군한테도 먹게 하려고 했던 거네."

"아, 아니⋯⋯."

"요시다 씨는 나이프로 찌른 모양이네. 유우 군도 생각보다 상당히 과감한 사람이었어. 전혀 몰랐는데."

유우는 너무 당황했는지 입만 뻐끔거리며 벌렸다 다물었다 할 뿐 아무 말도 하지 못했다.

"나는 공기총하고 장검을 들고 있어서 무섭게 보이지만 하는 짓만 보자면 유우 군이 훨씬 끔찍하잖아. 게다가 지금 이 순간도 동영상으로 찍고 있는 거 아냐? 거봐, 맞네."

유우가 허둥지둥 카메라를 숨겼다.

"유우 군, 거짓말이지? 아무도 죽인 적 없지?"

절박한 심정으로 내가 물었다.

"당연하지! 이츠키 씨가 엉터리 같은 말을 하는 거야."

"이야~! 그렇게 둘러댄다고?"

이츠키가 뒤로 넘어갈 듯이 웃어젖혔다.

"구청에도 그런 사람들이 있었어. 하나부터 열까지 모조리 담당 공무원 탓만 하면서 난리 난리를 치는 민원인들. 하지만 나는 그런 인간들을 어떻게 다뤄야 하는지 잘 알거든. 그럴 때는 일단 논리적으로 따박따박 따져서 말해주면 되는 거야. 그러니까 유우 군, 진짜로 그 생선에 독이 없는 게 맞는다면 직접 먹어서 보여주면 되잖아. 그리고 요시다 씨를 죽인 게 아니라면 피가 묻지 않은 나이프를 보여주면 되고."

이츠키가 내 손에 있던 생선을 들어서 유우의 눈앞에 들이밀었다.

"유우 군, 당연히 먹을 거지?"

내가 기도하는 마음으로 물었다.

"이츠키 씨가 하는 말은 전부 거짓말이잖아? 우리는 유우 군을 믿으면 되는 거지?"

유우는 아무런 대답 없이, 생선을 만지려고도 하지 않고, 그 자리에 가만히 서 있을 뿐이었다.

"유우 군, 제발 부탁이야."

슈이치도 재촉했는데 유우는 대답하지 않았다.

"아니면 그냥 나이프를 보여주면 안 될까?"

"에이씨, 뭔 말이 그렇게 많아? 내가 왜 그래야 되는데? 생각해 봐, 너무 이상하잖아. 이츠키는 사람을 죽일 수 있는 공기총을 들고 있다고!"

"그럼 어째서 요시다 씨를 죽일 때 공기총을 쓰지 않은 거야?"

"…… 장검. 그래, 장검을 써 보고 싶었겠지."

나의 질문에 한순간 말을 잃었던 유우는 대답했다.

"아하, 그런 식으로 나오시겠다?"

이츠키는 감탄했다는 듯이 고개를 끄덕였다.

"하긴 그 말대로 그럴 가능성도 있겠네. 그럼 어디 한 번 보여줄까?"

이츠키가 일본도 장검을 칼집에서 스르륵 뺐다. 칼날이 번뜩이며 달빛을 반사했다.

"어때, 얼룩 한 점 없이 완벽하게 빛나는 칼날이 보이지? 이게 사람을 죽이고 피를 닦아낸 칼로 보여?"

나는 일본도에 대해서는 아는 게 없다. 진짜 칼을 보는 것도 처음이다. 그러나 손질할 도구도 없는 이 섬에서 칼에 묻은 대량의 피를 이렇게까지 말끔하게 닦아내는 건 불가능하겠다는 생각이 들었다. 이츠키는 한동안 황홀한 표정으로 칼을 바라본 다음 사랑스럽다는 듯이 칼집에 도로 꽂았다.

"자, 리리코짱, 슈이치 군, 어떻게 생각해? 이제 내 말이 맞는다는 걸 충분히 알겠지?"

이츠키는 여유가 넘치는 표정으로 나와 슈이치를 보았다.

"믿고 싶지 않지만……. 아마노 선생님도, 요시다 씨도 유우 군이 죽였구나."

슈이치가 화가 난다는 듯이 입을 열었다.

"요시다 씨가 우리를 은신처로 데리고 오라고 했다는 말도 거짓말이었어. 그때는 이미 요시다 씨를 죽인 다음이었으니까. 혼자서는 시신을 바닷가까지 옮길 수 없으니까 나를 이용하고 싶었을 뿐이지. 그리고 일이 다 끝난 다음에는 나하고 리리코한테 생선을 먹게 해서 죽이려고 한 거고. 친절한 척하고 다가왔지만, 속으로는 처음부터 딴 계획이 있었던 거야. 인간도 아니네."

"닥쳐!"

유우가 나이프를 빼서 우리 세 사람을 겨누며 소리쳤다.

"제기랄. 이참에 바보 커플을 한 방에 처리할 수 있었는데 엉뚱한 놈이 방해를 하다니."

"그렇지. 그렇게 나와야지."

이츠키가 재빠른 동작으로 등에 지고 있던 공기총을 앞으로 잡더니 유우의 이마를 정확하게 겨누었다. 슈이치와 나는 허겁지겁 이츠키의 등 뒤로 숨었다.

"어라 어라, 두 사람은 뭐 하는 거야?"

이츠키가 유우에게 총구를 겨냥한 채 느긋한 말투로 등 뒤에 있는 우리를 불렀다.

"어쩌자고 내 뒤로 숨는 걸까? 생선에 독이 있다고 충고는 했지만, 내가 두 사람을 살려주겠다고 한 적은 없는데?"

"…… 뭐?"

"배틀 로얄이니까 모조리 죽이려고 해안가로 온 거야. 당연하잖아? 그런데 셋이서 한데 뭉쳐서 이러쿵저러쿵하고 있잖아. 한꺼번에 죽여버리면 너무 간단하고 재미가 없어서 말을 걸었던 거지. 이왕이면 여기저기 도망치는 인간을 차례차례 쏘아야 재미있지 않겠어? 이런 리얼 서바이벌 게임을 언제 또 할 수 있겠냐고?"

그렇게 말하면서 이츠키는 가볍게 몸을 돌려서 우리에게 총구를 겨누었다. 기회를 잡았다 싶었는지 유우가 곧바로 돌진하려고 했다. 그러나 이츠키는 순식간에 총구를 유우 쪽으로 다시 돌렸다. 이츠키는 놀리듯이 우리와 유우에게 번갈아 총구를 겨누었다.

"자, 지금부터 도망치는 거야. 알았지? 셋 셀 테니까, 그 사이에 멀리멀리 뛰어가는 거야."

생긋 미소를 지었다. 완전무결하고 세상 착하게 보이는 공무원 스마일. 그 표정과 하는 말이 너무 동떨어졌기에 더 무시무시해서 온몸에 소름이 돋았다.

"하나."

이츠키가 숫자를 세기 시작했는데도 우리는 얼음처럼 굳어서 움직일 수가 없었다.

"둘."

"와아아아아아!"

유우가 소리를 지르며 뛰어나갔다. 우리도 정신이 들어서 유우와는 반대 방향으로 뛰기 시작했다.

"셋. 좋아, 아주 좋아! 자, 더 빨리 뛰어야지! 도망쳐, 도망치라고!"

헐렁한 아쿠아슈즈에 모래가 자꾸 들어와서 뛰기가 힘들었다. 하지만 슈이치를 따라잡으려고 필사적으로 손발을 움직였다.

"이쪽으로 오지 마!"

"슈짱이랑 떨어지기 싫단 말이야!"

"같이 있으면 더 위험해지잖아!"

그러면서 더 빨리 뛰어가는 슈이치를 나도 정신없이 따라갔다.

"그럼 지금부터 죽이러 갑니다~."

무서워서 돌아보지 못했는데 우리가 있는 쪽으로 다가오는 모양이었다. 반대편으로 도망친 유우가 아니라 우리를 쫓기로 한 건가? 유우한테 가면 좋잖아? 두 사람이나 죽인 인간인데!

뒤쪽을 재빨리 돌아보았더니 이츠키는 공기총을 한 손에 잡고 싱글벙글 웃으면서 깔끔한 자세로 달려오고 있었다. 그 모습도 어딘지 오싹했다. 무슨 사이보그 같았다.

뛰어가다 보니 매트리스가 보였다. 날아가지 않게 위에 얹어 둔 야자열매. 나는 그중 하나를 두 손으로 잡고 이츠키를 향해 던졌다. 야자열매는 거의 날아가지 않고 바로 앞에 떨어졌다. 그래도 나는 필사적으로 계속 던졌다. 모래사장에 떨어지는 야자열매를 곁눈질하면서 이츠키가 바짝바짝 다가왔다. 나는 거의 패닉 상태에 빠질 뻔하다가 위에서 누르던 야자열매가 없어져 버린 매트리스가 허공에 붕 뜨는 것을 보고는 어떤 아이디어가 번뜩 떠올랐다.

"슈짱!"

체력의 한계에 부딪혔는지 속도도 상당히 떨어지고 휘청거리면서 뛰어가는 슈이치를 향해 외쳤다.

"매트리스! 밀어줘!"

그러나 슈이치는 이쪽을 흘깃 돌아보더니 그냥 계속 앞으로 가 버렸다.

"슈짱!"

다시 소리를 질렀지만 안 들리는 모양이었다. 할 수 없다. 나는 혼자서 바다를 향해 매트리스를 밀었다. 가벼워서 모래 위를 잘 미끄러져 간다. 자꾸 무거워지는 다리를 있는 힘껏 움직여서 필사적으로 바다를 향해 나아가다가 드디어 매트리스가 바닷물에 닿았을 때는 눈물이 나올 만큼 기뻤다. 밀려드는 파도에 저항하면서 바다를 향해 계속 매트리스를 밀고 갔다. 파도의 힘이 강했지만 바람이 도와주었다. 다리가 닿지 않는 곳까지 그럭저럭 밀고 가서 매트리스 위에 뛰어올랐다.

"슈짱! 빨리 와!"

혼자서 도망치다가 중간에 내가 뭘 하려는지 알아차린 슈이치도 바다를 향해 달려오는 중이었다. 비틀거리면서도 죽을힘을 다해 달려와서 첨벙첨벙 파도를 가르며 다가왔다. 슈이치의 손이 겨우 매트리스 뒤에 닿았다. 그런데 체력을 다 썼는지 뛰어오를 힘이 남지 않은 모양이었다.

"슈짱!"

나는 슈이치의 손목을 잡고서 있는 힘을 다해 잡아당겼다. 슈이치가 기어오르다시피 해서 겨우 매트리스 위로 올라왔다. 중심이 불안정해지는 바람에 매트리스가 흔들려서 둘 다 허겁지겁 납작 엎드렸다.

"손으로 젓자."

슈이치가 말해서 우리는 엎드린 채 한 손으로 바닷물을 저었다. 매트리스가 두꺼워서 팔을 한껏 뻗어서 되도록 깊이, 세게,

계속 저었다. 슈이치도 정신없이 팔을 움직이고 있었다. 그런데 좀처럼 앞으로 나아가지 않았다. 바람이 불어서 파도가 밀려 나올 때는 바다 쪽으로 많이 나갔다가도 파도가 밀려들면 비슷한 거리를 해안가 쪽으로 다시 돌아오곤 했다.

드르르륵 하는 소리가 들리면서 총알 몇 발이 머리 위를 스치고 지나갔다. 하지만 하나도 맞지 않았다. 다행이네, 안 맞았어. 가슴을 쓸어내리며 손으로 계속 저었다. 그런데 조금 있다 보니 이상한 느낌이 들었다. 빵빵하게 부풀어 있었던 매트리스가 물렁물렁해져 있었다. 슈이치도 알아차렸는지 둘이 서로 얼굴을 마주 보았다. 허둥지둥 매트리스 전체를 살펴보았다. 여기저기 구멍이 뻥뻥 뚫려 있었다. 이미 매트리스는 가라앉기 시작한 상태였다.

아아, 난 정말 너무 멍청하다. 그때는 매트리스를 타고 바다로 도망치는 게 최고라고 생각했다. 그런데 냉정하게 생각해 보니 바다로 나가 봐야 어디로 갈 수 있는 것도 아니다. 이츠키가 따라잡건, 따라잡지 못하건, 슈이치랑 나는 죽을 운명인 거다. 총에 맞아 죽느냐, 물에 빠져 죽느냐만 다를 뿐이다. 기적이라도 일어나지 않는 이상.

그래도 우리는 가라앉으려는 매트리스에 매달려서 계속 손으로 노를 저었다. 뒤를 돌아보자 우리가 파도에 밀려 돌아올 거라고 확신해서 그런지 이츠키는 물속으로 들어오려고도 하지 않고 파도치는 바닷가 언저리에서 총을 겨누는 자세로 기다리고 있었다. 얼굴은 그늘이 져서 보이지 않았지만, 입맛 다시듯 희희낙락 웃고 있을 표정이 눈에 선했다.

물속으로 잠수해서 도망치기에도 이미 너무 깊은 곳까지 와 있었다. 나는 헤엄을 칠 줄 모른다. 수영을 할 수 있다 해도 도망칠 곳이 없다.

매트리스는 점점 더 모래사장 쪽으로 밀려가고 있었다. 뒤에서 이츠키가 엄청난 살기를 뿜어내는 게 느껴졌다.

이번에야말로 진짜로 우리를 쏘겠구나. 이제 죽었네……. 각오하며 눈을 감은 순간, 모터 소리가 다가오나 싶더니 "으악!" 하는 비명이 들렸다. 살금살금 눈을 뜨고 돌아보자 이츠키가 파도치는 곳에 쓰러져 있었다. 그 옆을 미니 오토바이가 모래를 흩뿌리면서 달려가 버렸다.

"씨바아아아아알! 스에히로오오오오!"

이츠키는 금방 자세를 바로잡고 벌떡 일어서서는 공기총을 쏴대면서 미니 오토바이를 쫓아갔다. 미니 오토바이의 모터 소리와 드르륵거리는 총소리가 점점 멀어지더니 이츠키가 보이지 않게 되었다. 어느새 주변에서는 파도 소리만 들려왔다.

"…… 살았다."

슈이치가 매트리스 위로 풀썩 엎어지며 한숨 쉬듯이 내뱉었다.

우리는 파도에 밀려 다시 모래사장으로 돌아왔다. 머리카락하고 옷이 바닷물에 젖어서 몸이 무거웠다. 모래가 끈적끈적하게 온몸에 달라붙었다. 하지만 기적적으로 살아 돌아왔다. 그냥 이대로 모래사장에 쓰러져서 쉬고 싶지만 언제 이츠키가 돌아올지 모른다. 어딘가로 도망쳐야 한다.

"별다른 짐은 없지만, 그래도 전부 가져가는 편이 좋겠어. 언제 어떻게 쓰게 될지 모르니까. 이 매트리스도 접어서 들고 가자."

공기가 빠져서 흐물흐물해진 매트리스를 보며 슈이치가 말했다. 역시 든든한 사람이다. 나였으면 공기 빠진 매트리스 같은 건 그냥 버리고 갔을 텐데. 우리는 매트리스를 접었다. 군데군데 공기가 다 빠지지 않아서 제대로 접기 힘들었지만, 그럭저럭 들고 다닐만한 크기가 되었다.

그런 다음에 우리가 있던 거점으로 돌아가 보았다. 모래 속에 파묻혀 있던 선크림을 주웠다. 메이크업 도구들이 여기저기 흩어져 있었는데 눈에 보이는 것들은 모조리 주워서 박스에 집어넣었다. 거울하고 팔레트에도 금이 갔고, 치크랑 아이섀도도 박살이 나 버렸지만, 그런 부품들을 다 맞춰놓고 뚜껑이 딱 닫혔을 때는 너무 기뻐서 눈물이 흘렀다.

스에히로는 무사할까? 이츠키의 공기총 공격에서 잘 빠져나갔을까? 유우가 아마노 선생과 요시다를 죽인 거라면 진짜로 믿을 수 있는 사람은 스에히로밖에 없다는 말이 된다. 스에히로는 우리를 구해주었다. 아무리 오토바이라고 해도 사이즈도 작고,

모래 위에서는 속도도 많이 나지 않을 것이다. 본인이 죽을 가능성도 충분히 있었다. 그런데도 위험을 무릅쓰고 도와주러 왔다. 처음에 우리를 팀에서 잘라버렸지만 그건 될 수 있는 대로 많은 동료를 지키고, 조금이라도 생존율을 올리기 위해서 그랬다는 것을 이제는 충분히 이해할 수 있다.

"스에히로 군, 무사히 도망쳤어야 할 텐데."

"그러게. 하지만 지금 남 걱정을 할 때가 아니야."

"응....... 우린 어디로 가야 되지?"

"아까 유우 군이랑 갔던 곳, 어때? 요시다 씨를 죽인 게 이츠키 씨가 아니라면 거기는 모른다는 소리잖아?"

"이츠키 씨는 모른다고 해도 유우 군이 다시 올 수는 있잖아?"

"아, 그렇지·······."

슈이치는 잠시 생각하더니 "그럼 우리도 은신처를 만들면 되지." 하고 말했다.

"아, 그러네. 그러면 되겠다. 역시 슈짱은 정말 똑똑해!"

해안가에는 숨을 곳이 없어서 다시 숲으로 들어갈 수밖에 없었다. 이츠키가 어디서 우리를 노리고 있을지 몰라서 슈이치 뒤에 바짝 붙어 허리를 낮추고 천천히 걸었다.

숲속으로는 달빛이 들어오지 않아 나무들의 윤곽만 어슴푸레 보일 뿐이었다. 조용하고, 아무 소리도 들리지 않았다. 미니 오토바이 소리도, 공기총 소리도 전혀 나지 않았다. 두 사람은 어디서 싸우고 있을까? 아니면 벌써 승부가 나 버렸나? 그렇다면 제발 제발, 스에히로가 이겼기를.

유우가 은신처로 삼았던 곳에서 일부러 반대편으로 갔다. 사이즈가 안 맞는 아쿠아슈즈 때문에 걷는 게 너무 힘들어 얼마 못 가서 지쳐버렸다.

"슈짱, 나 이제 못 걷겠어."

"나도 완전히 뻗을 지경이야. 일단 여기서 쉬자. 수풀 속에 숨을 수도 있으니까 딱 좋네. 이걸 깔고 누우면 되겠다."

슈이치가 들고 있던 매트리스를 풀 위에 펼쳤다. 공기가 완전히 빠져 납작한 상태여서 적당히 공간을 확보할 수 있었다.

"역시 슈짱이 최고야."

나는 바로 매트리스 위에 몸을 눕혔다. 울퉁불퉁하지만 지금 그걸 따질 때가 아니었다. 몸을 눕히자마자 배고픔과 피로가 한꺼번에 몰려들었다.

"앞으로 어떻게 하면 되지?"

"실은 말이야, 내가 생각한 게 좀 있는데……."

슈이치가 내 옆에 자리 잡고 앉아서 입을 뗐다.

"근데 그걸 하려면 리리코의 협조가 꼭 필요하거든."

"뭔데?"

"그러니까……. 리리코는 미인에다 몸매도 좋잖아?"

"아 뭐야, 슈짱. 지금 같은 때에 왜 그래?"

"리리코는 일본에서 제일, 아니 세계에서 제일 예쁘단 말이야."

"아이참, 갑자기 왜 이래?"

이런 상황인데도 슈이치에게 칭찬을 받으니 너무 좋았다. 아니, 이런 상황이니까 더 그런지도 모르겠다. 사랑받고 있다는 사실을 평소보다 더 실감하면서 마음이 뿌듯해졌다.

"그러니까 뭐랄까, 지금이야말로 리리코의 아름다움을 활용할 때가 아닌가 생각하거든. 아니, 활용해야 한다고 봐. 그게 아니면 우리가 살아남을 길이 없으니까."

"아름다움을 활용하다니……. 그게 무슨 뜻이야?"

"그러니까 '여자의 무기'를 쓰는 거야. 무슨 말인지 알지?"

"여자의 무기?" 내가 고개를 갸웃거렸다. "눈물 말이야?"

슈이치가 당혹스러워하며 눈살을 찌푸리는 게 어둠 속에서도 보이는 듯했다.

"눈물이랄까, 그게……."

"나, 슈짱 말고 다른 남자 앞에서 눈물 흘리고 싶지 않아."

우물쭈물하는 슈이치에게 내가 딱 잘라 말했다.

"여자는 말이야, 좋아하는 남자 앞에서만 눈물을 보이는 거야. 그러니까 내가 우는 건 슈짱 앞에서 만이라고. 이런 섬에서, 더구나 배틀 로얄을 하는 중에 다른 남자한테 약한 모습을 보이면 틈을 보이는 거나 마찬가지잖아. 나를 슈짱한테서 빼앗아야겠다는 나쁜 생각을 하는 남자가 생길지도 모르잖아."

"으응. 하지만 그러면 이츠키 씨도, 유우 군도 우리를 공격할 생각을 안 할 수도 있잖아. 식량을 나눠줄지도 모르고."

"무슨 소리야? 나는 슈짱의 여자잖아. 슈짱은 싫지 않아?"

"당연히 싫지. 그래도 할 수 없잖아? 그런다고 죽는 것도 아니고."

"바보야!"

나도 모르게 슈짱의 뺨을 때렸다.

"무슨 생각을 하는 거야? 죽는 것보다 더 나빠! 내가 사랑하는 사람은 슈짱밖에 없단 말이야! 슈짱 말고 다른 사람한테 눈물 같은 건 절대 안 보일 거야!"

엉엉 울면 허겁지겁 미안하다고 해 줄 줄 알았다. 방금 그건 절대 용서할 수 없는 최악의 말이었다. 그런데 슈이치는 입을 꽉 다물고서 나를 노려보기만 했다.

"그럼 어떻게 하면 살아남을 수 있는지 말해 봐. 뭐라도 방법이 있으면 얘기해 보라고. 나한테 다 맡기고 아무것도 안 하면서."

짜증스러운 말투로 그렇게 한 마디 뱉더니 슈이치는 나에게 등을 돌리고 털썩 누워버렸다. 나는 일부러 꺽꺽하고 딸꾹질을 하듯이 큰 소리를 내며 흐느꼈다. 그래도 슈이치는 내 쪽으로 눈길조차 주지 않았다.

"슈짱……?"

왜 이러지? 분위기가 평소랑 다르다. 살그머니 등에 손을 댔더니 어깨로 거칠게 뿌리쳤다.

"슈짱 미안해. 슈짱도 이런 제안을 하는 게 너무 굴욕적이었지? 그런데도 그만큼 힘든 상황이어서 그런 거지? 힘든 말을 하게 해서 미안해. 나도 어떤 방법이 좋을지 생각해 볼게. 응?"

슈이치는 아무 대꾸도 없었다.

"둘이서 꼭 도쿄로 돌아가자! 예정대로 결혼식도 올리자. 예쁜 집에 살고, 아기도 낳고, 아무튼 슈짱이랑 꼭 행복한 해피라이프를 살 거야."

"행복한 거랑 해피랑 같은 말이잖아. 그런 것도 모르냐?"

혀를 차는 소리가 들렸다.

슈짱이 왜 이러지? 항상 나한테 그렇게 잘해줬는데. 배도 고프고, 잠도 못 자서 너무 피곤한 거구나. 그런데도 내가 힘들게 했네. 부담만 갖게 만들고. 미안해, 정말 미안해.

생각해야지. 어떻게 하면 이츠키랑 유우를 무찌를 수 있을지. 요시다 씨가 거울을 가지고 불 피우는 방법을 가르쳐준 것처럼 잘하면 내 화장품 박스를 뭔가에 쓸 수 있을지도 모른다. 나는 엉망진창이 된 화장품 박스를 열고 립글로스나 마스카라 등을 꼼꼼히 살펴보기 시작했다. 눈썹 자르는 가위는 도움이 될 것 같다. 아주아주 작지만 끝이 뾰족하고 날카로우니까. 연필 깎기도 쓸 수 있겠다. 근처에 있던 커다란 돌로 연필 깎기를 있는 힘껏 내리치자 플라스틱 부분이 깨지면서 칼날만 빼낼 수 있었다. 깨져버린 거울도 칼을 대신할 수 있다. 그냥 잡으면 위험하니까 나뭇잎으로 감아서 바지 주머니에 넣었다. 아이라이너나 눈썹용 색연필도 흉기로 쓸 수 있다.

화장품 박스를 뒤지는 사이에 슈이치가 잠들었는지 규칙적인 숨소리가 들렸다. 평소에 그렇게 씩씩하고 든든하던 등이 비쩍 말라서 여리여리해 보였다.

엄마가 그런 말을 했었다. 남자들은 사실 어리광도 많고 외로움도 많이 타는 약한 사람들이라고. 그러니까 가끔은 마음껏 약한 모습을 드러낼 수 있게 품어줘야 한다고. 모성으로 따뜻하게 안아주고 지켜줘야 하는 거라고.

슈짱. 난 멍청하고 아는 게 없지만 슈짱을 진심으로 사랑하거든. 그러니까 내가 꼭 지켜줄게. 반드시, 꼭, 내가 지켜줄 거야.

그렇지. 막대기를 뾰족하게 하면 창처럼 만들 수 있겠다. 나는 당장 주위를 둘러봐서 될 수 있는 대로 곧게 뻗은 나뭇가지를 찾았다. 그리고는 아까 연필 깎기를 부순 돌로 끄트머리를 갈기 시작했다. 그런데 제대로 잘 갈리지 않아 손이 까져서 피투성이가 되었고, 네일에 붙였던 보석은 떨어져 나갔고, 손톱 사이에 흙하고 나무 부스러기가 잔뜩 꼈다. 그런데도 나는 열심히 손을 움직였다.

지금까지 나는 언제나 아름답게 있는 것이 슈이치를 사랑하는 방법이라고 믿고 살았다. 하지만 이 섬에서는 다르다. 나는 이츠키와 유우를 죽이기 위해 강해져야 한다.

눅눅하고 무거운 바람이 휘잉 불어왔다. 나무들은 괴물처럼 아우성치며 당장 나에게 달려들 것처럼 심하게 흔들렸다. 하지만 이제는 겁이 나지 않았다.

7
—
스에히로

얼마나 시간이 흘렀을까? 나는 숲속 깊은 곳에서 숨을 죽이며 가만히 몸을 숨기고 있었다. 나무 틈새로 보이는 하늘은 옅은 주황색과 보라색을 섞어놓은 듯한 요상한 색깔이었다. 이른 아침인지 저녁인지 조차 분간이 되지 않았다.

모래사장에서 이츠키를 미니 오토바이로 들이받은 다음 숲으로 도망쳐 들어온 것은 밤중이었다. 숲속은 길이 나빠 미니 오토바이를 몰 수가 없어서 곧바로 수풀 속에 숨기고 안쪽으로 걸어 들어왔다. 이츠키는 소리소리 질러대고 공기총을 쏘면서 쫓아왔다. 밤의 숲속은 너무 캄캄해서 아무것도 보이지 않는다. 그래서 이곳으로 도망쳐 들어왔는데 이츠키는 소리로 판단을 하는지 상당히 정확하게 내가 있는 쪽으로 총을 쐈다. 아슬아슬하게 피했지만 밝은 곳이었으면 틀림없이 당했을 것이다.

가능한 한 소리를 내지 않고 그저 앞으로 계속 나아갔다. 점점 이츠키의 총알이 다른 방향으로 향했고, 나뭇잎을 헤치고 따라오던 거친 숨소리도 멀어져갔다. 내가 있는 곳과는 반대 방향으로 가 버린 모양이었다. 마음을 놓자마자 그 자리에 주저앉았다. 더 이상 움직일 수가 없었다. 그리고 그대로 곯아떨어졌다.

눈을 떠 보니 이미 낮이었다. 주위가 밝은 시간에는 어설프게 움직이지 않는 게 상책이다. 나뭇잎에 고인 아침이슬을 빨아 마시고, 손이 닿는 범위에 있던 개구리나 도마뱀을 잡아서 불에 구워 요기했다. 불을 써도 눈에 띄지 않는 낮에 영양 보충을 해야 한다.

계속 신경을 곤두세우고 있다가 어느새 꾸벅꾸벅 졸고, 깜짝 놀라서 허둥지둥 일어났다가 다시 꾸벅꾸벅 졸기를 되풀이하고 있다. 도대체 얼마나 시간이 지났을까? 아침인가 저녁인가? 시간 감각이 없어져서 알 수가 없다. 수염이 자라난 성노로 보아하니 이틀 이상 지난 것 같지는 않은데…….

번뜩 정신이 들면서 눈을 떴다. 또 어느새 잠들어 있었다. 하늘은 여전히 주황색과 보라색이 뒤섞여 점점 어두워지는지 밝아지는지 구분이 되지 않았다. 조금밖에 안 잔 건가? 아니면 완전히 하루가 지나 버렸나? 주변의 나뭇잎을 살펴보았다. 이슬이 고여 있지 않았다. 아까부터 시간이 별로 지나지 않아서 그런가? 아니면 그보다 훨씬 더 지나서 아예 증발해 버렸나? 어느 쪽이지? 시간을 알 수 없다는 것이 이토록 사람을 불안하게 만들 줄은 몰랐다.

목이 너무 마르다. 납작 엎드려서 토란 나뭇잎이 무성히 자란 곳으로 갔다. 줄기를 이빨로 질근질근 씹어 즙을 빨았다. 그러나 이 정도만으로는 어림도 없다. 이제부터 어두워지는 거면 오렌지나 야자열매를 조달하러 갈 수 있다. 그러나 지금부터 해가 뜨는 시간이라면 그렇게 하기도 힘들다.

공복과 탈수증상으로 머리가 몽롱해진다. 아주 적은 식량과 수분, 아침저녁의 기온 차, 피로, 긴장……. 내 몸은 도대체 앞으로 얼마나 버틸 수 있을까? 거의 한계에 다다랐다는 것이 느껴진다.

내가 약해져 가는 것과는 반대로 슈이치와 리리코를 노리던 이츠키는 전에 없이 생명력이 넘쳐 보였다. 통통하던 몸매가 근육질로 바뀌었는지 달빛 아래에서 총을 겨누는 자세는 마치 액션 영화의 주인공처럼 보였다.

이츠키는 식량도 들고 오지 않았을 텐데. 가와카미를 죽이고 아이템을 손에 넣기는 했지만 가와카미도 식량을 가지고 오지는 않았다. 원래 체형이 그래서 먹는 게 좀 부실해도 견딜 수 있는지 모른다. 혹은 공기총으로 새를 잡아서 제대로 고기를 먹고 있을 수도 있다. 가와카미한테 빼앗은 낚시도구로 생선을 잡아서 먹었을 가능성도 있다. 어느 쪽이라 하더라도 지금의 나보다는 팔팔할 것이다.

어째서 상황이 이 지경이 되어버렸을까? 이츠키가 가와카미를 죽인 뒤로 모든 게 미쳐 돌아갔다. 아무 짓도 하지 않았으면 아마노 선생의 제안대로 모두가 시체인 척하면서 마스터를 속이고 육지로 돌아갈 수 있었을 텐데.

10억 엔이 탐나서였나? 돈이 이츠키를 미치게 한 걸까? 아니, 그게 다는 아니라는 생각이 들었다. 이츠키는 배틀 로얄에서 끝까지 살아남아 최종 승자가 되는 것에 이상할 정도로 집착하는 느낌이었다.

눈꺼풀이 다시 무거워졌다. 머릿속 어딘가에서 이것이 꿈이라는 사실을 인식하면서 꿈을 꾸었다. 아일랜드에서 모두 웃으며 술을 마시고 있다. 마스터도 평소와 다름없이 농담을 섞어가면서 술을 만들고, 안주를 내주고 있다. 내 옆에는 이츠키가 앉아서 강의 리포트 작성에 고심하는 나에게 여러 가지 조언을 해 준다. 이츠키가 경제학부, 너구나 국립대 출신이리는 사실을 알고 많이 놀랐다. 참고가 될 만한 책도 여러 권 빌려주었다. 책을 돌려주면서 그 책에 대한 감상을 이것저것 이야기하는 것도 즐거웠다. 그렇다. 나는 이츠키를 존경했었다.

아일랜드에 드나들기 시작한 것은 우연히 혼자 사는 자취방 근처에 있었기 때문이다. 아웃도어 동아리에서 즐겁게 활동하면서도 캠핑장에서 함께 먹고 자는 너무 가까운 관계에 피로감을 느낄 때가 있었고, 그래서 대학의 인간관계와는 전혀 상관이 없는 곳에 가고 싶었다. 우연히 야자나무가 그려진 아일랜드의 간판에 이끌려서 설렘 반, 긴장 반으로 술집 문을 열고 들어갔다.

"어서 오세요." 하며 마스터가 친근하게 맞아주었고, 가와카미가 "아이고, 새로운 손님이 오셨네!" 하며 반가운 표정으로 자기 옆자리에 앉으라고 권했다. 슈이치, 리리코와 요시다까지 웃는 얼굴로 맞아주는데 이츠키 혼자서만 "잠깐만. 너무 젊어 보이는데 설마 미성년자는 아니겠지? 신분증 좀 봅시다. 공무원으로서 미성년자의 음주를 봐 줄 수는 없으니까." 하고 엄숙한 표정으로 말했고, 모두 그 말에 박장대소를 했다. 내가 학생증을 보여주며 무사히 술을 마실 수 있게 된 모습을 유우가 동영상으로 찍어서 자기 채널에 올리기도 했다.

즐거웠다. 신칸센도 다니지 않는 시골에서 상경한 나에게 도쿄의 대학은 자극적이었고, 혼자 사는 것도 편하고 자유로웠지만, 가끔 이상하게 외로움을 타는 밤이 있었다. 그럴 때 집 근처에 어김없이 문을 연 술집이 있고, 그곳에 가면 반드시 단골 중누군가는 있다는 사실이 큰 위안이 되었다. 아일랜드와 거기 단골들은 내 마음이 의지하는 곳이었다.

잠에서 깨어 현실로 돌아오자 깊은 절망감에 사로잡혔다. 아아, 마스터, 어쩌자고 이런 일을 벌인 건가요? 어째서 우리가 서로를 죽여야 되느냐 말이에요? 이츠키가 적극적으로 나오는 한그를 죽이는 방법 말고는 이 말도 안 되는 게임을 절대로 끝낼 수가 없다.

주변이 어두컴컴해지기 시작했다. 다행이다. 이제부터 밤이 되는구나. 조금 더 어두워지면 움직여야지.

그러고 있는데 몇 미터 떨어진 곳에서 나무들이 흔들렸다. 나도 모르게 숨을 멈췄다. 그 흔들림이 조금씩 내 쪽으로 다가왔다. 이츠키인가? 나이프를 들고 자세를 잡는데 "스에히로 군?" 하며 속삭이는 목소리가 들렸다. "나야 나, 유우."

"유우 씨?"

나도 작은 목소리로 되물었다. 조금 지나자 납작 엎드려서 다가오는 유우가 보였다.

"어휴, 힘들어. 겨우 도착했네."

유우가 내 맞은편에 책상다리를 하고 앉았다.

"아직 완전히 어두워진 게 아니라서 여기까지 무사히 올 수 있을지 겁이 나더라고."

"그보다, 어떻게 알고 여기로 온 거예요?"

찾기 힘든 장소라고 생각했다. 그런데 유우한데 발각될 정도면 이츠키한테도 들킬 가능성이 있다.

"아아, 이거 덕분이지."

유우가 배낭에서 꺼낸 물건은 쌍안경이었다. 아마노 선생의 아이템이다.

"스에히로 군이 이츠키를 미니 오토바이로 들이받을 때부터 계속 보고 있었어. 숲속으로 들어온 다음에도 계속 눈으로 좇아갔고. 나이트 비전 기능도 있어서 아주 잘 보이거든. 아침이 되어버려서 밝은 동안에는 얌전히 기다리다가 어둑어둑해져서 겨우 온 거시."

"그렇군요. 어, 그럼 아직 하루도 안 지난 거예요?"

"그렇지. 이거 봐봐."

유우가 카메라를 가슴 주머니에서 꺼내서 화면을 보여주었다. 날짜와 시간이 표시되어 있었다.

"마음이 놓이네요. 시간을 알 수가 없어서 많이 불안했거든요."

"그렇겠지. 아 참, 야자열매 가져왔는데, 마실래? 목 많이 마르지? 토란 잎사귀를 씹고 있었을 정도니까."

"계속 저를 관찰하고 있었던 거예요?"

"한 10분에 한 번씩 정도? 안 보는 사이에 스에히로 군이 어딘가로 자리를 옮겨 버리면 내가 합류할 수가 없잖아. 슈이치 군하고 리리코짱이 있는 곳도 일단 파악은 해 두었어."

"다행이다. 둘 다 무사했군요. 그 뒤로 어떻게 되었는지 걱정했었거든요."

유우가 배낭에서 야자열매를 꺼내 나에게 건네주었다. 돌과 나이프를 써서 껍질에 구멍을 내고, 안에 가득 들었던 물을 순식간에 마셔버렸다. 그제야 살 것 같은 느낌이 들었다.

"잘 마셨어요. 혹시 개구리나 도마뱀 먹을래요?"

"아니, 됐어."

유우가 쓴웃음을 지었다.

"고기가 있는데 뭐. 아, 생각 있으면 좀 먹지?"

유우가 배낭에서 양고기와 로스트비프를 꺼내서 나이프로 잘랐다. 둘 다 상당히 큼직한 덩어리를 나에게 내밀었다.

"이렇게 많이요? 다 먹어도 돼요?"

"응. 제대로 먹어야 힘을 쓰지."

"감사합니다!"

오랜만에 먹는 고기는 온몸이 떨릴 정도로 맛이 있었다. 파충류의 퍼석퍼석한 육질과는 달리 부드럽고 육즙이 담뿍 들어 있는 고기의 달콤함. 눈 깜짝할 사이에 먹어 치웠다.

"정말 맛있었어요. 너무 많이 얻어먹은 것 같아 죄송합니다."

"괜찮아. 아마노 선생님하고 요시다 씨가 가져온 걸 내가 들고 온 거니까."

"어, 그러고 보니까 요시다 씨는요? 같이 다니지 않았어요?"

"…… 실은 죽어버렸어."

"네? 이츠키한테 당한 거예요?"

"음, 뭐, 그런 느낌이지."

"말도 안 돼……."

충격이었다. 요시다와는 너무 찝찝한 상태로 헤어지고 말았다. 어째서 그때 요시다와 따로 행동할 생각을 했을까? 같이 있었더라면 아직 살아 있을 수도 있었을 텐데. 가슴이 아프다.

"유우 씨, 슈이치 씨와 리리코 씨가 있는 장소도 알고 있다고 했죠?"

"응."

"그럼 두 사람이 있는 곳으로 같이 가요."

"엥? 왜? 그럴 필요 없잖아? 그 사람들, 같이 있어 봐야 발목만 잡는다며?"

"요시다 씨를 그렇게 두고 오지 않았으면 안 죽었을지도 모른다는 생각이 드니까 너무 죄송해서요. 만약에 슈이치 씨와 리리코 씨한테까지 무슨 일이 생기면 틀림없이 후회할 거예요."

"으음, 그럴 수도 있겠지만……."

무슨 영문인지 유우는 영 내키지 않는 모양이다. 물론 그 두 사람은 트러블메이커가 맞다. 관여하고 싶지 않다는 마음도 이해는 간다.

"유우 씨가 정 그러고 싶지 않은 거면 나 혼자 갈게요. 어딘지만 알려주세요."

"아니, 알았어. 같이 갈게."

"괜찮겠어요?"

"응."

내키지 않는 기색은 여전했지만 그래도 유우는 길을 안내해 주었다. 15분가량 걸어갔더니 수풀 안쪽에서 두런두런 이야기하는 소리가 들려왔다. 겁을 주지 않으려고 "슈이치 씨, 리리코 씨, 저예요. 스에히로예요." 하고 말을 건 다음에 얼굴을 내밀었다. 두 사람은 무슨 작업 중이었는지 아래로 내려다보던 눈길을 들더니 환하게 웃었다.

"스에히로 군?"

"다행이야, 무사했네~!"

두 사람은 양손에 나뭇가지와 돌을 들고 있었다. 끄트머리를 뾰족하게 만든 나뭇가지가 주변 땅바닥에 몇 개 굴러다녔다.

"어, 뭐예요? 창이에요? 미리 이름을 말하기를 잘했네. 안 그랬으면 완전 찔렸을 수도 있겠네요."

"내가 이걸 만들자고 했어. 조금은 도움이 될지도 모른다고 생각해서."

리리코가 자랑스럽게 말했다.

돌로 갈아서 만든 것 치고는 끝이 싱딩히 뾰족한 게 꽤 제대로 된 무기처럼 보였다. 감탄하면서 앉은 나에게 슈이치와 리리코가 다시 정식으로 머리를 숙여 인사했다.

"살려줘서 정말 고마워."

"스에히로 군이 없었으면 우린 그때 죽었을 거야. 어머?"

내 뒤에 있던 유우의 모습을 보자 리리코의 표정이 한순간에 험악해졌다.

"유우 군, 여기 뭐하러 왔어? 왜 당신이 스에히로 군이랑 같이 있는 거야?"

리리코와 슈이치가 재빨리 일어나더니 유우를 향해 창을 겨누었다.

"어? 왜, 왜 그래요?"

"스에히로 군, 속으면 안 돼. 아마노 선생님하고 요시다 씨를 죽인 건 바로 이 사람이야. 거기다가 나랑 리리코도 죽이려고 했다고."

깜짝 놀라 유우를 쳐다봤다. 유우는 부루퉁하니 '어쩌라고' 하는 표정으로 있었다.

"보나 마나 틈을 봐서 스에히로 군도 죽이려고 하는 거야."

"뭘 안다고 그래? 그건 아니야."

"그것 말고는 당신이 같이 있을 이유가 없잖아?"

리리코가 창을 더욱 가까이 들이대자 유우가 두 팔을 들고 뒷걸음질 쳤다.

"진짜 아니라니까. 어제는 내가 잘못했어. 사과할 테니까 내 얘기를 좀 들어봐."

"어차피 또 거짓말을 늘어놓을 게 뻔한데 그걸 왜 들어?"

슈이치가 창끝을 유우의 목젖에 갖다 대며 으르렁댔다.

"자, 잠깐만 기다려 보세요."

내가 허겁지겁 슈이치와 리리코를 말린 다음 유우 쪽으로 얼굴을 돌렸다.

"유우 씨, 정말로 아마노 선생님과 요시다 씨를 죽인 것 맞아요? 슈이치 씨랑 리리코 씨도 죽이려고 했어요?"

"…… 뭐, 그랬지."

아연실색했다. 오해가 아니었다니. 설마 설마 했는데, 사실이었다니.

"스에히로 군, 유우 군이 주는 음식은 절대 먹으면 안 돼. 나랑 슈짱한테 독이 있는 생선을 먹으라고 줘서 죽을 뻔했단 말이야."

흠칫했다. 야자열매를 줘서 마셨다. 고기도 나눠 준 걸 먹었다. 딱딱한 야자열매 같은 데에는 뭘 집어넣기 힘들겠지만 고기 같은 데에는 얼마든지 독을 넣을 수 있다. 얼굴이 새파랗게 질리려는데

"스에히로 군, 걱정하지 마. 정말 아무것도 안 넣었어. 진짜야."

유우가 말했다. 그러더니 갑자기 땅바닥에 넙죽 엎드려 두 손을 모으며 고개를 폭 숙였다.

"리리코짱, 슈이치 군, 정말 미안했어. 솔직히 어제는 두 사람을 죽이려고 했던 게 사실이야. 하지만 다시는 그런 일이 없을 거야. 제발 부탁이니까 내 말 좀 들어줘."

"웃기지도 않네. 사람이 어떻게 이렇게 뻔뻔할 수 있지?"

리리코가 분개하며 말했다. 당연하다. 나도 화가 났다. 요시다와 내가 아마노 선생의 죽음을 두고 서로 의심하게 된 것은 유우 때문이었다. 그래서 결과적으로 요시다와 유우 둘만 남겨 두었

고, 그렇게 요시다를 죽게 내버려 둔 꼴이 되었다. 최악이다.

"역시 나를 죽이기 위해 온 거였군요."

"아니라니까."

유우가 고개를 들었다.

"내가 스에히로 군을 찾아간 건 이츠키를 같이 무찌르고 싶어서야."

슈이치와 리리코, 그리고 내가 서로 얼굴을 마주 보았다.

"속이려고 그러는 게 아니야. 생각해 봐. 나 혼자서 어떻게 이츠키를 없애겠어? 하지만 스에히로 군이랑 둘이서라면 어떻게든 방법이 있겠다 싶어서 의논하려고 그런 거라고."

"또 그럴듯한 거짓말로 속이려고 저러는 거야. 절대 속지 마, 스에히로 군."

슈이치가 다시금 유우 쪽으로 창을 뻗으면서 경고했다.

"진짜라니까. 스에히로 군, 제발 내 말 좀 믿어줘. 아까 먹으라고 준 고기에도 독 같은 건 안 들었었잖아?"

"…… 그건 그런 것 같네요. 하지만 그것도 나를 방심하게 하려고 하는 속임수의 일종일 수도 있죠."

"속임수 아니라니까. 아니, 그것보다도, 스에히로 군은 혼자서 이츠키를 죽일 수 있을 것 같아?"

그 말에 나도 모르게 입을 다물었다.

"까놓고 말해서 슈이치 군이랑 리리코짱은 전투력 면에서 꽝

이잖아. 그럼 이렇게 셋이 같이 있어도 진짜로 싸우는 사람은 스에히로 군 혼자 아냐? 하지만 혼자서는 절대 무리라고 생각하거든. 물론 나도 혼자서는 너무 어렵고. 무엇보다 이츠키는 총을 가지고 있잖아. 그렇지만 스에히로 군하고 내가 손을 잡고 둘이 같이 공격하면, 아마 할 수 있을 거란 말이야."

그 말대로 이길 가능성은 훨씬 커진다. 슈이치와 리리코도 끼어들지 않고 가만히 듣고 있었다.

"물론 아까는 아마노 선생님하고 요시다 씨를 죽였다는 사실을 끝까지 숨기려고 했어. 그걸 알게 되면 나랑 손잡지 않을 테니까. 하지만 결국 다 들켜 버렸고, 이제는 아무것도 숨기는 게 없어. 스에히로 군, 제발 부탁이야. 살아남으려면 우리 둘이 손을 잡는 수밖에 없다고."

나는 한동안 곰곰이 생각한 다음에 말했다.

"…… 일겠습니다. 손을 잡을게요."

내 말에 유우는 "아싸!" 하고 주먹을 꽉 쥐었고, 슈이치와 리리코는 눈을 부릅떴다.

"스에히로 군, 우리가 여태 한 말을 제대로 알아들은 것 맞아? 이런 놈이랑 손잡으면 안 된다니까!"

리리코가 히스테릭하게 나에게 따지고 들었다.

"아뇨. 손잡을 겁니다. 앞으로는 넷이 같이 움직입시다."

"스에히로 군!"

슈이치도 얼굴이 시뻘겋게 될 정도로 화를 내며 말했다.

"잠깐 저쪽으로 가서 셋이서만 이야기해 보자."

슈이치와 리리코가 유우와 떨어진 곳으로 나를 데리고 갔다.

"왜 그러는 거야? 정신 차려! 유우 군하고는 떨어져야 한다
니까."

리리코부터 입을 열었다.

"맞아. 벌써 둘이나 죽인 사람이잖아? 리리코랑 나도 죽었을
지도 모른다고."

슈이치도 덩달아 맞장구를 쳤다.

"그래도 같이 행동할 작정이에요"

"스에히로 군, 지금 좋은 게 좋다는 식으로 생각할 때가 아니
야."

"좋은 게 좋다는 식이어서가 아니에요. 우리가 생각할 수 있는
최악의 경우는 이 그룹에 들어오지 못한 유우가 이츠키랑 한패
가 되는 겁니다."

"아……!"

슈이치가 눈을 크게 떴다.

"이츠키와 유우가 한패가 된 팀 대 우리 쪽 세 사람. 어느 쪽이
이길지는 뻔하지 않나요?"

슈이치와 리리코가 말없이 고개를 끄덕였다. 두 사람이 납득
을 한 듯하여 유우가 있는 곳으로 돌아갔다. 유우는 무슨 이야기

가 오갔는지 살피듯이 우리 눈치를 보았다.

"유우 군을 우리 팀에 받아들이기로 했어."

싫은 기색을 감추지 않는 말투로 리리코가 말했다.

"와! 잘됐네. 그래, 이게 서로 윈윈하는 방법이지."

뻔뻔한데다 남을 깔보는 듯한 그 태도에 리리코는 다시금 울컥 화가 치미는 모양이었다.

"그런데 유우 군은 원래 그런 사람 아니었잖아? 어째서 두 사람이나 죽인 거야?"

"어쩔 수 없잖아. 유튜버랍시고 채널을 운영하기는 해도 조회수도 안 나오고, 그래서 돈도 못 벌고. 사실 유튜브 자체가 너무 포화 상태라 레드 오션이고 끝났다는 소리를 듣는 시대니까 이대로 가면 어차피 내 인생은 종 친 거거든. 하지만 여기서 살아남으면 10억 엔도 들어오고 여기서 찍은 동영상을 올리면 억만 뷰는 확실하잖아. 할리우드 영화 제작도 꿈이 아닐 수 있고, 넷플릭스에서 드라마로 만들어져 전 세계에서 보게 될 수도 있지. 그러기 위해서는 나 혼자만 살아남지 않으면 임팩트가 없단 말이야."

"그럼 역시 혼자서만 살아남을 작정인 거네."

슈이치가 분개하며 따지려 하자 리리코가 냉정하게 말렸다.

"그게 본심인 거지? 잘 알았어. 유우 군이랑 손을 잡으려면 이츠키를 없앤 다음에도 우리를 죽이지 않는다는 확실한 보장이 필요하겠네. 나한테 아이디어가 있는데. 우리가 같이 돌아가도 혼자서만 살아남았다고 하면 되잖아. 어때? 그거면 만족할 수 있지 않아?"

"엉?"

무슨 소리를 하나 하는 표정으로 어리둥절한 유우 앞에서 슈이치가 고개를 크게 끄덕였다.

"그러네, 그러면 되잖아, 유우 군. 우리는 집으로 돌아갈 수만 있으면 그걸로 충분해. 유우 군이 유일한 생존자라는 설정으로 만들어내도 전혀 상관없어."

유우는 입을 다물고 있었다. 머릿속으로 열심히 계산기를 돌리는 모양이었다.

"그렇지만, 넷이서 돌아가면 1인당 2억 5천만 엔이 되어 버리잖아."

"그 정도면 충분하지 않나요?"

내가 말했다.

"난 싫어."

"그럼 나랑 슈짱 몫의 5억 엔을 줄게. 그거까지 합하면 유우 군은 7억 5천만 엔을 가질 수 있겠네."

슈이치가 한순간 불만스러운 표정을 짓는 듯하다가 금방 고개를 끄덕였다.

"그러네. 나도 괜찮아. 유우 군이 우리를 죽이지 않는다고 약속해 준다면."

"으음~ 그렇기는 해도…….

"그걸로도 모자라면 아빠한테 나머지 2억 5천만 엔을 달라고 할게. 그럼 10억 엔이야. 이제 된 거지?"

유우가 씨익 웃었다.

"그런 거면 불만 없지. 오케이!"

"협상 성립이네. 이제 안심하고 유우 군이랑 같은 팀이 될 수 있겠다."

리리코의 아버지가 그렇게 쉽게 2억 5천만 엔이나 내줄까? 군이 따지자면 아버지에게 부탁하는 시점에서 이 모든 일을 경찰에 신고할 테니까 상금이고 뭐고 가질 수가 없게 된다. 그러나 리리코는 섬에 남게 된 직후에도 아버지한테 돈을 내게 한다고 말했고, 지금까지 보여준 전형적인 '부잣집 딸' 같은 행동 때문에라도 진짜 그 돈이 나올 수 있겠다는 착각이 들기는 한다. 나라면 이런 말도 안 되게 불확실한 이야기에 수긍하지 않겠지만 유튜브로 큰돈을 벌 수 있다고 떵떵거릴 만큼 단순한 유우에게는 충분히 먹힌 모양이었다.

아마 리리코 자신도 불확실하다는 점을 충분히 알고 있을 것이다. 그런데도 이런 협상을 먼저 제안했다. 생각보다 상당한 책략가라는 사실에 놀랐다.

"그럼 이제 구체적으로 어떻게 이츠키를 무찌를지 생각해야겠네요. 우선은 어디 있는지부터 찾아야 하는데……."

"아, 이츠키가 있는 데라면 이미 알고 있지."

유우가 한 손을 올리면서 말했다.

"진짜요?"

"당연하지! 그게……."

유우가 쌍안경을 들여다보며 동쪽을 찾기 시작했다. 나무들 때문에 시야가 가려져서 안 보이는지 혀를 차고는 보는 자리를 이리저리 옮기면서 계속 찾았다. 몇 번을 움직인 다음에야 겨우 "아, 여기 있네" 하며 나에게 쌍안경을 넘겨주었다. 들여다보았더니 틀림없이 이츠키가 있었다. 이 쌍안경은 측정기가 달린 타입이어서 대략적인 거리를 잴 수 있다. 측정기에 따르면 대략 3킬로미터 떨어진 지점이었다. 큰 나무에 기대앉아 경계하듯이 주변을 둘러보면서 모닥불에 생선을 굽고 있었다.

"장소는 이제 알았고, 그다음에는 공격 방법이네요."

"그게 말이야, 생각보다 꽤 승산이 있을 것 같거든."

유우가 자신만만하게 말했다.

"어? 그래요?"

"자, 한 번 봐봐."

다 구워졌는지 생선을 꿰었던 나무 막대기를 한 손으로 들었다. 후후 불어가며 먹기 시작하는데 움직이는 게 영 어색하다. 자세히 보니 왼팔에 검은 밴드 같은 것을 감아서 고정해 놓은 게 보였다. 공기총을 걸었던 슬링인가? 몸을 움직일 때마다 아픈지

인상을 찌푸리곤 했다.

"혹시, 다친 거예요?"

"맞아."

다시 자세히 보니 이츠키의 오른 다리는 책상다리로 구부리고 앉았는데 왼쪽 다리는 앞으로 쭉 뻗은 자세였다. 나무로 덧대어 놓은 모양이었다.

"다리도 다친 모양이더라고. 스에히로 군 덕분이지. 오토바이로 쳐서 저렇게 됐을 테니까."

그렇구나. 이러면 정말 승산이 있을 수도 있겠네.

"그래도 한 손으로 공기총을 쏠 수 있을지도 모르고, 장검도 휘두를 수 있잖아? 방심할 수는 없는 거야. 그러니까 나랑 스에히로 군이 힘을 모아야지. 한 사람이 꼼짝 못 하게 잡아놓고, 다른 사람이 죽이면 확실할 것 같거든."

그 아이디어에는 찬성이었다. 아니, 어쩌면 그 방법밖에 없을지도 모른다. 그리고 급습하려면 지금이 기회다. 시간이 지날수록 상처에서 오는 아픔은 점점 줄어든다. 나와 유우는 당장 행동하기로 했다.

너무 어두워지면 이동하기 힘들게 되니까 해가 완전히 떨어지기 전에 이츠키가 있는 곳으로 출발했다. 슈이치와 리리코는 은신처에 두고 왔다. 네 명이 한꺼번에 움직이면 눈에 띄기 쉽다. 그래서 나와 유우, 둘이서 살금살금 나아갔다. 드디어 맨눈으로 보이는 거리에 다다르자 긴장 때문에 입안이 바짝바짝 말랐다.

이츠키와의 거리가 10미터 정도 되는 곳에서 전진을 멈췄다. 일단 수풀 속에 대기하면서 동태를 살피기로 했다. 다친 상태라 더욱 경계하는지 멀쩡한 쪽 손으로는 공기총을 잡고, 슬링으로 고정한 쪽 손에는 장검을 쥔 채 큰 나무에 기대서 앉아 있었다. 꽤나 고통스러운지 숨을 쉴 때마다 신음이 나오는 모양이었다.

아슬아슬한 거리까지 가까이 간 다음 신호를 보내면 동시에 달려들어 나는 이츠키의 몸을 꽉 잡으며 무기를 빼앗고, 유우가 나이프로 찌른다는 게 우리의 작전이었다. 이츠키는 잠들었는지, 그냥 쉬고 있을 뿐인지 알 수가 없었다. 유우가 조심스럽게 덮칠 타이밍을 살피고 있었다.

끈기를 가지고 30분 이상 가만히 기다렸다. 그런데 "아" 하고 유우가 작은 소리를 냈다.

"그냥 나 혼자 갈게."

"왜요? 위험하잖아요."

"흐흐흐, 저기 잘 봐봐."

그 말에 다시 잘 살펴보니 이츠키가 양손에 쥐고 있던 공기총과 장검이 땅바닥에 떨어져서 뒹굴고 있었다.

"푹 잠들어 있으니까 스에히로 군이 이츠키를 붙잡을 필요도 없고, 어쩌면 나이프도 필요 없게 생겼어. 자기 공기총으로 쏴주지, 뭐."

유우는 가슴 주머니에 있는 카메라가 켜진 것을 확인하더니 엄지척을 해 보였다.

"나 혼자서 해치워 버릴 수 있는 절호의 기회잖아. 이런 찬스를 놓치면 유튜버 자격이 없다고 봐야지. 그럼 확실히 작살내고 올게."

나에게 쌍안경과 나이프를 맡기더니 유우는 수풀 사이를 기어서 앞으로 나아갔다. 나는 갑작스러운 전개에 잠시 멍해졌다가 허둥지둥 정신을 차렸다.

유우는 소리가 나지 않게 천천히, 아주 천천히 신중하게 포복 전진했다. 이츠키가 있는 곳까지 앞으로 3미터, 2미터, 1미터……. 살금살금 다가가자 그 모습을 보는 나도 덩달아 점점 긴장이 고조되었다. 완전히 깊은 잠에 빠졌는지 이츠키는 꼼짝도 하지 않았다. 하지만 언제 갑자기 눈을 뜰지 모르는 일이다.

'유우 씨, 방심하지 말아요.' 마음속으로 외쳤다.

드디어 이츠키가 기대고 앉은 커다란 나무 앞에 이르렀다. 유우가 살그머니 몸을 일으켜서 구부정한 자세가 되었다. 내 심장 뛰는 소리가 귀에 들릴 지경이었다. 유우의 손이 천천히 공기총을 향해 뻗었다. 그 순간 이츠키가 살짝 움직였다.

유우가 허겁지겁 손을 움츠리더니 큰 나무 뒤로 숨었다. 나도 모르게 헉, 하며 얼어붙었다. 긴장된 시간이 흘렀지만 아무 일도 일어나지 않았다. 유우는 안도한 표정으로 공기총을 잡으려고 다시 천천히 손을 뻗었다.

제발. 이번에는 꼭.

기도하는 마음으로 바라보는 나의 시야에 유우의 손이 공기총을 확실하게 집어서 신중하게 자기 쪽으로 끌어당기는 모습이 들어왔다. 총대를 어깨에 대고 이츠키에게 총구를 고정함과 동시에 발로는 땅바닥에 뒹구는 장검을 먼 데로 걷어찼다.

이제 됐다!

장검이 뒹구는 소리에 잠에서 깼는지 이츠키가 깜짝 놀라며 눈을 떴다. 눈앞에 총구가 있는 것을 보고 경악하는 모습이었다.

"유, 유우 군······."

바로 일어나려다가 균형을 잃고 넘어지더니 허둥지둥 장검을 찾았다. 옆에 장검이 없다는 사실이 도무지 이해가 안 되는 모양이다.

"자, 잠깐만, 잠깐만 기다려 봐봐. 응? 침착하게, 말로 해보자고."

무기도 없고, 팔다리를 다쳐서 도망치지도 못하고, 반격도 못한다. 이렇게 되고서야 처음으로 이츠키의 얼굴에 공포가 떠올랐다.

"나랑 둘이 같이 살아남자고. 상금은 절반씩 나눠 가지면 되잖아. 어때? 나쁘지 않잖아?"

유우는 대답 대신 총구를 이츠키의 이마에 딱 갖다 댔다. 유우의 눈은 환희와 우월감으로 빛나고 있었다.

"나랑 유우 군이 손을 잡으면 아무도 겁날 것 없잖아. 우리 둘이 가볍게 스에히로 군이랑 슈이치 군이랑 리리코짱을 없애버리는 거야. 그러면 사흘 후에는 돌아갈 수 있잖아?"

"너 같은 놈이랑 손을 잡아서 나한테 좋을 게 눈곱만큼도 없거든! 버러지 같은 놈, 여태 방해만 죽도록 해 왔으면서."

"아, 아, 알았어. 그럼 그 공기총은 유우 군이 가져가. 내가 줄게. 그걸로 그냥 넘어가자."

"네 놈을 죽이면 자동으로 내 손에 들어오게 되어 있거든, 이 멍청아!"

이츠키가 눈물을 머금고 있었다. 절체절명이라는 사실을 받아들일 수 없는 모양이었다. 그저 필사적으로 "제발", "다시 생각해 봐"라며 목숨을 구걸하고 있었다.

"무슨 소리를 해도 소용없어. 잘 가라, 쓰레기."

유우가 비웃으면서 방아쇠를 당겼다. 이츠키가 눈을 질끈 감았다.

하지만 아무 일도 일어나지 않았다.

"어? 뭐야?"

유우가 몇 번이고 방아쇠를 당겼지만 공기 새는 소리만 계속날 뿐이었다. 이츠키가 눈을 뜨며 씨익, 사악한 웃음을 만면에 지었다.

"네, 아깝군요~. 배터리를 미리 빼놨지!"

이츠키가 재빨리 일어나며 유우에게 자기 몸을 부딪쳤다. 유우는 눈을 커다랗게 뜬 채 얼음처럼 경직되어 있었다. 나는 무슨 일이 일어났는지 영문을 알 수가 없었다. 이츠키가 유우의 몸에서 떨어졌다. 그 손에는 피칠갑이 된 나이프가 쥐어져 있었다. 유우의 복부도 새빨갛게 물들어 있었다.

"아무튼 막판 다지기가 영 모자란다니까. 내가 공기총하고 장검 말고도 무기를 가지고 있다는 걸 잊어버리면 어떻게 하냐고. 가와카미 씨한테 받은 나이프가 있다는 걸 깜박했어? 그나저나 어때? 나이프에 찔린 느낌이? 그 뒤로 요시다 씨 시신을 보러 갔었는데 유우 군도 이런 식으로 요시다 씨를 죽였더라? 그러면 일종의 자업자득이라고 봐야 하나?"

신이 나서 웃는 이츠키 앞에서 유우가 힘없이 쓰러졌다.

"다들 경계하느라 해안가로는 나오지 않고 숲속으로 숨어버리게 되었잖아. 다들 어디에 있는지 전혀 알 수가 없어서 난처하더라고. 그럼 차라리 방심시켜서 거꾸로 나한테 접근하도록 만들 수밖에 없겠다고 생각했지. 아아, 다친 척하느라 피곤해 죽는 줄 알았네! 미안하지만 미니 오토바이가 와서 들이받은 정도 가지고는 아프지도 다치지도 않았거든."

이츠키는 팔을 감고 있던 슬링과 다리에 묶어두었던 나무 막대기를 빼더니 몸을 풀려는 듯이 가볍게 점프를 했다.

"실전에서는 상대가 무슨 아이템을 가지고 있고, 그걸 어떻게 사용할 작정인지를 잘 분석하고 예상해야 한단 말이야. 나는 유우 군이 쌍안경을 가지게 되었으니까 당연히 색적, 아, 이건 서바이벌 게임에서 잘 쓰는 단어인데 적의 소재를 찾는다는 뜻이야. 아무튼 색적을 하는 데에 사용할 거라고 예상했지. 그래서 내가 있는 쪽으로 유인하기 위해 일부러 다친 척 열심히 연기하고, 깊은 잠이 든 것처럼 무기를 떨어뜨리기도 하고 그런 거라고."

배를 잡고 땅바닥에 뒹굴면서 괴롭게 신음하던 유우가 분한 표정으로 이츠키를 올려다보았다.

"이 새끼, 그럼 계속 깨어 있었던 거네."

"당연하지! 공무원의 특기잖아. 모르는 척, 조는 척, 딴청부리기! 유우 군이 가까이 다가왔을 때는 웃음을 참느라 얼마나 힘들었다고!"

"젠장, 죽여버렸어야 하는데."

"아, 참. 지금도 찍고 있는 거야? 찍는 거 맞지?"

이츠키가 콧노래를 흥얼거리면서 유우의 가슴 주머니에서 카메라를 꺼냈다.

"짜자잔~, 이츠키는 카메라를 득템했어요!"

이츠키는 렌즈를 향해 오른손을 올리는 포즈를 취하더니 더 이상 흥미가 없는지 카메라를 바지 뒷주머니에 집어넣었다.

"다른 아이템은……. 어, 이것밖에 없어? 배낭은 어디 둔 거야? 아아, 두고 왔구나. 에이, 아까워라! 쌍안경이랑 고기랑 나이프 갖고 싶었는데."

이츠키가 유우의 셔츠와 바지 주머니를 모조리 뒤져본 다음 한숨을 쉬었다.

"할 수 없지, 뭐. 스에히로 군을 죽이는 건 쉽지 않아 보이지만, 지금 있는 아이템으로 할 수밖에 없겠네. 스에히로 군만 처리하고 나면 나머지는 잡캐릭터 둘 뿐이니까 실컷 가지고 놀다가 없애지 뭐. 장검은 이가 나갈까 봐 아직 쓰지 않았는데 여자 살결은 말랑말랑하니 괜찮을 것 같기도 하고. 음~ 기대된다. 자, 가 볼까?"

이츠키는 솜씨 좋게 공기총에 슬링을 장착한 다음 유우에게 등을 돌리는 자세로 유우 옆 땅바닥에 드러누웠다. 유우의 두 팔을 잡아당겨서 자기 어깨로 올리더니 그대로 웅크려서 유우의 온몸을 자기 등에 올렸다. 그런 다음 다리에 힘을 주고 일어났다.

"이건 움직이지 못하게 된 사람을 혼자서도 업을 수 있는 방법이거든. 구청에서 하는 방재훈련 때 배웠지. 자, 모래사장으로 운반해야지."

기분 좋게 콧노래를 부르면서 땅에 떨어져 있던 장검을 줍더니 걷기 시작했다. 이츠키의 등에 업힌 유우의 몸은 축 처진 채 흔들렸다. 기절한 것인지 죽은 것인지 분간이 되지 않았다.

이츠키가 의기양양하게 모래사장을 향해 걸어갔다. 콧노래가 멀어지고, 이윽고 들리지 않게 된 다음에도 나는 꼼짝하지 못했다. 온몸이 떨렸다. 체력도 그렇고, 지식도 그렇고, 멘탈도 그렇고, 괴물이라는 생각이 들었다. 이츠키는 전투를 하기 위해 살아 있다. 이 상황을 진심으로 즐기고 있다. 아마 둘이 같이 달려들었어도 이기지 못했을 것이다.

이츠키는 정말 위험한 미치광이다. 이길 수 없는 상대다. 애초에 이기겠다는 생각을 하면 안 되는 상대였다…….

한동안 멍한 상태로 주저앉아 있다가 겨우 정신이 들어서 모래사장으로 가 보았다. 그래. 아직 유우가 죽었다고 생각하면 안 된다. 살릴 수 있을지도 모른다.

이츠키가 근처에 없다는 것을 확인한 다음 모래사장에 누운 유우로 보이는 그림자를 향해 뛰어갔다. 그러나 나의 희미한 바람이 무색하게 유우의 몸은 이미 차가워져 있었고, 심장은 전혀 움직이지 않았다.

무력감에 사로잡힌 채 완전히 어두워진 숲을 지나 슈이치와 리리코가 있는 곳으로 돌아왔다. 두 사람은 내 모습을 보더니 안도하는 얼굴로 나를 맞이했다.

"다행이다! 어서 와."

"얼마나 걱정했는데. 잘된 거야?"

슈이치와 리리코는 내가 이츠키를 이겼기 때문에 돌아올 수 있었다고 생각한 모양이다. 그러나 내 뒤에 유우가 없다는 사실을 알아차리고는 얼굴이 얼어붙었다.

"…… 당했어요."

리리코가 놀라며 두 손으로 입을 막았고, 슈이치는 헉, 하고 숨을 들이켰다. 나는 무슨 일이 일어났는지 순서대로 이야기했다. 모든 것이 이츠키의 함정이었다는 사실을. 침묵이 흘렀다. 뜨뜻미지근한 바람이 섬뜩하게 나무들을 뒤흔들었다.

"그럼 이제 우리 셋이 어떻게든 하는 수밖에 없네."

리리코가 결심했다는 듯이 입을 열었다. 의욕을 보여주는 건 고맙지만 전투력에 보탬이 될지는 별개 문제다. 슈이치도 영 비리비리하다. 그렇게 생각하는 나 자신도 어디까지 해낼 수 있을지 모르겠다. 이럴 때야말로 사람을 죽이건 뭐하건 반드시 살아남아서 동영상을 뜨게 만들겠다는 유우의 뻔뻔하지만 강인한 멘탈이 아쉬웠다. 그러나 유우는 이제 없다. 우리 세 사람이 이츠키에 대항하는 수밖에 없다.

"일단은 교대로 잠을 자 두죠? 체력을 잘 보존해야 하니까."

내가 그렇게 말했고, 제일 먼저 리리코가 잠을 자기로 했다. 슈이치와 나는 좀 떨어진 곳에서 조금이라도 많은 무기를 만들어 두기 위해 달빛 아래서 나이프로 나뭇가지를 깎기 시작했다.

"실은 긴히 의논할 게 있는데……."

슈이치가 손을 움직이면서 입을 열었다.

"물론 스에히로 군은 여기서 살아 돌아갈 생각인 거지?"

"당연한 거 아닌가요?"

"그런데 말이야. 두 사람밖에 못 가잖아."

"아니, 실은 아마노 선생님이 아이디어를 내서……."

"응, 유우 군한테 들었어. 하지만 먼저 돌아갈 수 있는 게 두 사람뿐이라는 부분은 여전히 똑같잖아?"

아아, 무슨 뜻인지 눈치를 챘다.

"이제 알아들었어요. 리리코 씨랑 둘이 먼저 가게 해 줬으면 좋겠다. 그 말을 하려는 거죠?"

"아니, 그게……."

슈이치가 머뭇거렸다.

"죄송하지만 그 정도로 이타적이지는 않거든요. 이제까지 모두 함께 돌아가기 위해 내가 할 수 있는 모든 걸 다했어요. 게다가 만약 이츠키를 죽일 수 있다고 한다면 우리 셋 중에 나밖에 없잖아요? 그럼 까놓고 말해서 먼저 돌아가겠다고 말할 권리는 있다고 생각해요."

그렇게 말하면서 내 자취방을 떠올렸다. 지어진 지 40년이나 된 낡아빠진 단칸방. 싸구려 자재로 만들어졌고, 햇빛도 잘 들지 않고, 역에서 한참 멀어서 교통편도 나쁘다. 그런데도 그 자취방에 너무너무 돌아가고 싶었다. 자리에 누워 늘어지게 뒹굴거리면서 핸드폰 게임이나 하며 쓸데없는 동영상을 보고 실없이 웃는 생활이 한없이 그리웠다.

"내가 선발대가 된다고 하면 나머지 한 사람은 슈이치 씨나 리리코 씨, 둘 중의 하나가 되겠네요. 리리코 씨가 이 섬에 혼자서 남는 건 현실적이지 않을 테니까 슈이치 씨가 남는 쪽이 유력해지겠죠. 일단 그 점은 둘이 의논해서 정하면 될 테고, 어쨌든 나로서는 여기까지 해 왔는데 먼저 돌아가지 못한다는 건……."

"자, 잠깐, 잠깐만!"

슈이치가 내 말을 가로막았다.

"오해야. 그런 말을 하려는 게 아니라고."

"그럼 혹시 둘 다 남겠다는 소리인가요?"

'하긴 그런 방법도 있겠네' 하고 나 혼자 납득하며 끄덕였다.

"어느 한쪽만 남는다는 게 좀 미묘하니까요. 이츠키가 없어지면 위협이 되는 존재는 없게 되니까 식량만 조달이 되면 둘이 한동안은 살 수 있잖아요. 아이템은 모조리 두고 갈게요. 그리고 나 먼저 돌아가면 이 섬의 위치를 가능한 한 빨리 찾아서 데리러……."

"아니아니, 그 말도 아니야."

"네?"

내가 고개를 갸웃거렸다.

"난 말이야, 스에히로 군하고 나, 이렇게 둘이 돌아갔으면 해서."

"…… 예?"

"리리코 때문에 여태 이만저만 고생한 게 아니거든. 처음부터 제대로 된 아이템을 들고 올 수 없었던 것도, 그것 때문에 제일 먼저 그룹에서 따돌림을 당한 것도, 따지고 보면 다 리리코 때문이었으니까. 그 뒤로도 리리코를 위해서 고생고생하며 조개도 줍고 과일도 따고, 별짓을 다 했는데 도울 생각은 요만큼도 없고, 여전히 공주처럼 떠받들어 주기만 바란단 말이지. 지금까지는 나름대로 열심히 지켜주기 위해 노력했는데 이젠 정말 못 해 먹겠어."

"하지만…… 슈이치 씨랑 내가 먼저 간다고 하면, 솔직히 언제 다시 여기로 올 수 있을지 모르잖아요?"

"나도 알아."

"리리코 씨 혼자서는 아무것도 못 해서 금방 죽게 될 텐데요?"

"그러니까 그것도 다 안다고."

"아니 그럼……."

슈이치가 찔리는 표정으로 눈길을 돌렸다. 슈이치는 리리코를 그냥 여기에 버릴 작정인 건가?

슈이치가 리리코를 진심으로 사랑하지 않는다는 사실은 대충 눈치채고 있었다. 그래도 리리코가 심성이 못된 사람이 아니니까 그럭저럭 사이좋게 지내는 줄 알았다.

"하지만 리리코 씨를 무사히 데리고 돌아가면 슈이치 씨에 대한 평가는 어마어마하게 좋아질 텐데요? 장인어른한테서 돈도 많이 받을 수 있는 것 아니에요?"

"필요 없어. 스에히로 군이랑 같이 돌아가서 5억 엔씩 받을 수 있으면 더 이상은 바라지도 않아. 5억 엔이면 충분하고, 리리코하고 헤어질 수 있으면 만만세인 거지."

슈이치가 자기 속내를 내뱉었다. 그런 슈이치를 황당한 심정으로 쳐다보았다.

"아무튼 나랑 스에히로 군이랑 둘이서……."

"그만. 더 이상은 말하지 말아 주세요."

불쾌했다. 이 정도로 자기중심적이고 추악한 심성을 가진 사람인 줄 몰랐다. 나도 자기중심적이다. 살고 싶고, 제일 먼저 돌아가고 싶다. 5억 엔이건, 10억 엔이건, 물론 돈도 갖고 싶다. 그러나 나는 이 정도로 썩어빠진 인간은 아니다. 슈이치가 원래 이런 사람이었나? 아니면 마스터가, 배틀 로얄이라는 게임이, 이 섬이 이렇게 만들어버렸나? 이런 사람인 줄 알았으면 어젯밤에 살려주지 말 걸 그랬다. 무엇 때문에 나까지 위험해지는 걸 감수하고 이츠키한테서 구해줬는지 모르겠다. 그리고 지금, 이런 남자인 줄 알게 되었으면서도 한팀으로 움직여야 한다는 상황에 대해서도 구역질이 났다. 더구나 도움이 될지 어떨지 애매하니까 결국은 내가 이츠키하고 정면으로 부딪치게 될 것이다. 그러니까 나 혼자 위험을 무릅쓰고 나서는 것이다. 이런 인간을 위해서. 말도 안 된다는 생각이 들었다.

아니지. 나는 생각을 고쳐먹었다. 슈이치가 최악의 인간이어서 오히려 다행인지도 모른다. 구해주지 못하는 경우에도 죄책감을 느끼지 않아도 되니까. 슈이치가 위험에 처하건 말건 어젯밤처럼 내 위험을 감수하면서까지 도와주는 일은 다시 없을 것이다. 지금까지는 모두 함께 돌아가는 것을 목표로 삼았다. 하지만 앞으로는 내 목숨을 최우선으로 생각하기로 하고 마음을 정했다.

"스에히로 군, 왜 그래?"

슈이치가 내 얼굴을 들여다보며 물었다.

"아니, 아무것도 아니에요. 이츠키를 어떻게 없애야 하나 궁리하느라고요."

"하긴 우리한테는 무기가 창밖에 없으니까. 이거라면 던질 수 있으니까 그나마 좀 전투력이 되려나? 물론 공기총에 비하면 아무것도 아니지만."

"아무튼 일단은 하나라도 더 많이 만들어뒀다가 던지는 수밖에 없겠네요."

묵묵히 나뭇가지를 깎았다. 하지만 사실은 우리 둘 다 이런 창으로는 무기가 될 수 없음을 잘 안다. 공기총 사정거리 밖에서 던져봐야 제대로 맞았다 하더라도 살에 꽂힐 정도의 위력을 가질 수가 없다. 그러니까 그냥 마음의 위안을 위해 만들고 있는 것이나 다름없는 셈이다.

공기총 사정거리 밖에서 창을 던져 상대를 죽이려면 어떻게 해야 하지? 그런 생각을 하면서 말없이 나뭇가지를 깎았다. 달이 구름 속으로 숨는 바람에 칼질을 하기가 위험해졌다. 나는 나이프에 달린 파이어 스타터로 나무 부스러기에 불을 붙이고 멀리서 알아보지 못하게 작은 불을 만들었다. 그 순간, 어떤 아이디어가 번뜩 떠올랐다. 머리를 있는 대로 굴려 한 가지 작전을 짜냈다.

"슈이치 씨, 지금 미니 오토바이 가지고 올게요."

캄캄한 숲속에서 정신없이 앞만 응시하면서, 소리가 안 나게 조심하며 미니 오토바이를 끌고 은신처로 돌아왔다. 모래사장에서 신나게 달려보고 싶다는 단순한 발상 때문에 들고 온 미니 오토바이. 숲속에서는 달릴 수가 없고, 끌고 다니는 건 너무 힘들어서 슬슬 짐으로 여겨지던 참이었다. 그런데 이 오토바이가 달리는 데에만 쓸 수 있는 게 아니라 중요한 아이템이 될 수도 있다는 점을 깨달은 것이다.

"휘발유가 아직 들어 있어요. 술도, 나랑 아마노 선생님 것까지 합하면 1리터 이상 남았고요. 그 둘을 합하면 2리터 정도의 연료가 되죠."

작은 불을 에워싸고 앉아서 슈이치, 그리고 조금 전에 잠에서 깬 리리코에게 설명했다.

"연료로 쓰는 건 좋은 아이디어 같은데 어떤 식으로 무기로 만들 생각인 거야?"

"우선 어떤 방법으로든지 연료를 이츠키에게 왕창 들이붓는 거죠. 그대로 불을 붙일 수 있으면 제일 좋겠지만 가까운 데에서 그런 짓을 하면 곧바로 총에 맞아 죽게 될 테니까 멀리서 횃불을 던지는 거예요. 불이 옮겨붙으면 되니까 그냥 몸에 맞기만 해도 충분해요. 휘발유도, 알코올도, 액체 그 자체가 아니라 기화한 가연성 증기가 타는 거거든요. 그러니까 정확하게 맞지 않아도 몸에 스치기만 하면 불이 붙을 거예요."

"그 정도면 나도 할 수 있겠다."

리리코가 눈을 반짝이면서 말했다.

"그렇군. 던지는 건 마찬가지라도 창처럼 몸에 꽂히도록 하는 건 어려우니까. 하지만 그럴 거면 이츠키한테 연료를 뿌리고 불을 붙이는 게 아니라 차라리 화염병을 만들어서 던지는 게 낫지 않나? 마침 술병도 두 개나 있는데."

"만약 화염병을 던졌다가 맞추지 못하면 불이 주변으로 번지기 때문에 오히려 우리 앞을 막아서 쫓아가지 못하게 될 가능성도 있어요. 그러니까 직접 이츠키한테 연료를 끼얹는 편이 낫죠. 이츠키의 몸 그 자체를 땔감으로 만드는 거예요."

"그렇구나……. 맞네."

"한꺼번에 확 끼얹으려면 야자열매 껍질을 그릇으로 하는 게 좋겠네요. 한 사람이 불시에 이츠키한테 연료를 끼얹고, 나머지 두 사람은 횃불을 던지는 거죠."

"조심해서 움직이기만 하면 이 방법으로 틀림없이 이기겠다!"

리리코가 신이 나서 말했다.

"중요한 점은 휘발유를 끼얹은 다음에 곧바로 공기총 사정거리 밖으로 도망쳐야 한다는 겁니다. 공기총 사정거리 밖으로 나가지 않으면 위험하기도 하고, 가까이 있다가는 불길에 휘말릴수도 있으니까. 그리고 이 작전은 숲속에서 하지 않으면 의미가없어요. 몸에 불이 붙어도 바닷물 속으로 들어가 버리면 끝이니까."

"알코올이야 그렇다 쳐도 휘발유는 물을 끼얹었어도 꺼지지 않는다고 하지 않던가? 오히려 수증기 때문에 불이 더 활활 타오른다고 배웠던 기억이 나는데?"

슈이치가 고개를 갸웃거리며 물었다.

"대량의 휘발유라면 그렇겠지만 이번에는 연료 중에서 휘발유가 기껏해야 600밀리그램 정도밖에 안 되니까 바닷속으로 뛰어들면 바로 꺼질 거예요. 그리고 어떤 면에서건 바다 쪽은 곤란하죠. 만약 그대로 파도에 휩쓸려가 버리면 시신을 모래사장에늘어놓을 수도 없잖아요."

"숲속이라도 흙바닥에서 뒹굴면 불이 꺼지지 않을까? 나 때문에 스에히로 군하고 슈짱한테 불이 붙을 뻔했을 때도 그렇게 해서 꺼트렸잖아?"

"하지만 이번에는 온몸이 연료로 흠뻑 젖은 상태잖아요? 땅바닥에 뒹굴어서 끈다고 쳐도 시간이 걸릴 테니까 엄청난 타격을 입을 거예요. 죽지 않는다 쳐도 다시는 우리를 공격할 수 없는 상태가 될 거라고 생각해요. 한순간에 불덩이가 되는 거니까."

"그렇구나. 진짜 그렇겠네. 그럼 이건 언제 하는 거야?"

"밤에 횃불을 들고 있으면 금방 눈에 띄니까 날이 밝는 대로 하는 건 어떨까요?"

"좋은 것 같아. 기습하는 데에 제일 좋은 시간이겠네."

"자, 작전이 결정되었으니 각자 준비를 시작합시다. 리리코 씨는 쌍안경으로 이츠키가 있는 곳을 찾아 주세요. 다시 자리를 옮긴 것 같거든요. 나이트 비전으로 설정하면 사람 눈이 번쩍이는 것처럼 보이니까 시간을 들여서 잘 보다 보면 찾을 수 있을 거예요."

"알았어."

리리코는 바로 유우의 배낭에서 쌍안경을 꺼내 주변을 둘러보기 시작했다.

"슈이치 씨는 나랑 같이 횃불을 만듭시다."

"오케이. 어떻게 하면 되는데?"

"창에다가 기름을 먹인 천을 감는 거예요."

"기름이 어디 있어?"

"엔진 오일을 쓰면 어떨까 싶거든요. 오토바이의 오일 탱크에서 꺼내면 쓸 수 있어요. 아, 그런데 렌치가 없네요."

나도 모르게 혀를 찼다.

"렌치가 없으면 안 되는 거야? 나이프를 대신 쓰면 안 돼?"

"탱크의 볼트를 풀어야 하거든요. 나이프로는 못 해요."

"바다에서 흘러들어온 물건들 중에 없을까? 찾으러 가 볼까?"

"이렇게 어두운데 어떻게 찾아요? 그럴 시간도 없고……."

문득 오토바이의 체인이 눈에 들어왔다. 맞다. 이걸 쓰면 되겠네.

"어, 스에히로 군, 뭐 하는 거야?"

서바이벌 나이프의 톱 부분으로 체인을 자르기 시작한 나를 보고 슈이치가 놀라서 물었다.

"체인 렌치라고 들어본 적 없어요? 감아서 쓰는 거라 다양한 크기에 대응할 수 있어요. 그러니까 이 체인을 끊어서 쓰면 렌치 대용으로 쓸 수 있지 않을까 해서요."

"그렇구나. 대단하네."

간신히 체인을 빼서 드레인 볼트에 둘둘 감아 돌릴 수 있었다. 셔츠를 벗어 엔진 오일을 적셨다.

"이러면 될 것 같아요. 창끝에다가 감아보죠."

셔츠를 찢어서 창끝에 둘둘 감고 나무 덩굴로 묶어 고정했다. 엔진 오일 양이 충분했으면 횃불을 더 많이 만들 수 있었겠지만,

지금 있는 양으로는 네 자루도 간신히 만들 수 있었다.

그런 다음에 휘발유 탱크와 기화기를 잇는 호스를 잘라 휘발유를 술병에 옮겨 담고 뚜껑을 닫았다.

"어? 야자열매 껍데기에 넣는다고 하지 않았던가?"

"공기에 닿으면 휘발해 버리거든요."

"아아, 그렇구나. 그럼 지금부터 쓸만한 껍데기를 찾아두는 편이 좋겠네."

손에 들기 쉬우면서도 구멍이 나거나 금이 가지 않은 야자열매 껍데기를 찾아서 몇 개 모아뒀다.

"저기, 내가 끼어들어서 미안하기는 한데……."

쌍안경에서 눈을 떼지 않은 채 리리코가 말했다.

"코코넛 오일이라고도 하잖아? 그렇게 말할 정도면 코코넛 주스나 과육에도 불이 붙는 게 아닐까?"

"코코넛 밀크에는 있어도 코코넛 주스에는 지방질이 거의 없어요. 과육 같은 경우, 실은 나도 그런 생각을 하면서 불을 붙여 봤거든요. 그런데 전혀 타지 않더라고요. 아마 그 상태로는 수분이 너무 많은 모양이에요."

"그럼 껍데기는? 모닥불에도 쓸 정도니까 잘 타는 거 아냐?"

"타기는 하는데, 너무 작아서 던질 때 우리가 델 수도 있고, 너무 가볍기도 해서 멀리 던질 수가 없어요."

"그렇구나. 스에히로 군이 그런 생각을 안 했을 리가 없겠네.

미안해. 공연히 쓸데없는 말을 꺼내서."

"아니에요. 리리코 씨가 의견을 내주니까 마음이 든든해지는 걸요."

진심이었다. 거추장스러운 걸림돌이기만 하던 리리코가 이렇게 많은 생각을 하고 의견을 낼 줄은 꿈에도 생각지 못했다. 그러고 보니 창을 만들기 시작한 것도 리리코라고 그랬다. 싸움에 대한 자세가 훨씬 적극적으로 변한 것 같다. 이제까지는 언제나 슈이치만 의지하더니 그사이에 심경의 변화라도 생긴 걸까?

"그런데 이 작전이 성공해서 이츠키의 몸이 타게 되면 옆의 나무하고 풀에도 옮겨붙을 수밖에 없겠네. 숲에 큰불이 나는 것 아냐?"

슈이치가 물었다.

"어차피 지금은 그런 걸 따지고 있을 때가 아니니까요. 이츠키를 먼저 죽이지 않으면 틀림없이 우리가 그 손에 죽을 거예요. 숲이 깡그리 타게 되더라도 그놈을 반드시 죽여야 합니다."

내 말에 압도당했는지 슈이치가 마른침을 꿀꺽 삼키면서 고개를 끄덕였다.

"…… 찾았다, 이츠키 씨."

쌍안경을 계속 들여다보던 리리코가 딱딱한 목소리로 말했다. 긴장이 흘렀다. 내가 쌍안경을 받아서 리리코가 가리키는 방향을 보았다. 3킬로미터 정도 떨어진 곳에서 이츠키가 장검을 휘두르는 연습을 하고 있었다.

이번 작전을 성공시키지 못하면 더 이상 손을 쓸 방법이 없다. 한 번의 기회밖에 없는 공격. 무슨 일이 있어도 성공시켜야 한다. 날이 새면 전투가 시작된다. 빨리 그 시간이 왔으면 좋겠다는 초조한 마음과 그냥 이대로 계속 있으면 좋겠다는 공포가 번갈아 내 마음을 뒤흔들었다. 아니다. 약해지면 안 된다. 믿어라. 반드시 이츠키를 해치우고 집에 돌아갈 수 있다고 믿어야 한다.

'기다려라, 이츠키. 반드시 너를 죽인다.'

나는 이를 앙다물며 렌즈 너머로 이츠키를 노려보았다.

하늘이 밝아오기 시작했다. 쌍안경을 통해 관찰한 이츠키는 공기총과 장검을 양손에 하나씩 잡고서 다리를 활짝 벌리고 통나무에 앉아 있었다. 가끔은 눈을 감는 것으로 보아 잠깐씩 잘 때도 있는 듯했지만, 그래도 대부분의 시간은 눈을 부릅뜨고서 번뜩이는 시선으로 주변을 둘러보았다. 상상을 초월하는 그 초인적인 체력과 정신력에 감탄하면서도 소름이 끼쳤다.

밤새 번갈아 가며 이츠키를 지켜보던 우리는 조용히 이동 준비를 시작했다. 이츠키는 유우와 내가 한 팀이었다는 사실을 모르니까 우리가 쌍안경을 가지고 있으리라고는 생각지 못할 것이다. 설마 몇 킬로미터나 떨어진 곳에서 감시당하고 있으리라고는 상상도 하지 못하겠지. 그리고 리리코와 슈이치 커플하고 함께 행동하기를 그렇게 싫어했던 내가 설마 그 둘과 한 팀이 되어 셋이 함께 공격하는 경우도 전혀 예상치 못했을 게 틀림없다.

우리는 술병과 세로로 반을 갈라 그릇 모양으로 만든 야자열매 껍데기, 불을 붙이지 않은 횃불을 들고 이동하기 시작했다. 이 정도 떨어져 있으면 이츠키 쪽에서는 보이지 않기 때문에 숨을 필요도 없이 부지런히 전진하기만 하면 된다. 적의 위치를 안다는 사실이 이렇게 유리한 것이다.

내가 선두에 서서 이츠키의 위치를 쌍안경으로 가끔씩 확인하면서 걸었다. 1킬로미터 정도 전진한 곳에서 다시 한번 쌍안경으로 확인했더니 이츠키가 공기총의 슬링 위치를 고친 다음 장검을 허리에 차고 막 일어서려는 참이었다.

나도 모르게 혀를 찼다. 이쪽이 새벽녘에 기습하려는 것처럼 이츠키도 그런 계획이었던 것이다. 이츠키도 누군가를 죽이기 위해 수색을 시작하려는 참이었다. 아니, 정확히 말하자면 '누군가'가 아니다. 바로 나다. 거추장스러운 걸림돌인 나를 죽인 다음에 슈이치와 리리코는 살살 가지고 놀면서 죽이는 걸 기대하고 있는 게 틀림없다.

"이츠키가 움직이기 시작했어요."

뒤를 돌아보며 슈이치와 리리코에게 말하자 두 사람의 얼굴이 긴장으로 굳어졌다.

"괜찮아요. 놈은 우리 위치를 모르잖아요. 우리 쪽이 훨씬 유리한 거죠."

일부러 밝은 목소리를 내서 아무렇지도 않은 척했다. 그러나 두렵기는 나도 마찬가지였다. 실제로 다리가 덜덜 떨리고 있었다. 하지만 그걸 숨기면서 힘차게 걸어갔다. 반드시 성공시켜야 한다.

어느 방향으로 가는지 살펴보니 이츠키는 이쪽을 향해 걸어오고 있었다. 쌍안경 렌즈 너머로 날카로운 눈빛의 이츠키와 눈이 마주쳤다. 이쪽이 보일 리가 없다는 사실을 알면서도 심장이 멎을 듯이 놀랐다. 이츠키는 공기총을 앞으로 겨누면서 좌우를 살피며 신중하게 걸어오고 있었다. 엄청난 박력이었다.

이쪽을 향해 오는 이츠키와 맞닥뜨리지 않기 위해 우리는 똑바로 전진하지 않고 이츠키를 사이에 두고 좌우로 나뉘어서 걸어가기 시작했다. 연료를 뿌리는 리리코는 오른편으로, 그리고 횃불을 던지는 슈이치와 나는 왼편으로 갔다. 리리코 한 사람에게 그렇게 큰일을 맡기는 게 영 불안했다. 그래서 모두 같이 가다가 횃불을 던질까도 생각했는데 휘발유가 휘발되면서 우리한테도 불이 번지게 될 가능성이 있었다. 그래서 하는 수 없이 두 팀으로 나뉘어 행동하기로 했다. 리리코를 믿는 수밖에 없다.

대각선 방향으로 거리를 좁혀 나갔다. 이츠키하고의 거리가 1킬로미터가량 되었을 때 우리는 더 이상 앞으로 가지 않고 그 자리에서 기다리기로 했다.

이쪽으로 다가오는 이츠키에게 불꽃이나 연기, 혹은 휘발유 냄새가 들키지 않도록 이츠키가 우리 앞을 지나친 다음에 리리코는 술병에 있던 연료를 야자열매 껍데기에 옮겨 담고, 슈이치와 나는 횃불에 불을 붙이기로 했다.

뒤쪽에서 이츠키의 몸에 휘발유를 두 차례 끼얹은 다음 슈이치와 내가 대기하는 곳의 반대쪽으로 전속력으로 도망치는 것까지가 리리코의 역할이다. 리리코는 이츠키한테서 완전히 벗어난 다음에 이 자리로 돌아와 쌍안경 등의 아이템을 회수하여 좀 전까지 우리가 있던 자리에서 우리를 기다리기로 했다.

슈이치와 나도 준비를 시작했다. 우선 횃불에서 불이 옮겨붙지 않도록 대기 장소 주변의 풀을 서바이벌 나이프로 다 베어냈다. 그런 다음 근처에 얕은 구덩이를 파서 이츠키가 지나치면 곧바로 불을 붙일 수 있게 마른 나뭇가지와 이파리 등을 모아두었다.

재빨리 준비를 마치고 수풀 뒤에서 쌍안경으로 보았다. 그새 이츠키는 생각보다 가까이 와 있었다. 절대로 실패할 수 없다. 실패는 죽음을 뜻한다. 그런 압박감 때문에 쌍안경을 든 손이 덜덜 떨렸다.

"스에히로 군, 괜찮아?"

슈이치가 작은 소리로 걱정스럽게 물었다. 그런 슈이치의 목소리도 가늘게 떨리고 있었다.

"괜찮아요."

스스로 다짐하듯이 고개를 힘차게 끄덕였다.

바람이 세게 분다. 동트기 전의 숲이 섬뜩한 소리를 내며 떨고 있다. 쌍안경의 측정기가 알려주는 거리가 점점 좁혀졌다. 300미터가 되자 수풀 저편에서 다가오는 아주 작은 사람의 형태가 육안으로 보이게 되었다. 나는 땅바닥에 쌍안경을 내려놓고 싸울 태세에 돌입했다. 일반적으로 사람이 걷는 속도는 1분에 80미터라고 한다. 그렇게 계산하면 이츠키가 이곳까지 오는 데에 걸리는 시간은 4분 정도다. 그러니까 앞으로 4분 뒤면 전투가 시작된다. 슈이치와 나는 납작 엎드려서 대기했다.

저벅, 하고 땅바닥 디디는 소리가 들렸다. 드디어 발소리가 들릴 만큼 가까이 다가온 것이다. 긴장감이 절정에 달했다. 발소리는 천천히 다가오더니 숨을 죽인 우리로부터 몇 미터 떨어진 풀과 흙을 밟으면서 지나가고 있었다.

이츠키가 조금 더 지나가기를 기다렸다가 내가 파이어 스타터로 마른 나무에 불을 붙여서 불구덩이를 만들었다. 횃불 막대기 끄트머리를 가까이 대자 천천히 불이 타올랐다. 슈이치와 나는 둘 다 양손에 횃불을 들었다. 모두 네 개다. 횃불을 든 채로 높이 자란 수풀 뒤에 숨었다. 지금쯤 리리코는 술병에 있던 연료를 야자열매 껍데기에 담고 있을 것이다. 성공이 리리코의 손에 달렸다.

'리리코 씨, 잘 해야 돼. 어떻게든 명중시켜 줘.'

쭈그리고 있었기 때문에 소리로 상황을 판단하는 수밖에 없다. 타이밍을 놓치지 않도록 숨을 죽이고 대기했다. 너무 긴장되어 횃불을 든 손에 힘이 들어갔다.

액체가 튀는 소리와 함께 이츠키의 고함 소리가 들렸다. 됐다! 리리코가 제대로 한 것이다. 슈이치와 내가 횃불을 들고서 재빨리 일어섰다.

"이게 뭐야? 휘발유잖아!"

미쳐 날뛰는 이츠키가 공기총을 마구 쏘면서 리리코를 쫓아갔다. 그 뒤를 쫓으면서 슈이치와 내가 횃불을 하나씩 던졌다. 제대로 맞지는 않더라도 어느 하나는 옆을 스치리라고 생각했다. 곧바로 이츠키의 몸에 불이 붙을 것이라고. 그러나 우리도 적도 뛰는 상태에서 명중시키는 것은 생각보다 훨씬 어려웠다. 횃불은 둘 다 이츠키의 몸에서 몇 미터 정도 거리를 두고 떨어졌다.

수풀이 순식간에 불타오르는 것을 본 이츠키는 경악하며 한순간 그 자리에 멈춰 섰다. 그리고는 횃불을 들고 쫓아오는 슈이치와 내 모습을 발견하더니 눈이 휘둥그레졌다. 그 즉시 우리 계획을 알아차렸는지 지금까지와는 전혀 다른 방향을 향해 전속력으로 달리기 시작했다. 뒤쪽을 향해 쏘면서 도망치면 속도가 떨어져서 그런지 우리를 향해 공기총을 쏘지는 않았다. 휘발유의 위험성을 알고 있으니까 최대한 빨리 화염으로부터 멀어지는 데에만 전념하는 듯했다.

슈이치와 나는 굴곡이 심하고 울퉁불퉁한 땅바닥에 걸려 넘어질 뻔하기도 하고, 미끄러졌다가 자세를 다시 고치기도 하면서 앞을 가로막는 나무들과 가시 돋친 가지들을 피하며 죽을힘을 다해 이츠키를 쫓아갔다. 반대로 이츠키는 서바이벌 게임에서 기른 요령이 있어서인지 걸리적거리는 나뭇가지나 덩굴을 공기총 총대로 걷어치우면서 거침없이 앞서 나갔다. 사실, 이런 숲속을 달리는데 일반 운동화와 군용 부츠를 같은 선상에 놓고 비교할 수는 없다. 남은 횃불은 각자 한 개씩이다. 함부로 던질 수는 없는 노릇이었다. 좀 더 거리를 좁힌 다음에, 그리고 앞을 가로막는 장애물이 없는 곳이 아니면 던질 수가 없다.

그러는 사이 나무가 없는 들판 같은 곳에 이르게 되었다. 여기서 던지는 수밖에 없다. 슈이치와 나는 한계를 넘어서 더욱 속도를 높였다. 발이 풀에 걸리는 바람에 한순간 균형을 잃은 나를 슈이치가 추월하더니 깔끔한 자세로 횃불을 던졌다. 기가 막힌 컨트롤 능력 덕분에 이번에는 반드시 이츠키에게 명중할 줄 알았다. 그러나 이츠키는 아슬아슬한 타이밍에 달리는 방향을 바꿨다. 횃불에 맞지 않기 위해 지그재그로 달리기 시작한 것이다. 슈이치의 횃불은 엉뚱한 곳에 떨어졌고, 그곳에서 불길이 솟아올랐다.

에이, 젠장! 이제는 내가 들고 있는 마지막 하나밖에 없다. 그 자리에서 고개를 푹 숙이고 발걸음을 멈춘 슈이치를 추월해서 뛰어나갔다.

"스에히로 군, 잘해!"

슈이치의 비통한 외침이 점점 멀어졌다.

들판에서 다시 숲으로 들어갔다. 이 하나만큼은 무슨 일이 있어도 맞춰야 한다. 확실하게 맞출 수 있는 곳에서 던져야 한다. 좀 더 거리를 좁혀야 하는데 내가 죽을힘을 다해 열심히 따라가도 도망치는 이츠키와의 거리는 좁혀지기는커녕 점점 벌어지기만 했다. 숨이 쉬어지지 않는다. 다리 감각도 사라졌다.

도저히 안 될 모양이다. 너무 괴로워서 눈앞이 하얗게 되려던 바로 그때, 갑자기 멀리서 이츠키가 그 자리에 멈춰 섰다. 거의 수직에 가까운 급경사가 이츠키 앞을 가로막고 서 있었다. 산사태로 무너졌는지 흙이 그대로 드러난 상태였다. 이츠키는 앞으로 가는 대신 오른쪽으로 도망치려 했다. 그러나 그곳에는 거대한 바위가 있었다. 그리고 왼편은 벼랑이었다. 도망칠 곳이 없었다. 게다가 이츠키의 발치는 마른 풀과 잔가지들로 뒤덮여 있었다. 그러니 설사 횃불을 피한다 한들 그 불이 떨어지면 주변이 불길에 휩싸여 이츠키의 몸에 옮겨붙을 것이다. 이츠키는 막다른 골목에 몰린 셈이었다.

"와아아아아아아아!"

이츠키가 미친 듯이 소리를 지르면서 공기총을 마구 쏴댔다. 섬에 도착한 지 얼마 되지 않았을 때 이츠키는 자기가 들고 온 공기총을 보여주면서 사정거리가 30미터 정도 된다고 했다. 지금 나는 그 사정거리보다 훨씬 떨어진 곳에 있는데도 쓸데없이 쏴대는 걸 보면 정말 패닉 상태인 모양이었다. 나는 마지막 힘을 쥐어짜서 전속력으로 달렸다. 아슬아슬하게 총알을 맞지 않는 곳까지 도움닫기를 하고는 있는 힘껏 햇불을 던졌다. 내가 아무리 힘껏 던져봐야 30미터씩 날아갈 리는 없다. 아니나 다를까, 햇불은 이츠키한테서 10미터 이상 떨어진 곳에 떨어졌다. 그러나 마른 풀을 핥듯이 불꽃이 번져갔다. 이츠키의 얼굴에 절망의 표정이 떠올랐다.

성공이다. 이제 끝났다.

승리를 확신한 그때였다. 차가운 뭔가가 코끝을 스쳤다.

…… 어?

깜짝 놀라 위를 올려다보았더니 거대한 검은 구름이 하늘을 뒤덮고 있었다. 설마. 하늘이 번쩍 빛나나 싶더니 엄청난 굉음이 울리면서 소나기가 쏟아지기 시작했다. 이츠키의 발치를 향해 뻗어가던 불꽃이 순식간에 힘을 잃어갔다.

무슨 일이 일어났는지 이해할 수가 없었다. 이츠키도 어깨를 들썩이며 거친 숨을 몰아쉬면서 영문을 모르겠다는 표정으로 가만히 서 있었다.

폭풍이 몰려왔다는 사실을 인식하는 데에 한참이 걸렸다. 바람이 미친 듯이 불어대고, 하늘에서 물을 들이붓나 싶을 정도로 어마어마한 비가 쏟아졌다. 주변 공기가 거의 다 수분으로 바뀌어버린 느낌이 들 정도로. 온몸을 때리는 빗줄기가 아프게 느껴질 정도로. 비 때문에 김이 피어올라 주변이 새하얗게 흐려질 정도로. …… 그렇게 생전 처음 보는 엄청난 양의 비를 동반한 폭풍이 한순간에 내 작전을 박살 내버리고 만 것이다.

아아, 설마. 설마 이 타이밍에!

하늘에서 쏟아지는 비가 내 희망을 물거품으로 만들어버렸다.

이츠키가 몸을 젖히면서 미친놈처럼 웃어댔다.

"'하늘의 뜻이 나에게 있음이로다.' 그 말 그대로네!"

이츠키가 손가락으로 어두운 하늘을 가리켰다.

"아아, 재밌다. 이런 일이 정말 생기네. 이런 강풍 속에서는 공기총을 못 쓰겠지? 그럼 이쪽을 써야지."

이츠키는 슬링을 잡아당겨 공기총을 등 뒤로 옮기더니 허리춤에 꽂아두었던 장검을 스르륵 빼고, 다른 손에는 나이프를 쥐고서 폭풍우에도 아랑곳하지 않고 거침없이 내가 있는 쪽으로 다가왔다. 나도 허리에 차고 있던 서바이벌 나이프를 꺼내 들었다.

침착하자. 생각을 바꾸는 거다. 아직 이길 기회는 남아 있다.

장검이 비를 가르듯이 내 눈앞으로 다가왔다. 아슬아슬하게 칼날을 피하자 이츠키가 곧바로 칼날을 다시 휘둘렀다. 나는 그것도 피하면서 서바이벌 나이프로 이츠키의 가슴팍을 노렸다. 그러나 이츠키가 다른 손에 든 나이프를 앞으로 내미는 바람에 내가 오히려 찔릴 뻔했다. 그걸 피하려다가 균형을 잃고 진흙탕에 엉덩방아를 찧는 찰나 다시 장검이 나를 노리며 다가왔다. 나는 엉덩방아를 찧은 상태에서 순간적으로 다리를 내밀어서 장검을 걷어찼다. 이츠키의 손에서 떨어진 장검이 흙탕물 속을 미끄러져 갔다.

이츠키가 험상궂은 형상으로 나를 죽일 듯이 노려보았다. 이츠키가 들고 있는 나이프보다 내 서바이벌 나이프가 길이도 더 길고 공격력도 강하다. 나는 튀어 오르듯이 벌떡 일어나서 곧바로 서바이벌 나이프와 함께 이츠키를 향해 돌진했다.

이츠키는 미처 피하지 못했는지 나를 그대로 끌어안는 모양새가 되었다. 밀착한 채 한동안 둘 다 움직이지 않았다. 나이프는 이츠키의 가슴에 박혀 있었다. 그러나 인간의 육체를 찔렀다는 생각이 들지 않을 정도로 감촉이 너무 딱딱했다. 눈앞에 있는 이츠키의 얼굴에 입꼬리가 한껏 올라간 잔인한 웃음이 떠올랐다. 흠칫흠칫 내려다보니 내가 찌른 칼날이 공기총의 딱딱한 총신에 부딪혀 가로막힌 상태였다.

다시 한번 찌르려고 했지만, 왜 그런지 몸에 힘이 들어가지 않았다. 그대로 뒤로 넘어가 땅바닥에 쓰러졌다. 왼쪽 가슴에 날카로운 아픔이 느껴졌다. 내 몸이 내 몸처럼 느껴지지 않았다. 도무지 움직일 수가 없었다.

"아, 괜찮아. 내 공기총은 멀쩡하니까. 동작에 지장이 없는 곳으로 막아낸 거거든. 이야~, 그러나저러나 이번에는 여러모로 진땀을 뺐네. 진짜로 죽는 줄 알았잖아."

어느새 비바람은 약해져 있었다. 흐릿해지는 내 시야에 쭈그리고 앉은 이츠키의 모습이 들어왔다. 그의 손에는 피투성이가 된 나이프가 있었다.

"하지만 진짜 진짜 재미있었어. 아드레날린이 정신없이 쏟아져 나오더라고. 고마워, 스에히로 군. 덕분에 배틀 로얄다운 배틀을 할 수 있었어. 진짜 최고였지. 아아, 재미있었다."

이츠키가 진심으로 좋아하면서 구김살 없이 웃었다. 아아, 이 사람은. 이 사람은 틀림없이 싸우기 위해 태어났다. 들판을 신나게 가로지르고, 산을 달리며, 사냥감을 끝까지 몰고 가서 이빨을 세워 한방에 처치하는 존재. 이 사람은 맹수다. 아무에게도 해를 끼치지 않는 천생 공무원이라니, 어째서 그런 오해를 했던 걸까? 이 섬이 이 사람의 숨어 있던 본능을 깨우고 만 것이다.

"여기서 끝나버리는 건 아쉽지만, 어쩔 수 없지. 안녕, 스에히로 군, 잘 가~."

내가 항상 존경했던, 믿음직스러운 형과도 같았던 사람. 예전에 아일랜드에서 술 마시고 헤어질 때처럼 해맑게 웃으며 가벼운 말투로 인사한 이츠키가 다시 나이프를 들어 올렸다.

8

슈이치

정신을 잃었던 나는 폭포수처럼 쏟아지는 비를 맞고 눈을 떴다. 횃불을 던진 직후에 힘이 소진되어 쓰러졌는데, 그 뒤로는 기억이 없었다.

엄청난 폭풍우였다. 나뭇잎들과 잔가지들이 바람에 휘말려 하늘 위로 솟아올랐다가 다시 날아 내려왔다. 숨을 쉴 때마다 입과 코로 빗물이 몰아쳐서 숨이 막힐 지경이었다. 그러나 허둥대는 사이에 비바람이 점차 약해지더니 이윽고 비가 멎었다. 스콜이라고 부르는 소나기의 일종인지도 모른다.

'아 참, 스에히로 군은?'

서둘러 일어났다. 진흙탕이 되어 버린 땅바닥 때문에 미끄러질 뻔하면서 겨우겨우 앞으로 나아갔다. 하느님, 제발 부탁이에요. 저 비가 이츠키를 쓰러뜨린 다음에 내린 것이기를!

커다란 노랫소리가 들려왔다. 서둘러 나무 그늘에 몸을 숨겼다. 멈칫거리면서 살짝 내다보니 갑자기 사람이 불쑥 나타났다.

이츠키였다. 등에는 힘없이 축 늘어진 스에히로를 짊어지고 있었다. 비명이 터져 나올 뻔해서 손으로 허겁지겁 입을 틀어막았다. 스에히로조차도 이츠키를 당해내지 못한 거구나…… 절망감에 무너져내릴 것만 같았다. 그러나 지금의 이츠키는 무방비 상태라는 생각이 퍼뜩 떠올랐다. 공기총은 슬링에 묶어서 가슴 앞으로 둘렀고, 장검은 허리에 찼지만, 이츠키의 양손은 스에히로의 몸을 짊어지느라 움직이지 못한다. 노래를 부르고 있다는 건 경계를 하지 않는다는 뜻이다. 지금이야말로 기회가 아닌가? 뒤에서 몸으로 부딪쳐서 쓰러지면 그대로 올라탄다. 그런 다음에 이츠키의 무기를 빼앗으면 죽일 수 있다.

이츠키는 어지간히 기분이 좋은지 로큰롤을 부르듯이 큰소리로 샤우팅을 하면서 걸어가고 있었다. 몰래 그 뒤를 따라갔다. 드디어 돌진하려던 그 순간, 스에히로의 시체가 등에서 스르륵 떨어져 내렸다. 깜짝 놀라며 멈칫하는데 이츠키가 뒤를 돌아보는 동시에 내 눈앞에 장검 칼날을 들이댔다. 아직도 우중충한 하늘 아래 장검의 칼날이 둔하게 빛났다.

"공기총하고는 달리 칼은 한 손으로도 금방 휘두를 수 있다는 게 좋은 점이지."

칼의 반사를 즐기듯이 각도를 바꾸면서 이츠키가 말했다.

"슈이치 군이 올거라고 당연히 예상하지 않았겠어? 스에히로 군하고 한 팀을 먹고 나를 덮치는 것도 봤으니, 어차피 다시 한번 나를 노리겠지 하고 말이야. 나무 그늘에 숨은 걸 발견했을 때는 웃음을 참느라 얼마나 힘들었다고. 경계하지 않는 척하는 거, 나 꽤 잘하지 않았어? 자, 안타깝지만 슈이치 군은 여기서 게임 오버입니다!"

이츠키가 장검을 들어 올리는 것을 보고 나는 허겁지겁 몸을 뒤로 뺐다.

"자, 잠깐만요, 이츠키 씨! 잘 생각해 봐요. 그 장검은 아직 새 것이잖아요? 그걸로 처음 베는 게 나여도 괜찮은 거예요?"

이츠키의 손이 멈췄다.

"그 말도 맞네. 아까 흙탕물이 잔뜩 묻어서 씻어낸 지 얼마 안 되기도 했고, 그럼 이쪽이 낫겠네."

이츠키는 장검을 칼집에 넣더니 공기총을 겨누었다.

"아, 아니, 그런 말이 아니라요! 나 대신에 리리코를 데리고 올 테니까 마음대로 하시라는 소리였어요."

"엉?"

"솔직히 내가 살 수 있으면 리리코는 어떻게 되어도 상관없거 든요. 리리코를 베건 죽이건 마음대로 해도 된다고요."

이츠키가 흥미진진하다는 표정으로 쳐다보았다. 그러나 공기 총은 여전히 나를 겨누고 있었다.

"그 말, 진심이라고 봐도 되는 건가?"

"물론이죠. 이츠키 씨도 알고 있었잖아요? 내가 처음부터 리리코를 별로 사랑하지 않았다는 걸."

"그야……."

"리리코가 죽으면 이츠키 씨랑 내가 섬에서 나갈 수 있게 되잖아요. 나는 목숨만 부지하면 충분하니까 상금 10억 엔은 이츠키 씨가 통째로 가져가도 상관없어요. 물론 나도 잘 알아요. 이츠키 씨한테 상금은 별것 아니라는 사실을요. 배틀 로얄의 승자, 마지막 한 사람이 되고 싶은 거잖아요? 하지만 그 점은 리리코를 데리고 오는 대신에 나를 살려주는 걸로 양해해 주면 안 될까요? 부탁입니다."

언제 총알이 날아올지 정신을 차릴 수 없는 상황에서 나는 필사적으로 떠들어댔다.

"음, 아무리 그래도……."

"내가 가서 데리고 오지 않으면, 자칫하다가는 아주 오랫동안 리리코를 못 찾을 수도 있어요."

"그럴 리가 있어? 이렇게 코딱지만 한 섬에서."

"리리코는 쌍안경을 가지고 있어요."

이츠키의 관자놀이가 살짝 떨렸다.

"그러니까 이츠키 씨가 어디 있는지 알 수 있다는 거죠. 리리코는 얼마든지 이츠키 씨를 피해 도망 다닐 수 있다는 말이에요."

이츠키가 그제야 나를 겨누던 공기총을 내리고 수염이 듬성듬성 난 턱을 만지작거렸다.

"그렇군, 쌍안경을 가지고 있었군."

"하지만 나라면 리리코를 이츠키 씨에게 데리고 올 수 있어요. 이 거래, 어때요?"

이츠키가 큭큭큭 웃었다.

"슈이치 군, 상당히 교활하네."

"교활이건 비겁이건 상관없어요. 살아남을 수만 있다면 말이죠."

"하긴 그렇지. 그렇게 솔직하게 나오는 거, 나쁘지 않아. 나하고는 다른 서바이벌 기술이니까. 방향성이 다를 뿐인 거지."

"그럼 거래 성립이라고 생각해도 되는 거죠?"

"그렇지. 나로서는 스에히로 군을 잡은 걸로 상당히 만족한 것도 있고. 까놓고 말해서 이 장검으로 베는 손맛은 슈이치 군보다는 리리코짱으로 느끼고 싶은 마음도 있으니까."

이츠키는 이대로 스에히로의 시신을 들고 모래사장으로 간다고 했다. 내가 리리코를 데리고 그리 간다는 것으로 합의가 되었다.

은신처로 돌아가자 리리코가 울며불며 나에게 달려들었다.

"슈짱! 살아서 다행이야! 내가 얼마나 걱정했는데!"

"하지만 스에히로 군이……."

"나도 알아. 계속 보고 있었으니까. 그 타이밍에서 비가 오다니, 하느님이고 뭐고 없다는 생각이 들더라. 스에히로 군 같은 사람이 저렇게 나쁜 놈한테 당해 버리다니."

"그렇지."

리리코는 한동안 흐느껴 울면서 스에히로의 죽음을 슬퍼했다. 나는 그러는 사이에도 어느 타이밍에 이야기를 꺼내서 리리코를 모래사장으로 데려가야 하나, 그 걱정만 계속했다.

"슈짱도 이츠키랑 마주쳤잖아? 걱정되어서 죽는 줄 알았어."

흠칫했다. 그러면 리리코는 내가 이츠키와 이야기하는 모습도 보았겠구나.

"내가 어떻게 해서든 구해주려고 가려는데, 이츠키가 공기총을 내리는 걸 보고 깜짝 놀랐어. 어떻게 살 수 있었던 거야?"

"그게, 내가 이츠키 씨를 잘 설득했거든."

"진짜야?"

리리코의 눈이 휘둥그레졌다.

"이츠키 씨 입장에서는 스에히로 군이 게임에서 말하는 최종 보스 같은 존재였기 때문에 그런 스에히로 군을 이길 수 있었던 걸로 만족한 모양이더라고. 그래서 지금부터 우리 셋 중의 한 사람이 모래사장에서 시체인 척하기로 한 거야. 이츠키 씨는 스에히로 군 시신을 해안가로 옮기는 중이라 거기서 같이 만나기로 했어. 우리도 빨리 가자."

내가 손을 내밀었다. 그러나 리리코는 팔짱을 낀 채 의심스러운 표정을 풀지 않았다.

"난 도무지 믿어지지 않는데? 아닌 척하다가 갑자기 우리를 덮치려고 그러는 걸 거야."

"아냐, 아냐. 절대 그런 일 없어. 그런 짓을 하면 내가 가만히 있겠어?"

"그래도……."

"이츠키 씨가 가진 공기총이 이제는 쓸모가 없어졌대. 총알을 다 써서. 그리고 장검도 칼날의 이가 나가서 못 쓰게 된 모양이더라고. 그러면 우리는 둘인데 자기는 하나니까 압도적으로 불리해진 거지. 그러니까 이츠키 씨로서도 이쯤 해서 싸움을 그만두는 게 나쁜 거래가 아닌 거야. 아니, 오히려 그게 훨씬 더 낫지. 그래서 자기도 좋다고, 알았다고 하더라고."

"그런가?"

"무엇보다도 내가 이 이야기에 오케이 한 게 그 증거 아냐?"

리리코는 한동안 곰곰이 생각하더니 여전히 한숨을 쉬면서 고개를 살래살래 흔들었다.

"안 되겠어. 나는 그래도 반대야. 도저히 이츠키를 믿지 못하겠어."

나도 모르게 혀를 찰 뻔했다. 이 멍청한 계집애가 왜 이래? 평소에는 속이 뒤집힐 만큼 눈치고 뭐고 하나도 없는 주제에 어째서 이럴 때만 촉이 서는 거냐고?

"알았어. 그럼 내가 가서 다시 한번 이츠키 씨랑 이야기하고 올 테니까 리리코는 여기서 기다리고 있어. 절대 어디 가지 말고. 알았지?"

"응. 빨리 갔다 와야 돼!"

리리코가 나를 꽉 끌어안았다. 그런 그녀를 자연스럽게 떼어 놓고 나는 해안가로 갔다.

아직도 묵직하게 깔린 어두운 구름 아래, 모래사장에는 강풍에 휩쓸려 날아온 야자 잎사귀와 나뭇가지 등이 어지럽게 널려 있었다. 바다도 어두웠고, 파도도 거칠고 사나웠다. 이츠키는 요시다, 유우, 스에히로의 시체 곁에 팔짱을 낀 자세로 우뚝 서서 기다리고 있었다.

"리리코짱은?"

혼자서 나타난 나를 본 이츠키가 눈살을 찌푸리며 물었다.

"먼저 이츠키 씨하고 이야기해 보고 싶다고 그래서요. 일단은 우리가 있는 곳으로 같이 가 주시면 안 될까요?"

"무슨 이야기를 한다는 거야?"

"그건, 그러니까 누가 시체인 척할 거냐, 뭐 그런 거요."

"여기서도 할 수 있는 거잖아. 왜 내가 그쪽으로 가야 하는데?

리리코짱이 나를 죽이려고 함정을 파고 기다릴 수도 있는 거 아니야?"

"설마. 그런 생각은 정말 한 번도 해보지 못했어요."

나는 필사적으로 고개를 저었다.

"리리코한테는 이츠키 씨가 스에히로 군하고의 싸움에 이겨서 충분히 만족한 모양이라고 말해 두었어요. 그리고 공기총도 총알이 떨어졌고, 장검도 쓸 수 없게 되었다고."

"흐음~ 그래서, 그 말을 믿기는 한 거야?"

"네, 물론이죠."

나는 어떻게든 자연스럽게 보이려고 힘차게 고개를 끄덕였다.

"그럼 왜 이쪽으로 안 오겠다는 거야? 이상하잖아."

"아니, 그건⋯⋯."

당황해서 어쩔 줄 모르는 나를 이츠키가 가만히 쳐다보고 있더니 이윽고 씨익 웃었다.

"뭐, 어쨌든 그건 됐고. 있잖아, 아까부터 좀 생각을 해 봤거든. 그런데 아무리 생각해도 내가 슈이치 군을 살려줘서 얻을 수 있는 이득이 하나도 없더라고."

"⋯⋯ 네?"

"생각해 봐. 어느 한쪽만 살려주는 거라면 리리코짱을 살리는 편이 낫잖아. 나중에 그 아버지한테서 사례금을 왕창 얻어낼 수 있을지도 모르고 말이야⋯⋯. 뭐, 말은 이렇게 해도 살려둘 생각은 없지만. 최종적으로는 나 혼자서 배틀 로얄 승리 선언을 하고 싶은 거니까. 그래도 굳이 저울질을 해 보자면 그렇다는 거지."

"자, 잠깐만요. 내가 없으면 이츠키 씨는 리리코를 찾을 수 없다니까요."

"괜찮아, 괜찮아."

"안 괜찮아요. 쌍안경을 가지고 있다고 그랬잖아요."

"무슨 소리를 하는 거야! 슈이치 군은 머리가 안 돌아가네. 나한테는 최고의 미끼가 있잖아."

"미끼?"

"슈이치 군 본인 말이야."

공기총의 총구를 나에게 딱 갖다 대면서 이츠키가 말했다.

"지금도 보고 있을 거 아냐? 그러니까 슈이치 군을 인질로 잡고 있으면 리리코짱은 반드시 나타날 거란 말이지. 그렇게 모습을 드러냈을 때 잡아버리면 문제 해결이잖아?"

"그, 그건……."

"뭐, 최악의 경우에 리리코짱이 나타나지 않는다고 해도 상관은 없어. 슈이치 군의 시체를 모래사장에 늘어놓으면 보트가 데리러 올 테고, 일단은 그 시점에서 내가 승리하는 거니까. 아무튼 내 입장으로 보자면 슈이치 군이랑 손을 잡을 이유가 전혀 없다는 거지."

그렇게 단언한 이츠키는 공기총 개머리판으로 내 머리통을 있는 힘껏 후려쳤다.

　의식이 돌아왔을 때 나는 두손 두발이 꽁꽁 묶인 상태로 모래
사장에 뒹굴고 있었다. 움직이려다가 너무 아파서 나도 모르게
비명을 질렀다. 가시덩굴로 묶어놓은 건지 뾰족한 것에 손발이
찔리는 아픔이 계속 느껴졌다.

　"아, 이제 깼어? 아까부터 해서…… 대충 두 시간 정도 지났
네."

　이츠키가 유우의 카메라로 시간을 확인하면서 말했다.

　"그런데 리리코짱은 도무지 나타날 기색이 안 보인단 말이지.
아무래도 자기 목숨을 걸면서까지 구해주러 오지는 않을 모양이
네. 하긴, 당연하지. 사실 슈이치 군은 최악이잖아. 쓰레기도 이
런 쓰레기가 없으니까. 그러니 리리코짱이 버리는 게 당연하다
고 봐야지."

　리리코가 안 온다고? 온몸이 공포로 오그라들었다. 이 정도로
막다른 궁지에 몰리면 리리코도 나를 구하러 오기보다는 이츠키
와 둘이서 살아남는 편이 낫다고 생각하는 게 당연할지도 모른
다. 리리코한테는 그편이 더 현실적일 테니까.

　씨발! 씨발! 내가 몸부림쳤다. 어째서 내가 죽고 이런 살인마
악당하고 저런 멍청한 년이 살아남는 거냐고? 말도 안 돼, 이건
잘못됐어. 이게 드라마나 영화였으면 마지막에는 반드시 나쁜

놈이 죽고 정의의 영웅이 승리하게 되어 있다. 그러나 현실은 그렇지 않다. 스에히로 군이 죽는 것을 보고 똑똑히 깨달았다. 영웅이라 해도 운이 나쁘면 어이없이 당하고 죽을 수 있다. 아아, 나는 여기서 정말 끝나는 건가?

그래도 리리코가 구해주러 나타나지 않을까 하는 실낱같은 희망을 버리지 못한 채 시간만 덧없이 흘러갔다.

"리리코짱, 진짜 안 오네."

이츠키가 재미없다는 듯이 입을 삐죽 내밀더니 자리에서 일어섰다.

"더이상 슈이치 군을 인질로 잡고 있는 것도 별 의미가 없겠어. 그럼 이대로 가볍게 죽여줄게."

"아니, 잠깐만요, 조금만 더 시간을 주세요. 제발요!"

"그런 말을 한다고 통할 것 같아? 슈이치 군은 미끼로 쓸 가치조차 없었다는 거지. 리리코짱은 나중에 천천히 찾아보지 뭐. 아무리 쌍안경이 있다고 해도 24시간 자지도 않고 감시하지는 못할 테니까 어떻게든 되겠지."

이츠키가 나이프를 빼서 손에 쥐었다.

"공기총은 총알이 아깝고, 장검은 이가 나갈까 겁나니까, 재미는 없지만, 그냥 나이프를 써야겠네. 경동맥을 한방에, 어때?"

조금의 망설임도 없이 이츠키가 내 목에 나이프를 가까이 들이댔다. 나도 모르게 눈을 질끈 감은 그때 무언가가 재빨리 바람을 갈랐다. 이츠키의 고함 소리와 더불어 흙탕물이 심하게 튀는 소리가 들렸다. 살금살금 눈을 떠 보니 리리코가 방패를 치켜들고 나를 지키려는 듯 이츠키 앞을 가로막고 선 모습이 보였다. 그리고 땅바닥에는 리리코가 쳐서 떨어진 듯한 나이프가 뒹굴고 있었다.

"이게!"

이츠키가 재빨리 공기총을 들고 발사했다. 그러나 어느새 만들었는지 리리코는 막대기 여러 개를 덩굴로 엮어서 만든 방패로 총알을 튕겨냈다. 리리코는 공격을 막으면서 나이프를 줍더니 내 몸을 묶은 덩굴을 잘라냈다.

"슈짱, 빨리 가자."

리리코가 나에게 손을 뻗은 순간 이츠키가 엄청난 힘으로 방패에 몸을 부딪치는 바람에 우리 몸이 모래사장 위로 튕겨 나갔다. 방패는 부서지며 흩어졌고, 나이프도 어디론가 날아가 버렸다. 허둥지둥 몸을 일으키자마자 이츠키가 공기총을 겨누는 게 보였다. 이츠키가 방아쇠를 당겼다. 그런데 총알이 날아오지 않았다.

"이런, 씨발!"

욕설과 함께 이츠키가 공기총을 땅바닥에 패대기쳤다. 진짜로 총알을 다 쓴 모양이다.

기회다. 나는 나이프를 들고 이츠키 쪽으로 돌진했다. 그러나 이츠키의 돌려차기에 제대로 맞고 날아가 버렸다. 손에 쥐었던 나이프가 저 멀리 미끄러져 갔다.

"이 새끼들, 능력도 없는 잡캐 주제에 어디서 반항을 하려고 그래?"

장검으로 내리치려는 이츠키의 다리에 리리코가 태클을 걸었다. 이츠키가 모래사장에 쓰러지며 마구잡이로 휘두른 장검이 내 어깨를 쳤다. 날카로운 통증이 오면서 나도 모르게 비명을 질렀다.

"슈쨩!"

리리코는 울면서도 막대기를 이리저리 마구 휘둘러 이츠키가 일어나서 휘두르는 칼을 간신히 막아내고 있었다.

"빨리! 이쪽이야!"

리리코가 내 손을 잡아끌고서 숲속으로 달려갔다. 의식이 반쯤 몽롱해지는 상태에서 필사적으로 따라갔다. 상처는 아프고, 몸은 무겁고, 게다가 피로와 공복으로 내 몸을 내 마음대로 가눌 수가 없었다. 그런데도 어떻게든 뛰어갔다. 넘어질 듯 자빠질 듯하면서도 다리를 계속 움직였다. 뒤에서는 이츠키가 바짝 따라오고 있었다. 이츠키의 속도는 전혀 떨어질 기색이 없었다.

역시 초인이구나. 겁이 났다. 어디로 도망치건 아무짝에도 쓸모가 없겠구나 싶어 포기하려던 때였다.

"내가 '뛰어!'라고 하면 있는 힘껏 점프해야 돼!"

뛰면서 리리코가 말했다.

"어?"

"그냥 시키는 대로 하면 돼. 아무 생각하지 말고, 최대한으로 멀리 점프하는 거야. 알았지?"

생각할 힘도 남아 있지 않았다. 그저 고개를 끄덕이며 죽어라 달렸다. 달리다 보니 나뭇가지에 걸린 배낭이 보였다. 저건 유우 꺼다. 그리고 거기서 조금 떨어진 뒤쪽으로 쌍안경이 달랑달랑 매달린 게 보였다.

"뛰어! 배낭에서 쌍안경까지 점프해!"

리리코가 외치면서 점프를 했다. 나는 영문도 모른 채 리리코를 따라 점프했다. 쌍안경이 매달린 곳을 약간 지난 지점에서 착지를 제대로 못한 리리코가 넘어졌다. 나도 앞으로 꼬꾸라지며 그대로 리리코 옆으로 뒹굴었다.

"우오오오오오오!"

절호의 기회라고 여겼는지 뒤에서 따라오던 이츠키가 환희에 찬 함성을 지르면서 순식간에 다가왔다. 그러나 내 몸은 더 이상 움직이지 않았다. 리리코도 땅바닥에 엎드린 채 꼼짝도 하지 않았다. 이제는 정말 마지막이다. 도망칠 기력도 남아 있지 않았다. 그저 편해지고 싶었다. 아무것도 생각하고 싶지 않았다. 각오라든지, 슬픔이라든지, 그런 감정도 솟아나지 않았다. 그저 너무너무 피곤하고 지쳐서 모든 걸 끝내고 싶었다. 상처에서 열이 나는 듯 뜨겁고 아팠다. 이 고통에서도 해방되는 것이다.

"드디어 진짜 빅토리다아아!"

이츠키의 승리 선언을 들으면서 나는 가만히 눈을 감았다. 아아, 이제 정말 끝나는구나…….

그런데 무슨 일인지 찢어지는 듯한 비명이 들렸다. 그러더니 갑자기 조용해졌다. 아무 일도 일어나지 않았다. 다시 내리기 시작한 빗소리만 촉촉하게 들려왔다.

리리코가 천천히 몸을 일으키는 기척이 났다. 나도 억지로 눈을 뜨고 무거운 몸을 간신히 일으켰다. 주위를 둘러봤는데 이츠키가 보이지 않았다. 주변에는 비에 젖어 시커멓게 변하는 나무들만 있을 뿐이었다. 마치 신이 순식간에 어디론가 빼돌린 것처럼 이츠키의 모습은 사라지고 없었다.

문득 빗소리에 섞여서 뭔가 다른 소리가 들려온다는 걸 알 수 있었다. 신음 소리였다. 잘 살펴보니 진흙으로 된 땅바닥이 꿈틀대는 게 보였다. 아니, 진흙이 아니었다. 이츠키였다. 위장복을 입고 있는 데다가 풀과 진흙이 뒤섞여서 알아보기 힘들었는데 이츠키가 땅바닥에 엎어져 있었다.

위치는 리리코와 내가 점프해서 뛰어넘은 그 구간, 그러니까 배낭과 쌍안경 사이의 땅바닥이었다. 나는 순간적으로 긴장했는데 이츠키는 손발을 조금씩 꿈틀대기만 할 뿐 도무지 일어날 기색이 보이지 않았다.

리리코가 일어섰다. 그리고 경계하는 기색도 없이 이츠키에게
로 다가갔다. 나도 일어나서 머뭇거리며 뒤를 따라갔다.

우리가 가까이 다가오기를 기다렸다가 이츠키가 장검을 휘두
르며 공격해 오지 않을까, 그런 두려움을 안고 있던 나는 가까이
서 본 광경에 헉, 하고 숨이 멎을 듯이 놀랐다.

이츠키가 쓰러진 일대의 땅바닥에서 수없이 많은 나뭇가지가
솟아 있었다. 더구나 그 나뭇가지들은 모조리 끄트머리가 날카
롭게 깎여 있어서 마치 꽃꽂이할 때 쓰는 침봉처럼 보였다. 어림
잡아도 100개 이상은 되어 보였다. 침봉 한가운데 엎어져 있는
이츠키의 몸이 어떤 상태가 되었을지는 상상만 해도 속이 오그
라들 것 같았다.

"말도…… 안돼……."

신음에 섞여 이츠키의 원망 소리가 들렸다.

"어째서…… 저런…… 잡캐한테……."

말 사이사이에 공기 새는 이상한 소리가 섞였다. 깊이 생각하
고 싶지는 않지만 목에도 구멍이 뚫려서 그런지도 모른다.

침봉 바로 앞에는 커다란 돌들이 직선으로 늘어서 있었다. 이
츠키가 여기에 걸려 넘어지게 할 계획이었던 것이다. 설마 이런
장치를 리리코가 만들어 두었다니. 이렇게 많은 나뭇가지를 깎
아내고, 그걸 땅바닥에 일일이 심으려면 얼마나 많은 시간이 필
요했을까? 그래서 나를 곧바로 구해주러 오지 못한 것이다. 잘

보았더니 리리코의 네일은 다 벗겨졌고, 양손은 생채기와 피로 엉망이 된 상태였다. 나도 모르게 그녀의 두 손을 꼭 잡았다.

이츠키는 어떻게든 몸을 일으키려고 두 손으로 땅을 짚었는데 거기에도 침봉이 있어 야수와도 같은 비명을 내질렀다. 그러고도 손으로 평평한 곳을 찾아내서 아주 조금 상체를 일으켰다. 그러나 그 시점에서 힘이 다했는지 다시 침봉 위로 엎어지고 말았다. 이번에는 고통스러운 비명을 지르지도 않았고, 다시 움직이지도 않았다.

이츠키가 죽었다. 리리코와 나는 힘이 빠져서 그대로 주저앉고 말았다.

"이겼다……."

리리코가 울먹이며 말했다.

"슈짱, 우리가 이겼어. 우리가 살아남은 거야!"

"응, 응. 그래, 그렇지."

나도 흐르는 눈물을 주체하지 못했다.

"상처는 어때?"

"옷 위로 맞은 거라서 의외로 얕았던 모양이야. 아직 쓰라리기는 하지만 피는 멎은 것 같아."

목숨을 걸고 나를 지켜준 리리코한테는 감사한 마음밖에 없다. 온 마음을 담아 있는 힘껏 끌어안았다.

"정말 고마워. 리리코가 없었으면 난 한참 전에 죽었을 거야."

"무슨 소리야? 당연한 거지. 내가 슈짱을 얼마나 사랑하는데."

"그리고 여러 가지로 정말 미안했어."

"뭐가?"

"아니, 그냥. 이제부터 행복한 해피라이프를 함께 보내자고."

"행복이랑 해피는 똑같은 말이라며?"

"그러니까 미안하다고."

눈물을 흘리면서 우리는 키스했다.

옆에 시체가 있었다. 이런 비정상적인 상황에서도 우리는 그저 살아 있음을 서로 축하하며 기뻐했다.

그리고 나서 리리코와 나는 이츠키의 팔다리를 들고 모래사장으로 옮겨놓았다. 이미 여러 구 있는 시체들 옆에 내려놓자마자 그대로 늪에 빨려 들어가듯이 쓰러져 버렸다. 더 이상은 손가락 하나도 까딱할 수가 없었다.

마스터는 정말로 보트를 보내줄까? 약속을 지킬까? 일말의 불안은 있었지만, 그런 생각을 깊이 할 수 없을 정도로 지쳐 있었다. 지금은 그저 쉬고 싶을 뿐이었다. 리리코와 나는 기절하듯이 잠속으로 빠져들었다.

두두두두두두두.

낯설고 이상한 소리에 잠에서 깼다. 기계 소리였다. 한동안 파도와 바람, 나뭇잎에서 나는 자연의 소리밖에 듣지 못해서 그런지 귀에 거슬렸다.

몸을 일으켜서 주변을 둘러보았다. 눈앞에 아름다운 낙원이 펼쳐져 있었다. 눈이 부시도록 찬란한 태양. 새파란 하늘. 바다에서는 파도가 넘실대고 수면이 눈부시게 반짝였다.

그리고 그 반짝이는 파도 저편에서 뭔가 노랗고 납작한 것이 다가오고 있었다. 아무래도 기계 소리는 거기에서 들리는 모양이었다.

소리 때문에 그런지 리리코도 잠에서 깨어났다. 찌뿌둥한 표정으로 일어나더니 우리 쪽으로 접근하는 물체를 미심쩍게 쳐다보았다. 그러다 금방 "앗!" 하며 벌떡 일어났다.

"슈짱! 저거 보트야!"

나도 그 말에 깜짝 놀라 일어섰다. 리리코의 말처럼 소형 보트였다. 마스터가 한 말을 떠올렸다. 2인승의 자동조종 보트를 보낸다고 그랬다. 이게 바로 그 보트인 것이다.

마스터는 시체들을 모래사장에 늘어놓은 다음 사흘 후에 보트를 보낸다고 했다. 우리가 그렇게 오래 잠들어 있었나? 사흘씩이나 이런 태양 아래 누워 있었으면 온몸에 화상을 입었을 것이다. 그러나 리리코도 나도 그런 흔적은 없었고, 이츠키의 시체를 살펴봐도 거의 변한 점이 없는 것처럼 보였다. 사흘 후라는 말은 반칙을 하거나 속임수를 쓰지 못하게 하려고 한 말일 수도 있고, 혹은 모든 시체가 틀림없이 진짜라는 사실을 이미 알고 있었기 때문에 곧바로 보트를 보냈을 수도 있다.

보트에는 아무도 타고 있지 않았는데, 그래도 물가로 다가오면서 속도가 점점 느려지더니 모래사장에서 몇 미터 떨어진 곳에서 미끄러지듯이 멈췄다. 대단하다. 요즘 기술로 이런 것까지 할 수가 있는 모양이네. 이제야 돌아갈 수 있다는 기쁨과 마스터가 약속을 지켜주었다는 안도감 덕분에 그런 사소한 부분까지 감탄하며 생각할 만한 마음의 여유가 생겼다.

"우리 이제 돌아갈 수 있는 거지? 둘이 같이 돌아갈 수 있는 거야!"

리리코가 신이 나서 깡충깡충 뛰면서 나에게 덥석 안겼다.

"맞아, 이제 된 거야! 자, 빨리 가자!"

"아니, 잠깐만."

리리코가 모래사장에 누운 요시다, 유우, 스에히로, 이츠키의 시신 곁으로 다가가더니 조신하게 두 손을 모았다. 스에히로와 이츠키의 시신은 아직 괜찮았지만, 요시다와 유우의 시신은 벌써 부패하기 시작했기 때문에 나는 도저히 제대로 쳐다볼 수가 없었다. 그런데도 리리코는 한 사람 한 사람에게 손을 모아 명복을 빌었다. 게다가 가와카미와 아마노 선생이 있으리라고 생각되는 방향을 향해서도 두 손을 모으더니 가만히 눈을 감았다.

"리리코, 빨리 가야지."

마스터의 변덕이 발동해서 또다시 이 섬에 남게 되면 큰일이다. 내가 발을 동동 구르면서 부르자 리리코는 "기다리게 해서 미안~" 하고 말하면서 뛰어왔다.

이제야 출발할 수 있겠네. 둘이 바다로 들어가 보트 쪽으로 다가갔다.

"아, 물을 잊어버릴 뻔했다. 가져와야지."

리리코가 광고에서 나올 법한 과장된 움직임으로 첨벙첨벙 물보라를 일으키면서 돌아갔다. 어느새 예전의 리리코로 돌아간 모양이다. 나는 혀를 차고는 그대로 보트 쪽으로 갔다.

보트는 내 허리보다 약간 더 깊은 곳, 대략 수심 1.1미터 정도가 되는 곳에 멈춰 있었다. 어른 둘이 앉으면 꽉 찰만한 사이즈인데 의자 같은 것은 없이 바닥에 파란색 비닐 시트가 깔려 있을 뿐이었다. 선체 바깥쪽에는 모터로 보이는 기계가 달렸고, 거기에서 골프채의 샤프트 비슷한 쇠로 된 막대기가 바닷속으로 뻗은 게 보였다. 샤프트가 물의 흐름에 따라 움직일 때마다 모터의 헤드 부분도 천천히 따라 움직였다. 샤프트 부분이 바람이나 물의 흐름을 감지하는 센서처럼 작동하기 때문에 정해진 지점에 가만히 서 있도록 제어하고 있는지도 모른다. 아마 항로도 기록되어 있어서 보트가 자동으로 여기까지 왔듯이 올라타면 자동으로 돌아갈 수 있게 되어 있을 것이다.

아아, 드디어 돌아가는구나. 나도 모르게 하늘을 우러렀다. 지금까지 바짝 조이고 있던 긴장의 끈이 살짝 느슨해지면서 울음이 터져 나올 것 같았다. 이 보트에 타기만 하면 원래의 생활로 돌아갈 수 있는 것이다.

보트 위로 기어오르려다가 문득 뭔가가 눈에 띄었다. 파란 비닐 시트가 울퉁불퉁하게 튀어나와 있었다. 밑에 뭐가 있는 모양이다. 비닐 시트를 벗겨 봤더니 하얀 주머니가 바닥에 가득 깔려 있었다. 체육복을 넣을 만한 사이즈의 주머니인데 대충 50개는 되는 것 같았다. 하나를 들어보자 모래주머니처럼 의외로 묵직했다.

이게 뭐지?

의아해하면서 열어본 주머니 속을 보고 나도 모르게 숨을 들이켰다. 돈다발이었다. 가지런히 묶은 돈다발이 주머니 안에 가득 담겨 있었다. 설마설마하면서 다른 주머니들도 열어보았다. 마찬가지였다. 모든 주머니에 똑같은 액수의 돈다발이 들어 있는 것이다.

"이거 봐."

주머니 속을 보여주자 리리코가 "대박!" 하면서 눈이 휘둥그레졌다.

"어쩌면……."

리리코가 내 손에서 주머니를 채 가더니 돈다발을 세기 시작했다.

"스무 개 들어 있어. 한 다발에 100만 엔이라고 하면 주머니 하나에 2천만 엔씩 든 거네."

"그렇다면……."

나는 보트 바닥에 빽빽하게 깔린 주머니를 새삼 둘러봤다. 하나하나 다 세어보지는 않았지만 아마도 틀림없을 것이다. 10억 엔이 지금 여기 있는 것이다. 마스터는 상금에 대한 약속도 어김없이 지켰다는 뜻이다.

"으아, 너무 신나!"

리리코가 주머니를 끌어안았다.

"이걸 밑천으로 우리가 사업을 시작하는 것도 괜찮겠다. 10억 엔이나 있으면 아빠 도움 없이도 뭐든 할 수 있을 거야. 아아, 진짜 기대된다."

리리코는 끌어안았던 주머니를 보트로 돌려놓더니 뜀틀 뛰는 요령으로 보트에 올라 바닥에 가득 깔린 10억 엔 위에 앉았다.

"너무 신난다! 자, 슈짱도 올라와! 빨리 돌아가자!"

리리코가 내민 손을 잡고서 나도 보트 위로 올라갔다. 주머니 위가 불안정했지만, 그럭저럭 앉을 자리를 찾을 수 있었다. 우리는 지금 10억 엔을 손에 넣은 것이다. 기분이 최고였다.

우리 둘이 올라타면 보트가 알아서 출발하리라 생각했다. 그런데 아무리 기다려도 보트가 움직일 기색이 보이지 않았다.

"이상하다. 어딘가에 버튼 같은 게 있나?"

리리코가 선체의 모터를 이리 보고 저리 보고하면서 중얼거렸다. 조작 버튼은 찾을 수 없었지만, 모터에서 케이블이 뻗어 나와 바닥에 깔린 주머니 아래로 이어진 게 보였다. 우리가 주머니를 치우자 자명종 시계만 한 크기의 플라스틱 상사가 나왔고, 거기에 표시된 빨간색 디지털 숫자가 보였다.

"이게 도대체 뭐지?"

리리코가 상자를 들면서 말했다. 디지털 표시는 '08:58:36'으로 되어 있었다. 제일 먼저 떠오르는 건 타이머인데 숫자는 그대로 멈춰서 움직일 낌새가 없었다.

"이게 뭘까? 타이머로 보이는데 왜 안 움직이지?"

"만약 타이머라면 뭐 하려고 이걸 여기 설치했지?"

"설마……."

리리코와 내 머리에 순간적으로 같은 생각이 떠올라서 흠칫하며 얼굴을 마주 보았다.

"뭐야, 폭탄이야?"

리리코가 상자를 내던지려는 것을 허겁지겁 말렸다. 충격 때문에 터지기라도 하면 큰일이다. 둘 다 잠시 혼란에 빠졌는데 타이머가 작동하지 않는다는 것 때문에 곧 냉정함을 되찾았다. 상자에 귀를 대고 들어봤는데 아무 소리도 들리지 않았다. 모터에도 똑같이 해봤지만, 별다른 소리를 들을 수가 없었다.

"폭탄이 아니라고 장담할 수는 없어도 난 아닌 것 같은 생각이 드네. 우리를 죽일 작정이었으면 보트를 안 보내면 되잖아? 거기

293

다 굳이 10억 엔까지 실어서 말이지."

내가 곰곰이 따져보며 말했다.

"하긴 내 생각도 그래. 마스터가 미치광이에 변태인 건 맞지만 보트를 보내준다는 거랑 상금을 준다는 약속을 지켰잖아. 그럼 이 게임에서 이기는 사람은 돌아가게 해 준다는 약속도 지키지 않을까?"

리리코도 내 말에 동의했다.

"그렇겠지. 하지만 그렇다면, 이건 도대체 뭐에 쓰려는 거지?"

타이머 비슷한 물체를 쳐다보면서 리리코와 내가 고개를 갸웃거렸다.

"좀 더 단순하게 생각하면 되지 않나? 이 숫자가 제로가 되면 모터가 움직여서 출발한다는 식으로 말이야."

리리코가 아이디어를 말했다.

"그럴 수도 있지만 타이머가 움직이지 않으면 아무 소용이 없잖아?"

"하긴 그러네."

리리코가 한숨을 쉬었다. 타이머가 기능하지 않는 이유가 뭘까? 나는 일단 보트에서 내려서 바깥쪽을 살펴보기로 했다. 바닷물에 내려서자마자 "앗!" 하고 리리코가 소리를 질렀다.

"타이머가 움직이기 시작했어!"

"정말?"

나는 허겁지겁 보트 위로 다시 올라가서 표시를 확인했다. 그러나 타이머는 정지된 상태였다.

"이상하다? 또 서버렸네."

리리코가 고개를 갸웃거렸다. 타이머는 아까보다 20초가량 흐른 상태였다.

"고장 난 건가? 그럼 우린 못 돌아가는 거야?"

리리코가 불안한 목소리로 말했다.

"아니지, 몇 초라도 움직인 걸 보면 고장은 아닐 거야. 내가 다시 한번 바깥쪽을 살펴볼게."

다시 바다로 내려섰다. 그러자 리리코가 "또 움직이기 시작했어!" 하고 외쳤다. 그런데 이번에도 내가 보트로 올라가서 보려고 하면 타이머가 서 버렸다.

"이거 혹시, 사람이 내리면 타이머가 움직이게 되어 있는 거 아냐?"

"응?"

"이번에는 내가 보고 있을 테니까 시험 삼아 리리코가 배에서 내려 봐."

"응, 알았어."

타이머를 뚫어지게 응시했다. 역시 내 생각대로 리리코가 보트에서 내려서자마자 타이머의 숫자가 줄어들기 시작했다.

"역시 움직이기 시작했어! 그냥 그대로 있어 봐. 나도 보트에서 내려 볼게."

나는 한 손에 타이머를 들고 표시를 바라보면서 보트에서 내려 보았다. 그동안 타이머는 쉬지 않고 움직였다.

"알았다. 무게야."

"어?"

"아마 최대 무게를 정해놓고, 그 이상이 되면 타이머가 움직이지 않게 설정해둔 거야. 그러니까 보트가 움직이지 않는 거지. 그리고 보트가 가벼워져서 최대 무게 이하로 떨어지면 타이머가 작동해서 제로가 되는 시점에 자동으로 출발하게 되어 있는 거지."

"어? 그게 무슨 뜻이야?"

타이머의 수치가 점점 줄어드는 모습을 보면서 리리코가 패닉에 빠졌다. 니도 패닉 상태기 되어 "이니, 그러니끼 ……." 히고 설명하려다가 일단은 다시 둘 다 보트에 올라서 타이머를 멈추게 하면 된다는 사실을 깨달았다.

"아무튼 일단 보트 위로 올라가!"

내가 보트에 오르자 리리코도 허둥지둥 기어서 올라왔다. 타이머가 섰다.

"다시 설명해 줘. 어떻게 되는 거라고?"

"아마 설정된 무게를 넘어서면 출발하지 못하게 해 놓은 것 같아. 이 보트는 2인승이야. 하지만 이미 10억 엔이 실려 있지. 그러니까 그 무게만큼……."

설명해 주면서 내 머릿속에서도 그제야 제대로 이해가 되었다. 그러니까 둘이 돌아가고 싶으면 그만큼 돈을 버려야 한다는 것이다.

쓴웃음이 터져 나왔다. 그래, 그런 거였어. 마스터는 마지막 한 사람, 혹은 두 사람이 되면 돌아갈 수 있는 보트를 보내준다고 했다. 상금도 내준다고 했다. 두 가지 약속을 다 지킨 셈이다. 그러나 함께 돌아갈 수 있느냐 여부는 당사자들 나름이라는 뜻이다.

10억 엔이면 도대체 몇 킬로그램인 거야?

그러고 보니 옛날에 복권 매장 앞에서 유리 케이스에 들어 있는 3억 엔을 본 적이 있다. 무게도 적혀 있었다. 내 기억에 1만 엔 지폐가 한 장에 약 1그램이라고 했다. 3억 엔이면 1만 엔짜리가 3만 장이어서 30킬로그램라고 했다. 그렇다면, 이 보트에 실린 10억 엔은 100킬로그램이 나간다는 뜻이다.

지금 내 몸무게가 몇 킬로그램 나가지? 섬에 오기 전까지는 75킬로그램이었다. 여기 온 다음부터 제대로 먹지도 마시지도 못했으니까 65킬로그램 정도가 되었을지도 모른다.

열심히 생각하는 내 귀에 첨벙첨벙하는 물소리가 들려왔다. 뭔가 싶어서 옆을 봤더니 리리코가 주머니를 바다에 던져버리는 중이었다. 나는 경악하면서 리리코의 뒤통수를 있는 힘껏 후려 갈겼다.

"뭐 하는 거야? 네 마음대로 돈을 버리면 어떡해?"

나는 허둥지둥 바다로 뛰어들어 파도에 휩쓸려 나갈 뻔한 주머니를 잡고 보트 안으로 던져넣었다. 주머니와 지폐가 물을 머금어서 더 무거워져 버렸다.

리리코는 뒤통수를 손으로 쓸면서 어쩔 줄 몰라 했다.

"그, 그야 너무 무거우면 출발하지 못한다고 슈짱이 말해서 그랬지. 한 사람이 내렸을 때 타이머가 움직였잖아? 그러니까 한 사람 무게만큼 돈을 줄이면 되는 거잖아?"

"이 멍청한 게! 뭐하러 지금까지 고생고생하면서 살아남은 줄 알고? 돈은 1엔도 못 버려!"

나는 리리코의 팔을 확 잡고서 보트에서 끌어 내렸다. 그리고 내 몸무게를 모두 실어서 리리코의 머리를 바닷물 속으로 내리눌렀다.

"그렇지, 너만 없으면 나는 10억 엔을 통째로 가지고 돌아갈 수 있는 거잖아. 네 몸무게가 45킬로그램 정도 되던가? 그럼 너를 데리고 돌아가려면 자그마치 4억 5천만 엔이나 버려야 한다는 말이잖아? 누가 그 돈을 버린다고 그래? 애당초 네가 아직 안 죽고 질기게 살아남은 것 자체가 이상한 거지. 왜 이츠키 손에 얌전히 죽지 않은 거야? 일찌감치 죽었으면 내가 이 고생을 하지 않아도 됐잖아?"

리리코가 괴로운지 손발을 버둥거리며 허우적거렸다. 계속 힘을 주고 있었더니 어느덧 움직임이 없어지면서 가벼워진 느낌이 들었다. 가만히 손을 떼 보니 리리코의 몸이 물 위로 붕 떴다. 긴 갈색 머리카락이 물 위로 퍼지면서 물결을 따라 출렁였다.

"1만 엔짜리 한 장의 가치도 없는 주제에!"

물에 둥둥 떠 있는 리리코의 시체에다 발길질을 하면서 속내를 뱉어냈다. 그런 다음 허겁지겁 타이머를 쳐다봤다. 숫자가 계속 줄어들고 있었다. 이제 3분 남았다. 아주 좋아. 서둘러 보트에 올라탔다. 타이머는 여전히 잘 움직인다. 가슴을 쓸어내리면서 꼴도 보기 싫은 리리코의 뮬을 바다에 던져버렸다.

됐어! 이제 가만히 출발하기를 기다리기만 하면 된다. 조금만 참으면 10억 엔과 함께 의기양양하게 내 집으로 돌아갈 수 있다. 더구나 리리코라는 짐 덩어리도 없이 말이다.

이런 최고의 엔딩이 어디 있을까? 나는 길쭉한 욕조에 몸을 눕히듯이 양팔을 보트 가장자리에 걸치고 머리를 선미에 대고 누웠다. 상쾌한 바람에 흔들리면서 카운트다운을 기다렸다.

앞으로 2분.

마른침을 꿀꺽 삼킨 그 순간. 옆머리에 심한 충격이 느껴지면서 시야가 과다노출이 된 것처럼 새하얘졌다.

9

리리코

슈이치의 머리를 내리찍은 흉기로 이번에는 얼굴을 몇 번이나 내리쳤다. 슈이치는 손으로 머리를 감싸면서 일어나려고 하다가 휘청거리며 보트 밑바닥에 엎어졌다. 나는 그 뒤통수를 나의 흉기로 있는 힘껏 다시 후려쳤다.

"여자의 무기ㄴㅇㅇㅇㅇ은!"

픽, 하는 딱딱한 감촉이 손에 전해졌다.

"눈물이 아니란 말야아아아아아!"

나는 눈물 콧물을 흘리며 계속해서 슈이치의 머리통에 청키 힐을 박으며 울부짖었다.

루이비통의 뮬. 세상에서 가장 아름다운, 나의 무기. 슈짱은 기절해 버렸는지 이미 움직이지 않게 되었지만 내 분은 아직도 풀리지 않은 상태였다. 너무 화나고, 분하고, 억울해서, 눈물을 줄

줄 흘리며 계속해서 퓰로 내리쳤다.

"너무해, 너무하잖아. 슈쨩! 나를 죽이려고 하다니. 이번만큼은 절대로 용서 못 해. 나보다도 돈이 더 중요하다니, 어쩜 그럴수가 있어? 그리고 어떻게 슈쨩이 나를 그렇게 무시해? 누구보고 멍청하대? 멍청이는 슈쨩이잖아!"

좋아했는데. 정말 사랑했는데. 내가 목숨 걸고 구해줬잖아? 슈쨩이랑 같이 돌아가고 싶다는, 그 마음 하나 때문에. 그렇게 했는데.

한참을 때리고 어느 정도 분이 풀린 나는 축 늘어진 슈이치를 바닷물로 끌어내린 다음 물에 뜬 등을 발판 삼아 보트 위로 기어올랐다. 보트에는 피가 여기저기 튀어 있었고, 돈이 든 주머니에도 피가 점점이 묻어 있었다. 하지만 신경 쓰지 않고 한가운데 떡하니 책상다리를 하고 앉았다.

타이머에 남은 시간은 이제 4초였다. 뒤에서 철벅 하고 물이 튀는 소리가 났다.

3초.

"리,리리코오⋯⋯?" 하고 이빨이 빠진 것 같기도 하고, 취한 것처럼 들리기도 하는 목소리가 났다.

2초.

"어, 자, 잠깐, 잠깐만 기다려줘, 제바알!"

1초.

파도에 쓸려 넘어졌는지 첨벙 하고 물속으로 넘어지는 듯한 물소리가 크게 들렸다.

제로.

조용했던 엔진이 갑자기 눈을 뜬 것처럼 큰 소리로 울리기 시작하더니 보트가 휙 하고 방향을 바꿔 힘차게 나아가기 시작했다.

"리리코!"

엔진소리와 파도 소리에 섞여 뒤쪽에서 울부짖는 소리가 들려왔다.

"리리코, 용서해 줘, 살려줘, 리리코오!"

보트는 빠른 속도로 파도를 가르며 거침없이 전진했다. 울음 섞인 절규는 공기 속으로 흩어져 금세 들리지 않게 되었다.

입안에서 피 맛이 났다. 슈이치가 내 머리를 바닷물 속으로 쑤셔 넣었을 때 볼 안쪽을 씹은 모양이다. 나는 바다를 향해 '퉤' 하고 침을 뱉고서 손목으로 눈물을 확 닦아냈다.

저런 남자였다니. 충격이었지만, 슬프지만, 본성을 알게 되었으니 마스터한테는 감사해야겠네. 저런 남자, 섬에 버리고 오기를 잘했어.

힐이 휘고 피로 얼룩져버린 뮬이 돈주머니 위를 굴러다니고 있었다. 사랑스러운 마음으로 그것을 주워 신발 끝을 똑바로 편다음 다시 신었다.

그래. 이게 바로 나지.

다이아몬드 같은 물보라를 나에게 흩뿌리면서 보트가 맹렬한 속도로 파도를 가르고 나아갔다. 10억 엔의 침대 위에 드러누워 뮬을 신은 다리를 우아하게 꼬면서, 복수 게임에 마스터를 꾀어 내는 것도 나쁘지 않겠다고 생각했다. 나는 꿈꾸듯 눈을 감았다.

배틀 아일랜드

1판 1쇄 발행 2025년 4월 10일
1판 1쇄 발행 2025년 4월 24일

지은이 아키요시 리카코
옮긴이 임희선
발행인 황민호

본부장 박정훈
책임편집 윤혜림
기획편집 김선림 신주식 최경민
마케팅 조안나 이유진
국제판권 이주은 김연
제작 최택순 성시원

발행처 대원씨아이㈜
주소 서울특별시 용산구 한강대로15길 9-12
전화 (02)2071-2094
팩스 (02)749-2105
등록 제3-563호
등록일자 1992년 5월 11일

www.dwci.co.kr

ISBN 979-11-423-1547-3 03830